国家科技支撑计划资助项目(2006BAG04B01)
千米级斜拉桥设计关键技术著作书系

Cable-Tower Composite Anchorage

组合索塔锚固结构

张喜刚　刘玉擎　著

人民交通出版社

内 容 提 要

本书全面介绍了钢—混凝土组合索塔锚固结构的研究成果及工程应用情况，内容涉及组合索塔锚固结构的有限元计算、模型试验、现场监测、简化计算、细部构造、钢锚箱加工以及施工控制等，并附有设计示例。

本书可供从事桥梁工程设计、施工、科研工作的工程技术人员参考，亦可供相关专业研究生查用。

图书在版编目（CIP）数据

组合索塔锚固结构/张喜刚等著. —北京：人民交通出版社，2010.2

ISBN 978-7-114-07772-2

Ⅰ. 组… Ⅱ. 张… Ⅲ. 斜拉桥—索塔—锚固 Ⅳ. U443.38

中国版本图书馆CIP数据核字（2010）第004963号

国家科技支撑计划资助项目(2006BAG04B01)

千米级斜拉桥设计关键技术著作书系

书　　名：组合索塔锚固结构

著 作 者：张喜刚　刘玉擎

责任编辑：沈鸿雁　王文华

出版发行：人民交通出版社

地　　址：(100011)北京市朝阳区安定门外外馆斜街3号

网　　址：http://www.ccpress.com.cn

销售电话：(010)59757969,59757973

总 经 销：人民交通出版社发行部

经　　销：各地新华书店

印　　刷：北京盛通印刷股份有限公司

开　　本：880×1230　1/16

印　　张：8.75

字　　数：245千

版　　次：2010年2月　第1版

印　　次：2010年2月　第1次印刷

书　　号：ISBN 978-7-114-07772-2

定　　价：30.00元

序

现代斜拉桥的发展是桥梁工程师最引以为豪的成就之一。

虽然利用藤、竹等柔性天然材料承重并实现跨越是人类最早认识到的自然规律之一，但斜拉桥作为一种固定结构形式，其发展却由于缆索材料的性能问题长期停滞。在现代材料与技术进步的推动下，1956 年 Strömsund 桥在瑞典建成通车；之后，在德国著名工程师 Franz Dischinger 的推动下，多座稀索体系斜拉桥在莱茵河上相继建成，现代斜拉桥正式形成，也实现了斜拉桥跨径的第一次发展。随后，现代斜拉桥又经历了从稀索体系到密索体系等一系列重要的发展历程，跨越能力稳步提升。1995 年，法国诺曼底大桥实现了 856m 的跨径；1999 年日本多多罗大桥实现了 890m 的跨径。而挑战千米级斜拉桥，实现斜拉桥跨径的千米级突破，则成为桥梁工程师在那之后又一个奋斗目标。

我国第一座斜拉桥为 1975 年原交通部重庆公路科学研究所设计和指导施工的四川云阳桥，跨径组合为 34.91m＋75.84m＋34.91m，主梁为混凝土单箱，每塔三对斜拉索。与此同时，上海市政工程设计研究总院也设计了新五桥，跨径组合为 24m＋54m＋24m，双车道宽6.6m。此后国内又相继修建了三台涪江桥、上海泖港桥、广西红水河铁路桥等。在 1975 年～1985 年的 11 年间，我国大陆共建成各式混凝土斜拉桥 15 座，台湾建成了跨径 2×134m 的三塔斜拉桥光复桥。我国大跨径斜拉桥的发展始自 1991 年建成的 423m 跨径的上海南浦大桥；随后，1993 年上海杨浦大桥突破了 600m 跨径，建成时跨径位于世界同类桥梁前列。此后，全国各地掀起大跨径斜拉桥的建设热潮，大批 400～600m 跨径的斜拉桥相继建成通车。

据不完全统计，我国 1986 年～1990 年 5 年间建成斜拉桥 33 座，1991 年～1995 年 5 年间建成 43 座，1996 年～2000 年 5 年间建成 63 座，自 1975 年开始到 2002 年共建成斜拉桥 155 座。从一定程度上看，大跨径斜拉桥的快速发展和跨径在 600m 左右的突破，解决了我国现代交通网络建设中的关键技术问题，是 20 世纪 80～90 年代桥梁工程领域取得的最重要成就之一。通过大量的斜拉桥建设，我国也积累了丰富的斜拉桥建设经验，并与世界同步，甚至是更为超前地考虑斜拉桥千米跨径的突破问题。

20 世纪末，仍处于方案研究阶段的苏通大桥与香港昂船洲大桥几乎同时提出了超千米跨径的斜拉桥方案。2002 年苏通大桥率先进入工程实施阶段，并于 2008 年 5 月正式建成通车，成为世界首座突破千米跨径的斜拉桥，是世界桥梁建设的里程碑工程。苏通大桥的建成极大地提高了国内外桥梁建设者的信心，如我国主跨926m的鄂东长江大桥也已开工建设，国外也有跨径超千米的斜拉桥即将投入建设。这些千米级斜拉桥的建设，将世界斜拉桥建设的跨径水平提升到了一个崭新的高度。

如果说20世纪90年代，实现斜拉桥跨径600m级的突破主要依靠引进和学习国外先进桥梁建设技术成果的话，那么本次实现的斜拉桥千米跨径的突破，则更多地体现了自主创新。全面总结苏通大桥建设经验，解决结构体系和设计方面的关键技术问题，形成系统的千米级斜拉桥设计理论与方法，开发具有自主知识产权的桥梁设计分析工具，为类似工程提供有力的技术支撑，并研究千米级斜拉桥结构性能的一般规律，探索斜拉桥跨径提升的制约条件及其工程设计对策，为斜拉桥跨径的下一步突破进行技术储备，已成为迫切需要解决的问题。

苏通大桥是国家“十一五”重点工程建设项目，是《国家高速公路网规划》中沈阳至海口高速公路跨越长江的重要节点工程。苏通大桥位于上海西北约100km处，横跨长江，连接苏州、南通两市，是我国沿海高速公路跨越长江的咽喉工程。

苏通大桥地处长江河口地区，该大桥建设具有水文条件差、气象条件复杂、基岩埋藏深、通航标准高等建设条件方面和高、大、长、柔等结构方面的特点，千米级斜拉桥的技术要求超越了国内外现行标准、规范规定。千米级斜拉桥结构体系及特殊设计方法、深水急流潮汐河段条件下大型群桩基础施工控制、千米级斜拉桥塔梁索施工控制等多项世界级技术难题需要攻克，工程建设面临着极大的技术挑战。为了支撑苏通大桥建设，系统攻克千米级斜拉桥建设关键技术问题，科学技术部于2006年批准了国家科技支撑计划支持的首个重大公路交通工程项目——“苏通大桥建设关键技术研究”。

“千米级斜拉桥技术标准和关键结构及特性研究”是“苏通大桥建设关键技术研究”项目课题之一。课题研究针对千米级斜拉桥建设面临的复杂建设条件特点和结构体系等设计方面的技术难点，对技术标准、结构体系、关键结构及设计方法等进行攻关，解决了一系列关键技术问题，有力地支撑了苏通大桥的建设，并为以后同类桥型的建设提供了重要参考和借鉴。

本套丛书是课题研究成果的系统总结。《千米级斜拉桥——结构体系、性能与设计》是对千米级斜拉桥结构体系、性能和设计方法方面研究的成果总结，包括以苏通大桥为设计原型的主跨1 088m斜拉桥，以及在其基础上拓展的主跨1 308m、1 500m、1 800m斜拉桥结构性能及作用特性的研究。考虑到千米级斜拉桥特殊的结构性能，研究还针对千米级斜拉桥特殊的设计理论、前沿设计方法等进行了研究。《苏通大桥设计与结构性能》中详细介绍了苏通大桥设计过程中对抗风、抗震等关键问题的研究成果。《组合索塔锚固结构》和《超长群桩基础承载机理研究》系统介绍了在苏通大桥中应用的组合索塔锚固结构和超长大型群桩基础的相关机理、设计理论和方法等。《千米级斜拉桥设计指南》是对研究形成的千米级斜拉桥设计方法和技术的总结，也是国内外有关超大跨径斜拉桥设计的首部专门指导性专著。

课题研究及本丛书的编写凝结了课题组近百位研究人员多年的研究成果。国内外多位知名专家及交通运输部、科学技术部相关领导也在研究过程中多次关注，并提出了重要的指导意见，在此对他们一并表示衷心的感谢。

限于研究时间和精力，有偏颇和不足之处，望不吝赐教！

张喜刚

2010 年 1 月

前　言

随着斜拉桥跨径的进一步增大，各承重构件所受荷载将会大幅度增加，这就要求有更加合理的结构设计。斜拉桥的斜拉索承担着将主梁上的荷载传递给索塔的作用，索塔锚固区成为一个重要的关键设计部位。传统设计主要是在索塔锚固区布置环向预应力筋，从而达到承担拉索水平分力的目的。但是随着斜拉桥跨径增大、索塔高度增加，对索塔锚固区的安全可靠性要求更高，其施工和后期的维护难度等也将随之加大。

采用钢锚箱或钢锚梁与混凝土塔壁结合，形成组合索塔锚固结构，利用钢结构承担斜拉索水平拉力、混凝土塔壁承担竖向压力，充分发挥钢与混凝土各自的材料性能优势，是更为合理的索塔锚固结构形式，特别适合应用于大跨径斜拉桥。

本书系统总结了斜拉桥组合索塔锚固区结构设计、计算、监测、制作、施工及控制等方面的研究成果，以便为同类大桥的建设提供参考和借鉴。

在本书编写过程中，戴捷、陈志坚、周彦锋、谢瑞丰、顾斌、邢昕、赵晨、王倩等参加了部分内容的编写工作，在此一并致谢！

限于研究时间和精力，有偏颇和不足之处，望不吝赐教！

张喜刚　刘玉擎

2009 年 12 月

目　录

第1章　组合结构在斜拉桥中的应用

1.1　概述

主梁、索塔及拉索是斜拉桥的主要承重构件，选择不同的结构外形和材料可以组合成多姿多彩、新颖别致的斜拉桥形式。斜拉桥主梁主要采用钢梁或混凝土梁，主塔主要有钢塔和混凝土塔。随着大跨度斜拉桥的快速发展，对结构的合理性提出了新的要求，钢与混凝土组合结构以其良好的受力性能和经济性，在斜拉桥中的应用日趋广泛。

大跨度斜拉桥处在快速发展时期，香港昂船洲大桥和苏通大桥的主跨均达到千米以上。随着斜拉桥跨径的增大，斜拉桥各承重构件所受荷载大幅增加，这就要求有更加合理的构造形式。如图1-1所示，斜拉桥采用组合结构的主要形式有钢板梁或钢箱梁与混凝土桥面板、折形钢腹板或钢腹杆与混凝土上下翼缘板形成的组合梁；钢梁与混凝土梁组成的混合梁；钢管混凝土塔、型钢混凝土塔以及钢塔与混凝土塔结合的组合塔；钢锚梁与混凝土塔壁、钢锚箱与混凝土塔壁构成的组合索塔锚固结构。

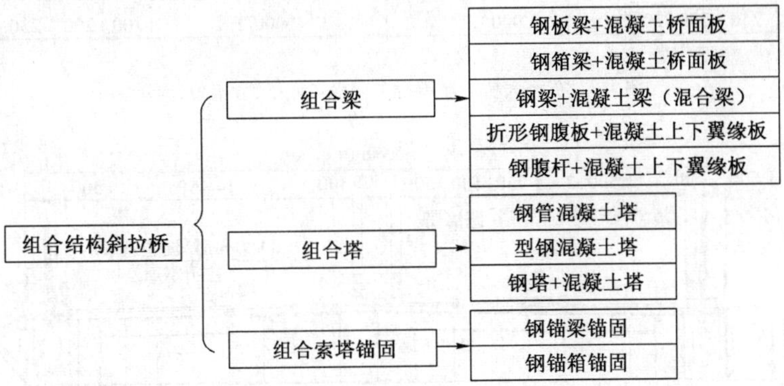

图1-1　组合斜拉桥的分类

表1-1汇总了世界上跨径排名前10位的斜拉桥，其中有7座在索塔锚固区中采用了组合结构。在其他大跨径斜拉桥中，也有多座采用了组合索塔锚固结构。

世界上跨径排名前10位的斜拉桥（截至2009年底）　　表1-1

桥　名	主跨(m)	组合结构的应用	国家或地区	建成年份
苏通大桥	1 088	组合索塔锚固	中国	2008
昂船洲大桥	1 018	组合索塔锚固	中国香港	在建
鄂东长江大桥	926	组合索塔锚固，混合梁	中国	在建
多多罗大桥	890	混合梁	日本	1999
诺曼底大桥	856	组合索塔锚固，混合梁	法国	1995
荆岳长江大桥	816	组合索塔锚固，混合梁	中国	在建
仁川大桥	800	组合索塔锚固	韩国	在建
上海长江大桥	730	组合索塔锚固	中国	在建
上海闵浦大桥	708	组合复合桁架梁	中国	2009
宁波象山港大桥	688	组合索塔锚固	中国	在建

大跨度斜拉桥斜拉索承受较大的拉力，如果采用预应力索塔锚固方式，需要配置相当数量的环向预应力钢筋才能满足受力要求，施工难度和后期维修难度将随之加大。因此，大跨度斜拉桥采用钢锚箱或钢锚梁与混凝土塔壁组合索塔，利用钢锚箱或钢锚梁来承受较大的拉索力，可以充分利用两种材料的优点，满足索塔的受力要求，是比较合理的结构形式。

1.2 组合结构在主梁中的应用

斜拉桥主梁在拉索作用下可以看做是弹性支撑连续梁，活载作用时，主梁下部受拉而上部受压。因而，斜拉桥主梁采用钢板梁、钢箱梁、钢管混凝土梁以及槽形钢箱梁与混凝土桥面板组合，可以充分利用钢材和混凝土的材料性能，满足受力要求。如图 1-2 所示是东海大桥主航道桥主梁横截面，该桥为主跨 420m 的单索面斜拉桥。为了适应跨海大桥的特点，采用的是槽形钢与混凝土桥面板的组合梁，结构形式新颖。东海大桥颗珠山桥为双塔双索面斜拉桥，主跨 332m，主梁采用钢主梁和混凝土桥面板的组合梁形式，主梁断面如图 1-3 所示。

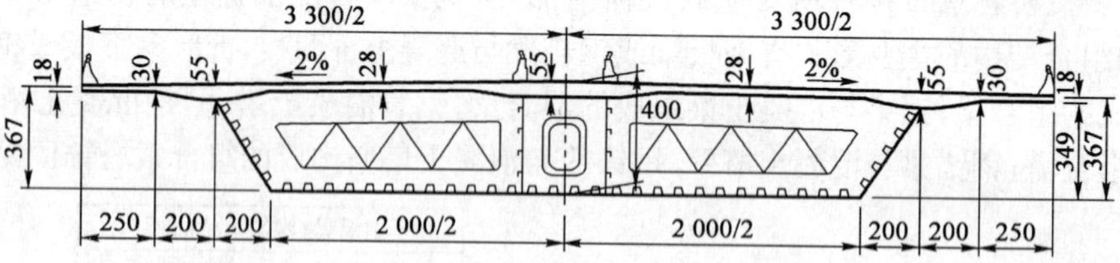

图 1-2　东海大桥主航道桥主梁横截面(尺寸单位：cm)

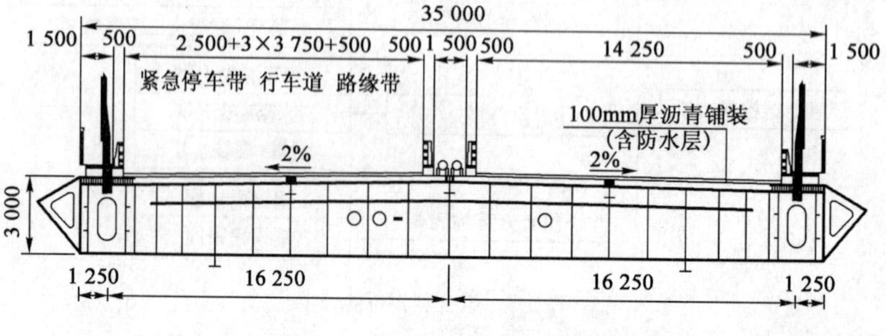

图 1-3　颗珠山大桥主梁横截面(尺寸单位：mm)

对于混凝土箱形主梁，腹板与顶底板形成一体，顶底板的温度差及其腹板的干燥收缩引起的应力问题比较突出，会出现各种各样的裂缝，严重影响承载性能及其耐久性。斜拉桥主梁采用折形钢腹板组合箱梁，可以有效减小收缩徐变等的影响，方便施加主梁预应力，同时还可以大大减轻主梁的自重。日本栗东大桥的主梁横截面如图 1-4a)所示，该桥为最大跨径 170m 的双索面低塔斜拉桥，采用 3 室单箱波折腹板组合箱梁。位于日本第二东名高速公路上的矢作川桥是一座普通斜拉桥，其主梁同样采用了折形腹板组合箱梁。

出于对桥梁刚度和视野通透性的考虑，双层桥面斜拉桥也可以采用钢腹杆组合梁。上海闵浦大桥为主跨跨径 708m 的双层桥面斜拉桥。边跨主梁由外包混凝土的型钢弦杆、钢竖腹杆、钢斜腹杆、钢斜撑、预应力混凝土横梁与混凝土桥面板组成，构成了桁腹式组合梁体系，如图 1-4b)所示。葡萄牙 Europe Bridge 为一座独塔斜拉桥，主梁模型如图 1-4c)所示，主梁为双向预应力混凝土桥面与钢腹杆组成的桁腹式组合梁体系，钢腹杆与混凝土桥面板的结合方式为直接插入式。该桥在设计上充分考虑了桥梁的服务功能、与环境相协调的景观美学、结构创新三者的结合。

为了满足通航等要求，有些斜拉桥主跨和边跨跨径比例失调。此时，为了平衡斜拉索力，常在中跨采用钢主梁，而边跨采用混凝土主梁作为配重，即钢梁与混凝土梁组成的混合梁斜拉桥。

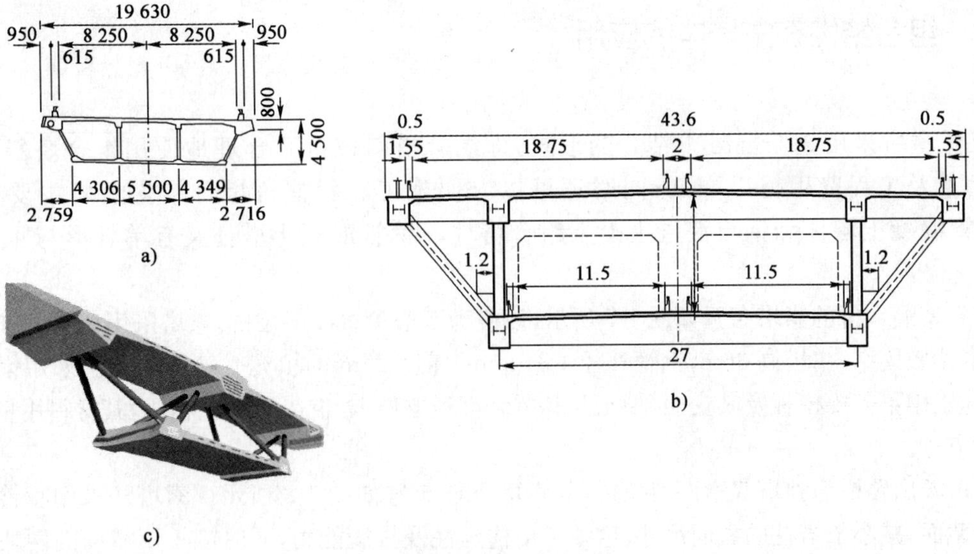

图 1-4　组合结构在主梁中的应用

a)栗东大桥主梁横截面(尺寸单位：mm)；b)闵浦大桥边跨主梁横截面(尺寸单位：m)；c)葡萄牙 Europe Bridge

鄂东长江大桥主梁中跨采用钢箱梁，边跨采用混凝土箱梁，混合梁结合段构造如图 1-5 所示。钢与混凝土结合段采用钢格室与混凝土横梁浇筑为一体的连接形式，钢格室通过钢箱梁加强段与钢箱梁连接。为了保证钢箱梁与混凝土箱梁紧密结合，结合段混凝土在纵向弯矩和横向风荷载作用下均不出现拉应力，在该处采用设置预应力钢束进行连接。

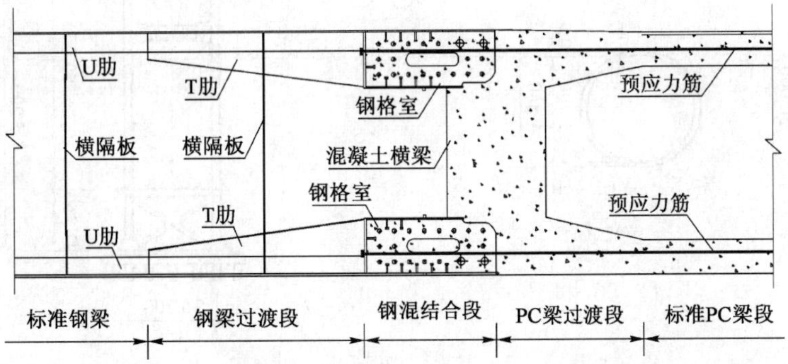

图 1-5　鄂东长江大桥主梁结合段

荆岳长江大桥为主跨 816m 的混合梁斜拉桥，钢与混凝土结合段构造如图 1-6 所示。采用混合梁的斜拉桥还有法国的诺曼底桥，日本的多多罗大桥，我国的徐浦大桥、湛江海湾大桥等。

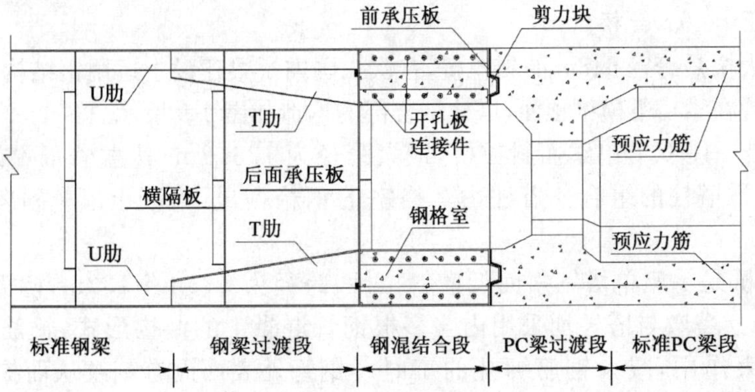

图 1-6　荆岳长江大桥主梁结合段

1.3 组合结构在主塔中的应用

斜拉桥主塔采用钢与混凝土结合的形式，即组合塔斜拉桥。合理地使用组合塔斜拉桥可以使材料用量及工程费用得以降低，同时还可以方便施工。斜拉桥组合结构索塔主要有两种形式，即钢管混凝土塔柱和钢与混凝土上下组合塔柱。钢管混凝土塔柱又有单管形与哑铃形两种形式。

广东省紫洞大桥的索塔布置如图 1-7 所示，该桥为双塔单索面斜拉桥，索塔采用单管圆形钢管混凝土结构，塔梁墩固结，主塔高 36m，钢管外径 1 840mm，厚度 25mm，填充 C50 混凝土。采用钢管混凝土塔柱，在施工中不需要模板及其支架，加工及其拼装都很方便，与混凝土塔柱相比，其材料用量及工程费用将大幅节省。

淮北市长山路桥为独塔双索面斜拉桥，其索塔塔柱布置如图 1-8 所示。索塔柱采用哑铃形钢管混凝土组合截面，减小了塔柱的截面尺寸，增强了结构延性及抗震能力，同时哑铃形截面的两块腹板间可设置索塔锚固装置。日本石川县在 1990 年完成同类型的一座人行斜拉桥，采用哑铃形钢管混凝土作为主塔，钢管直径为 508mm，厚度为 12mm，管壁内侧加工成刻纹，以此来提高与填充混凝土的黏结性能，混凝土采取自上而下的浇筑方式。

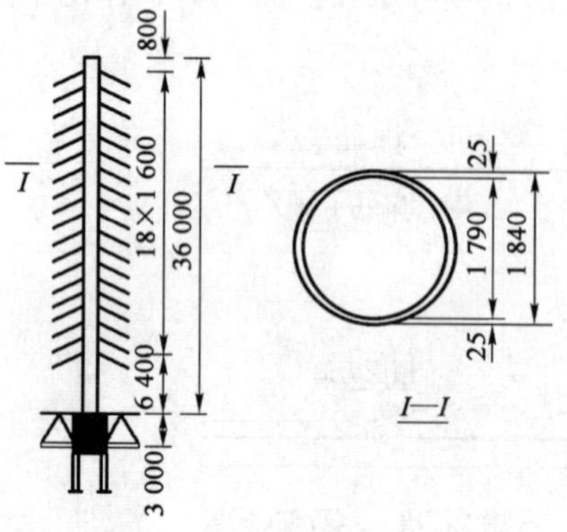

图 1-7 紫洞大桥塔柱布置(尺寸单位:mm)

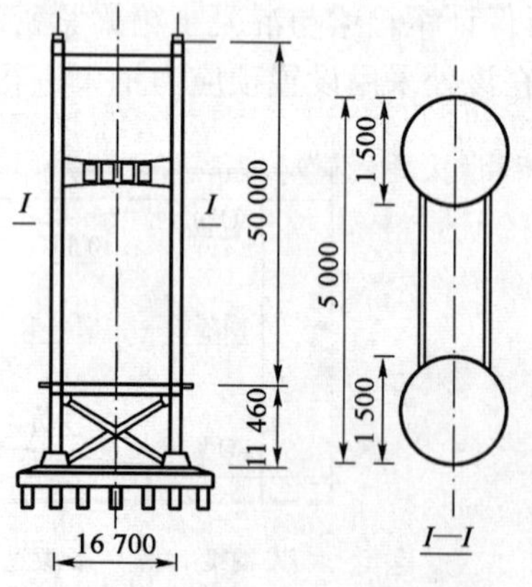

图 1-8 长山路大桥塔柱布置(尺寸单位:mm)

钢与混凝土组合索塔的结合部有三种情况：一是在承台顶部附近，日本大部分桥梁均如此；二是在主梁附近，如泰国的湄南河桥、日本鹤见航道桥、我国的南京长江第三大桥等；三是在索塔锚固区附近，如捷克斯洛伐克的 Elbe River 桥。

南京长江第三大桥是跨径 648m 的斜拉桥，首次在国内桥梁建设中运用钢结构塔柱，钢与混凝土上下塔柱的结合面放置在索塔下横梁顶面，塔柱结合部的构造如图 1-9 所示。

Elbe River 桥是一座双塔单索面斜拉桥，最大跨径为 123.2m，其索塔布置如图 1-10 所示。主塔为钢与混凝土上下塔柱的组合。塔柱由 2 格室的钢箱构成，混凝土填充到离最下端拉索 0.75m 的位置。

日本的都田川桥是一座单塔三索面低塔斜拉桥，跨径为 133m+133m，桥面以上塔高为 20m，而塔墩高为 62.9m。塔墩与塔柱均采用内含多根钢管混凝土的结构形式，箍筋则用预应力筋螺旋布置，从而提高约束作用，减少钢筋绑扎的工时。钢管外表面设有刻纹从而提高它与混凝土的黏结力。

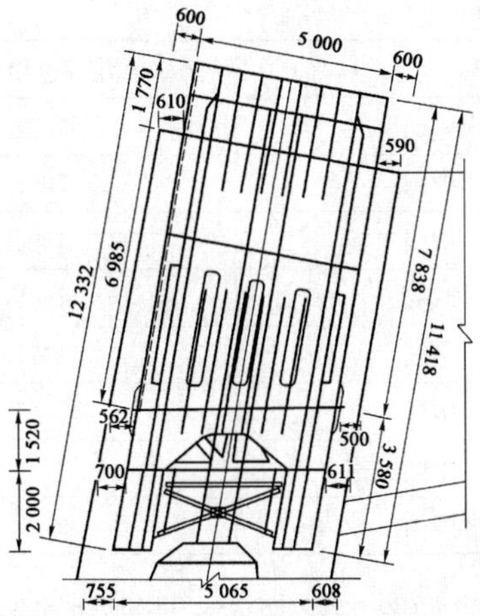

图 1-9 南京三桥塔柱结合部(尺寸单位:mm)

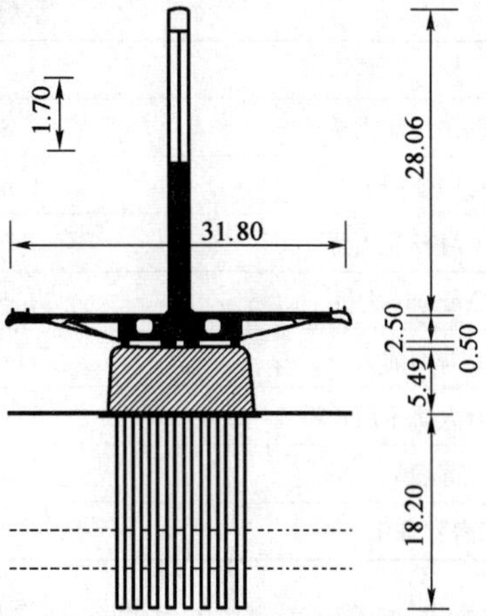

图 1-10 Elbe River 桥索塔的布置(尺寸单位:m)

1.4 组合结构在索塔锚固中的应用

主塔的拉索锚固部位,是一个将拉索的局部集中力分散到全截面,并安全、均匀地传递到锚固区以下塔柱的重要受力构造。拉索锚固部位的构造,与拉索的布置形式、主塔的构造与材料、拉索的牵引和张拉方法等种种因素有关,索塔的施工还要满足可行性。由此可见,索塔锚固区是斜拉桥的关键部位,其可靠与否直接关系到大桥的安全度。

在斜拉桥的发展历程中,工程师设计了各种形式的锚固构造,近年来索塔锚固方式多采用拉索在锚固区断开的非交错式锚固结构。组合索塔锚固结构以钢结构承担拉索水平拉力,以混凝土塔壁承担竖向压力,发挥材料各自的优势,特别适合应用于大跨度桥梁。其主要形式有钢锚梁锚固及钢锚箱锚固,以下对这两种组合索塔锚固结构的特点和应用情况进行简要介绍。

1.4.1 钢锚梁式组合锚固结构

混凝土索塔钢锚梁的锚固方式,是将钢锚梁沿顺桥向置于混凝土索塔内壁的牛腿上,拉索锚固在钢横梁两端的锚固件上,锚固件通过两斜腹板将索力传递给钢横梁,其中,水平力主要由钢横梁承受,竖向分力通过支座传递给牛腿进而传给塔柱。钢锚梁由上下盖板、腹板(拉板)、锚垫板和承压板组成,其他横隔板、连接板和加劲板等均为连接和保证结构整体性而设。其中锚垫板和支承板是主要承压构件,腹板是主要承拉构件,如图 1-11 所示。采用钢锚梁锚固形式的斜拉桥有南浦大桥、杨浦大桥、江苏灌河大桥、东海颗珠山大桥、东海大桥主航道桥和加拿大 Annacis 大桥等,如表 1-2 所示。

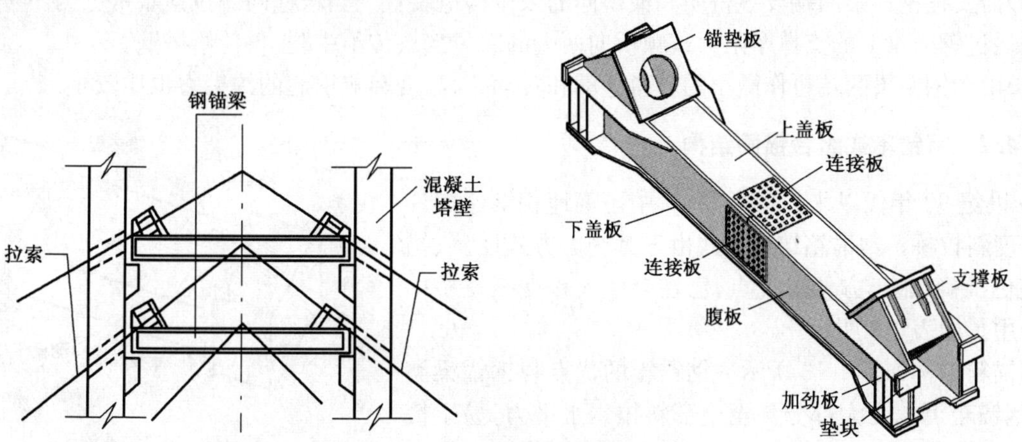

图 1-11 钢锚梁式组合索塔锚固

钢锚梁应用情况(截至 2009 年底)　表 1-2

桥　名	主　跨(m)	国　家	建成年份
荆岳长江大桥	816	中国	在建
舟山金塘大桥	620	中国	2009
上海杨浦大桥	602	中国	1993
Annacis 大桥	465	加拿大	1986
上海南浦大桥	423	中国	1991
东海大桥主航道桥	420	中国	2005
江苏灌河大桥	340	中国	2006
东海颗珠山大桥	332	中国	2005

钢锚梁与混凝土塔壁之间的连接有刚性与非刚性两种方式,如图 1-12 所示。非刚性连接的钢锚梁锚固方式是将钢锚梁架设在塔壁内牛腿的橡胶支座上,斜拉索的水平分力全部由钢锚梁承担,斜拉索的竖向分力通过牛腿传递到混凝土塔壁上。考虑到在运营若干年后斜拉索换索及可能出现的断索情况,主塔截面纵向将出现较大的不平衡水平分力,为使塔壁更好地共同受力,有时采用钢锚梁与塔壁间刚性连接的方式,即钢锚梁与牛腿之间通过焊钉连接。这样钢锚梁和混凝土塔壁将共同承担斜拉索的水平分力。

钢锚梁的牛腿大多为混凝土结构,与塔壁一起浇筑。因为牛腿处受力较大,且,从塔壁突出,不便于滑模施工,近年也出现了采用钢牛腿的结构形式。

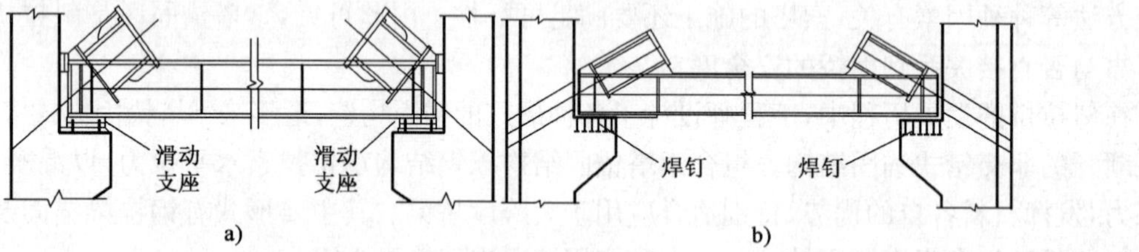

图 1-12　钢锚梁与牛腿连接方式

a)非刚性连接(灌河大桥);b)刚性连接(东海大桥)

钢锚梁有先装法和后装法两种安装方法。先装法是在相应混凝土牛腿施工前,就将钢锚梁吊装到位;后装法则是将钢锚梁先分两部分,吊装到位后利用高强螺栓在高空连接。

钢锚梁组合锚固结构体系的主要特点是:

(1)斜拉桥拉索的水平分力由钢锚梁自相平衡,而不直接作用在混凝土塔壁上,无需施加环向预应力。

(2)钢锚梁可以在工厂预制,现场安装,施工快捷方便,避免了全混凝土锚固区必须的环向预应力的高空作业,且可以在工厂精确加工、试拼,拉索倾角定位准确,施工质量有保证。

(3)需要在钢锚梁两端设纵桥向和横桥向的限位构造装置。当塔柱两侧拉索水平分力不等时,不平衡力将通过钢横梁下的支撑摩阻力或顺桥向两端的限位挡块传给牛腿,再传给塔壁。

(4)由于钢锚梁两端可作微小的自由移动和转动,由温度影响引起的约束力也比较小。

1.4.2　钢锚箱式组合锚固结构

20 世纪 90 年代以来,日本、欧洲、中国等地相继建成许多大跨度斜拉桥。钢锚箱结构形式由于其受力方式明确、锚固点定位准确、施工方便等优点,已在多座大跨度斜拉桥中得到应用。如表 1-3 所示。

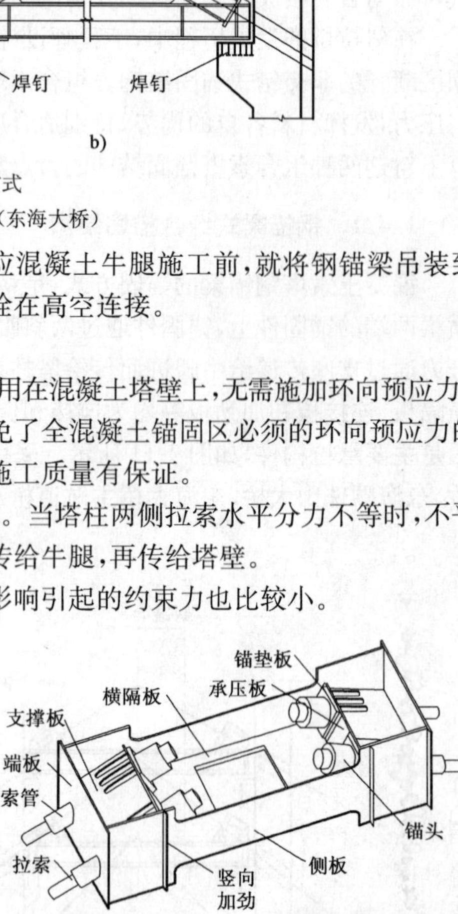

图 1-13　钢锚箱结构示意

钢锚箱结构如图 1-13 所示。钢锚箱的优点与钢锚梁类似,如钢锚箱可承受大部分甚至全部斜拉索水平力,易于检测维护;钢结构力学性能较为可靠;工厂加工,锚箱施工质量容易保证等。与钢锚梁不同的是钢锚箱侧板位于拉索两侧，锚箱横隔板形成一个张拉平台，便于施工；另外，各锚箱通常上下连接，使锚固点定位更加精确，同时也分担了部分竖向力。

钢锚箱应用情况（截至2009年底）　表1-3

桥　名	主　跨(m)	锚固形式	国　家	建成年份	连接件使用情况
苏通大桥	1 088	内置式	中国	2008	焊钉
昂船洲大桥	1 018	内置式	中国香港	2009	焊钉
鄂东长江大桥	926	内置式	中国	在建	焊钉/开孔板
诺曼底大桥	856	外露式	法国	1995	焊钉/刚性连接件
仁川大桥	800	内置式	韩国	在建	焊钉
上海长江大桥	730	内置式	中国	2009	焊钉
里翁-安蒂里翁大桥	560	外露式	希腊	1995	焊钉
厄勒海峡大桥	490	内置式	瑞典、丹麦	2000	焊钉
Geo-Geum-Brücke	468	外露式	德国	在建	焊钉
汀九大桥	448	外露式	中国香港	1998	无连接件
杭州湾跨海大桥	448	外露式	中国	2008	焊钉
济南黄河三桥	386	内置式	中国	2008	焊钉

依据钢锚箱在混凝土塔壁中的位置，可将其分为外露式和内置式两种方式。外露式钢锚箱将混凝土塔壁分开，斜拉索的竖向分力由锚箱两侧板的连接件传递到混凝土塔壁，通常需通过塔壁的环形预应力提高钢与混凝土交界面传剪力效果及减少混凝土塔壁拉应力。内置式锚索区混凝土塔柱仍是完整的箱形结构，钢锚箱封闭在混凝土塔壁内侧，斜拉索的竖向分力由锚箱两端板上的连接件传递到混凝土塔壁。两种构造如图1-14所示。

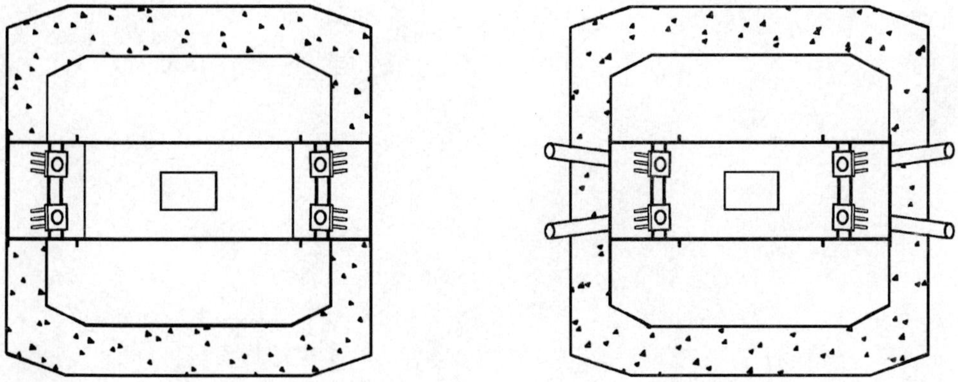

a)　　b)

图1-14　钢锚箱式组合索塔锚固形式
a)外露式；b)内置式

目前，钢锚箱组合结构的合理应用方法尚在研究之中，也有一些桥梁采用以上两种形式以外的钢锚箱结构。香港汀九大桥为三塔四索面斜拉桥，将钢锚箱安装在等截面独柱索塔两侧，以直线对穿预应力将其固定在塔壁上，如图1-15所示。德国Zweite Geo-Geum-Brücke桥为主跨468m双塔单索面斜拉桥，其斜拉索分成三组，拉索锚固在三个独立的15.50m高的钢锚箱上。锚箱端板加宽，吊装定位后浇筑锚箱侧板和塔壁之间的混凝土，如图1-16所示。

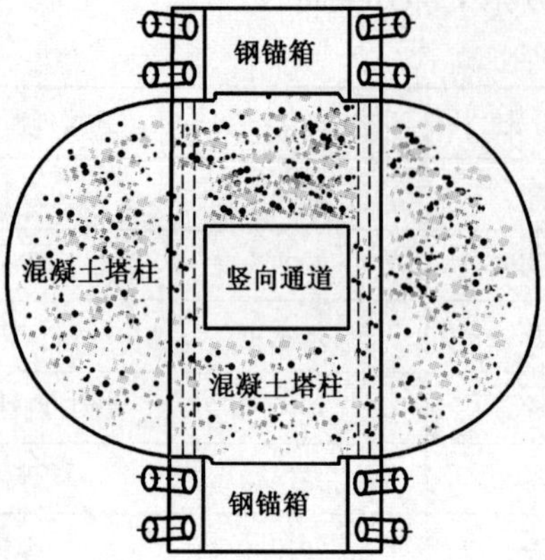

图 1-15 香港汀九大桥索塔锚固区横截面

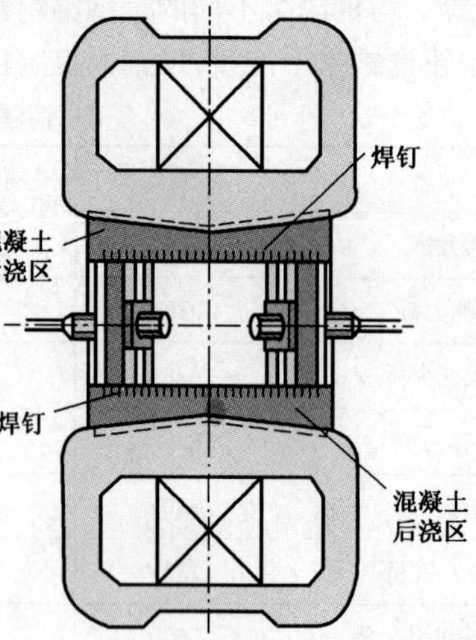

图 1-16 德国 Zweite Geo-Geum-Brücke 桥索塔锚固区横截面

第2章 组合索塔锚固应用实例

2.1 钢锚梁锚固应用实例

2.1.1 混凝土牛腿钢锚梁

灌河大桥是江苏省连云港至盐城高速公路上的一座特大型桥梁，采用双塔双索面半飘浮组合梁斜拉桥，桥面净宽33m，主桥跨径布置为：32.9m+115.4m+340m+115.4m+32.9m。索塔采用平行索面的钢筋混凝土H形塔，共设2道水平横梁。每个索塔上共13对拉索，除第1对斜拉索直接锚固在上塔柱底部的混凝土底座上外，第2～13对斜拉索锚固在钢锚梁上。

钢锚梁长5.6m，宽1.02m，中部梁高为0.62m。钢锚梁梁端距塔壁100mm，设有限位钢板，每端在纵向设有5mm活动量。牛腿宽500mm，顶面设预埋开槽钢板，内设聚四氟乙烯板支承钢锚梁。在运营状态时，钢锚梁并不会前后滑动。

锚垫板、支承板是主要钢锚梁承压构件，板厚分别为50mm和40mm，拉板是主要承拉构件，板厚30mm。为增加钢锚梁钢板的竖向稳定性，侧板外侧焊有竖向加劲肋；在箱形拉板之间设置横隔板，厚度20mm。钢锚梁构造如图2-1所示。

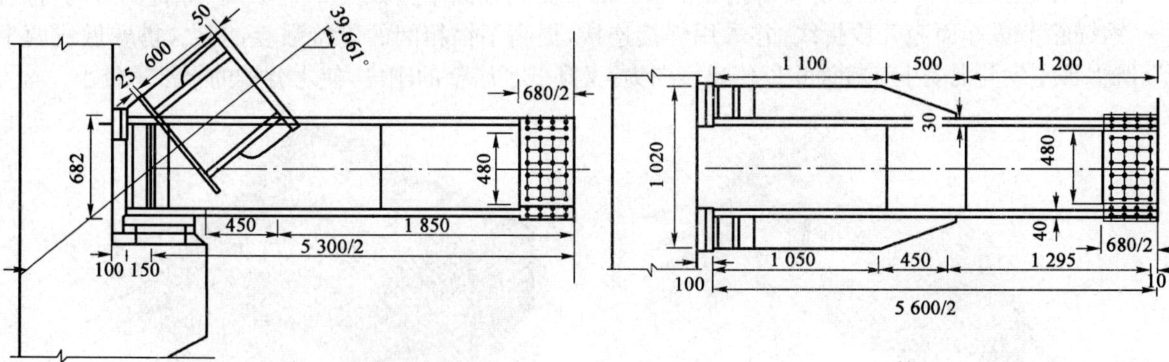

图2-1 灌河大桥钢锚梁结构示意（尺寸单位：mm）

a)半立面；b)半平面

为便于安装，每根钢锚梁分为2个节段，并采用高强螺栓连接。为方便安装和检修，在箱形拉板的底板中段设有手孔，端部开有人孔。

2.1.2 钢牛腿钢锚梁

大跨径斜拉桥为了提高结构抗风性能，普遍采用空间索面，因此为了采用钢锚梁构造，必须对其进行改进。主跨620m的舟山金塘大桥采用了新型钢锚梁，改进的思路主要是将斜拉索锚固构造焊在锚固梁两侧，一根钢锚梁连接4根斜拉索，斜拉索的平衡水平分力由钢锚梁承担，面外水平力也可由钢锚梁自身平衡。针对钢锚梁锚固施工不便的缺点，采用钢牛腿代替混凝土牛腿，并利用端板连接钢牛腿和混凝土塔柱，端板设置连接件保证和塔柱混凝土的可靠连接。端板沿上塔柱通长设置，这是改进方案的主要亮点，通长布置的端板同时作为混凝土施工的模板，因此内壁亦可以方便地利用滑模施工。这样一来，钢锚梁方案也具有参与大跨径斜拉桥锚固方案的竞争力，其构造如图 2-2 所示。

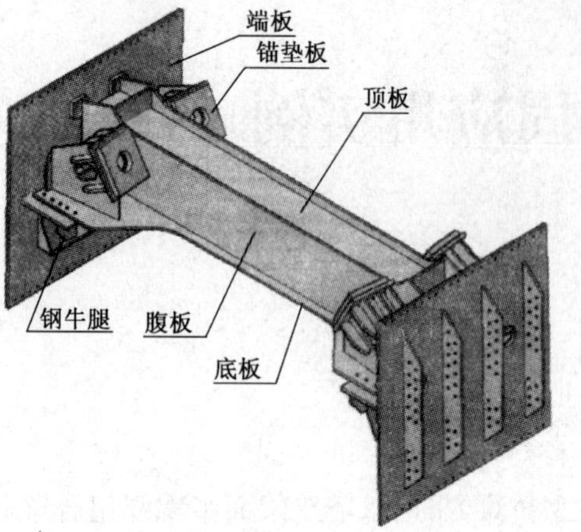

图 2-2 金塘大桥钢锚梁组合锚固方案

钢锚梁和钢牛腿组合结构的施工工序如下。

(1)钢锚梁和钢牛腿采用高强螺栓临时连接，和端板一起整体吊装。为了避免端板变形，要求增加一些必要的工装。

(2)吊装到设计位置后，利用抗拉槽钢和劲性骨架相连接做精确定位，然后安装下一节钢锚梁与牛腿，相邻端板根据设计要求可靠连接。依次逐节吊装钢锚梁。

(3)钢锚梁吊装至一定高度后，可以开始浇筑下部塔柱混凝土。

(4)在索塔混凝土全部浇筑完成后，在斜拉索张拉前，卸掉钢锚梁和钢牛腿临时固结中一侧的连接螺栓，以保证水平分力能由钢锚梁承担。

2.2 钢锚箱锚固应用实例

2.2.1 外露式钢锚箱

(1)希腊里翁-安蒂里翁

科林斯湾上的里翁-安蒂里翁 4 塔斜拉桥采用的外露式锚固结构如图 2-3 所示。该锚固区的特点：其一，钢锚箱节段端面为几段折线，并采用焊接连接，提高了锚箱间的连接强度；其二，塔壁做成两个“C”，既保证了钢与混凝土连接面积以传递竖向力，又降低了塔壁的刚度，使之分摊的水平力较小。

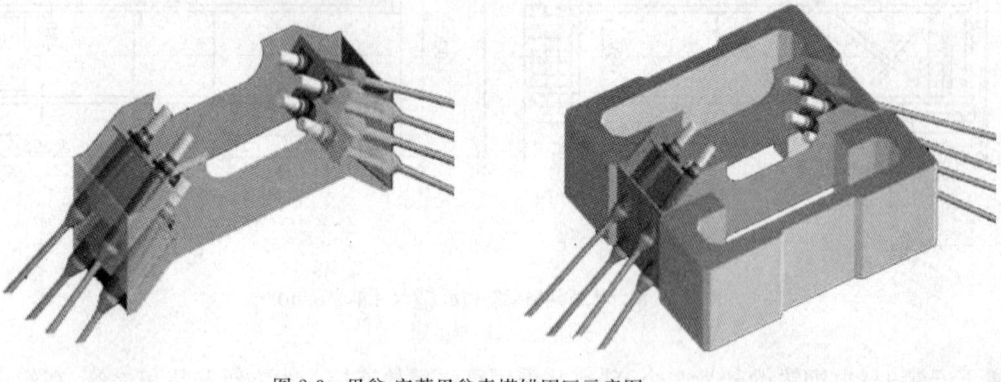

图 2-3 里翁-安蒂里翁索塔锚固区示意图

(2)法国诺曼底桥

法国诺曼底桥是跨越塞纳河的混合梁斜拉桥，主跨 856m，索塔为倒 Y 形，塔柱上斜索锚固区段的高度约为 60m，在该区段内有钢锚箱与混凝土柱身连接在一起，斜拉索即锚固于该钢锚箱上，如图 2-4 所示。

钢锚箱位于塔柱的中间，其两侧的混凝土截面与钢锚箱连接，钢锚箱与混凝土之间通过焊在纵向竖钢板上的短竖钢板连接；在短竖钢板的两侧还分布有 ϕ16mm 的焊钉，在连接处还布置水平的连接件。这些连接件通过水平预应力筋来加强，预应力筋呈 U 形，它们锚固在塔柱混凝土的侧壁上，并穿过钢锚箱。每节钢锚箱通过 2 对预应力筋，每根预应力筋由 7ϕ15.24mm 的钢绞线组成。诺曼底桥钢锚箱的施工方法为：将 2.70m 高的节段逐件起吊，并采用焊接连接。

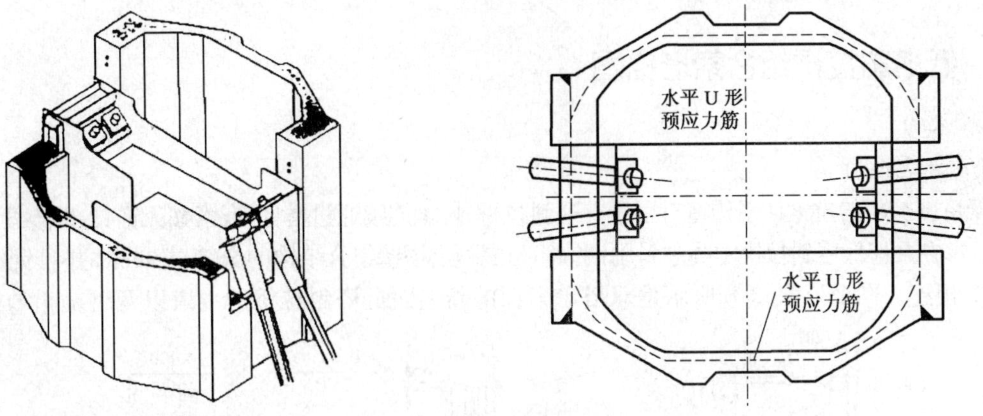

图 2-4 诺曼底桥索塔锚固区构造

2.2.2 内置式钢锚箱

(1)昂船洲大桥

昂船洲大桥主跨度为 1 018m,横跨蓝巴勒海峡。斜拉索为双索面扇形布置,主跨部分的间距为 18m,而边跨部分的间距为 10m。桥塔 175m 高度以下为混凝土结构,其外围为不锈钢钢筋;175～293m 的部分则为钢与混凝土的组合结构,钢外壳以不锈钢制造。顶部 5m 属玻璃覆盖的钢结构,具备建筑照明设施并用于存放维修设备。

索塔组合结构部分的不锈钢外壳通过焊钉和混凝土壁结合起来,外壳各节段之间采用螺栓连接。索塔锚固区如图 2-5 所示,钢锚箱端部嵌入混凝土之中,锚箱端板和侧板均设有焊钉,锚箱节段之间也采用螺栓连接。

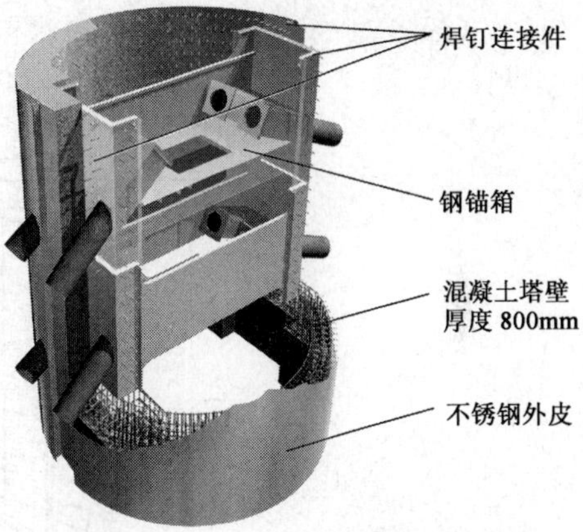

图 2-5 昂船洲大桥索塔锚固区示意

(2)苏通大桥

苏通大桥主桥采用双塔双索面的钢箱梁斜拉桥,边跨设置三个桥墩,其跨径布置为 100m＋100m＋300m＋1 088m＋300m＋100m＋100m＝2 088m。主桥索塔采用 C50 混凝土索塔,钢锚箱主体结构采用 Q345qD 钢材制作。

钢锚箱作为斜拉索锚固结构,设置在上塔柱中,第 4～34 对斜拉索锚固在钢锚箱上,第 1～3 对斜拉索直接锚固在混凝土底座上。钢锚箱共 30 节,每节钢锚箱长 7.118～8.517m,宽 2.40m,高 2.30～3.55m,钢锚箱节段之间采用高强螺栓连接;钢锚箱最下端支撑于混凝土横梁上,钢锚箱总高 73.6m。

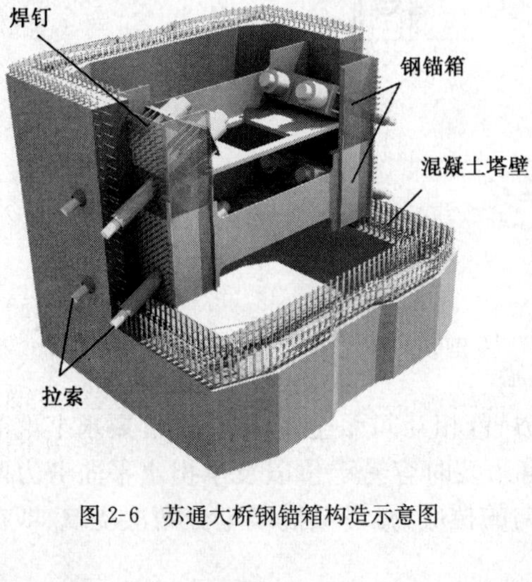

图 2-6 苏通大桥钢锚箱构造示意图

钢锚箱为箱形结构,由侧板、端板、支撑板、承压板、锚垫板、横隔板、节段间连接板、加劲板等构件组成。其中,侧板主要承担斜拉索水平拉力,板厚 40mm;端板与混凝土塔壁相连,板厚 30mm,宽 2 700mm,表面焊有焊钉连接件;索力通过支撑板传递至侧板上,支撑板厚 40～48mm,长度随斜拉索角度不同而变化,支撑板两侧焊有加劲肋;两块侧板之间设置横隔板,为厚度 16mm 的带肋钢板,上面开有人孔,在斜拉索张拉时作为施工平台;承压板厚 40mm,锚垫板厚 80mm。

塔柱采用空心箱形断面,上塔柱为对称单箱单室,尺寸由 9.00m×8.00m 变化到 10.82m×17.40m,塔壁厚度在斜拉索前侧为 1.00m,侧面为 1.20m,如图 2-6 所示。

2.3 低塔斜拉桥组合索塔锚固

(1)日本新名西桥

通常低塔斜拉桥的拉索体系构造有别于普通斜拉桥，拉索连续通过塔柱，有索鞍无锚具，即连续式锚固方式。最近日本在几座低塔斜拉桥主塔中采用钢锚箱与混凝土塔壁组合结构的分离式锚固，并且钢锚箱上下各节段互不相连。图 2-7、图 2-8 所示是双塔单索面的新名西低塔斜拉桥的主塔以及钢锚箱的构造。

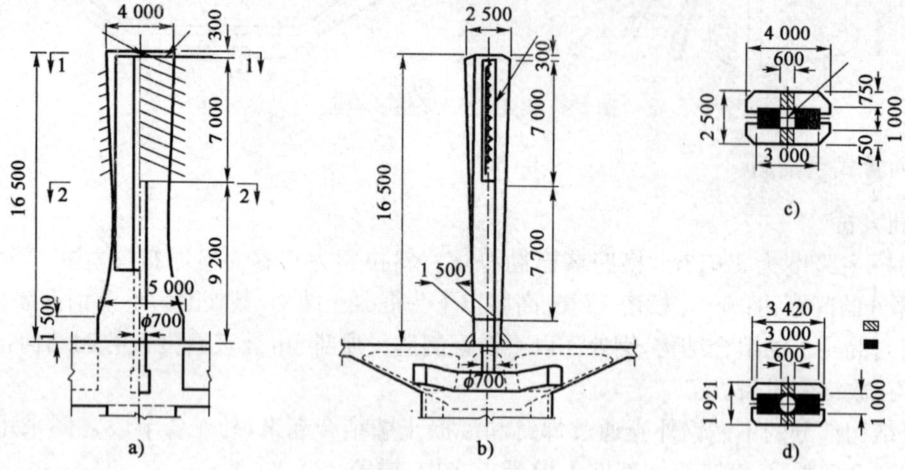

图 2-7 新名西桥主塔构造(尺寸单位：mm)

a)侧立面；b)正立面；c)1—1 截面；d)2—2 截面

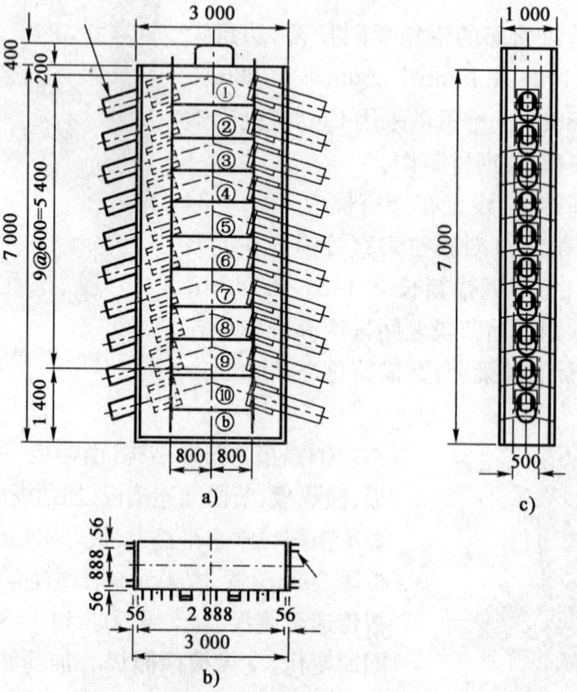

图 2-8 新名西桥钢锚箱构造(尺寸单位：mm)

a)侧立面；b)横截面；c)正立面

钢锚箱共计 11 个节段，加工成上凸下凹形，各节段直接放置，相互间无连接，制作精度要求上下节段间的空隙控制在 0.5mm 以下。钢锚箱制作成凹凸形，具有吊装时容易定位以及承担水平向剪力两个作用。另外，为了减小拉索施加作用力时混凝土塔壁水平向的拉应力，塔壁混凝土分两次浇筑，即在吊装钢锚箱、浇筑侧面中央预留部以外的混凝土、施加拉索作用力后，再浇筑侧面预留部的混凝土。

(2)重庆嘉悦桥

嘉悦桥位于重庆市区北部，是连接重庆市北部新区和北碚区的重要城市桥梁，预计于2010年建成，建成后将是国内最大跨径的低塔斜拉桥。桥梁主跨为250m，为双塔双索面混凝土低塔斜拉桥，塔梁固结。采用双层桥面，上层为双向6车道和检修通道，标准宽度28m，下层为箱梁翼缘下的人行道，每侧宽3.5m。桥塔外形为流线Y形结构，索塔全高100m，桥面以上高32m。上塔柱采用C60混凝土，塔柱外倾22°，设置13对拉索，拉索与主梁夹角18°～20°，成桥最大索力11 000kN。采用钢锚箱与混凝土塔柱组合结构锚固，如图2-9所示。

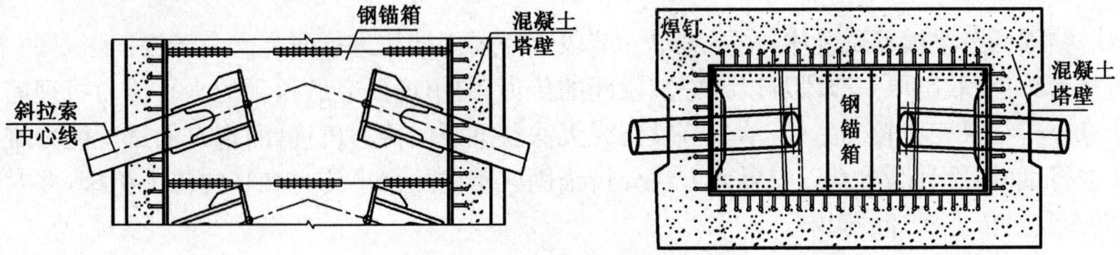

图2-9 嘉悦桥索塔锚固结构

第3章　组合索塔锚固区传力机理仿真分析

3.1　概述

在索塔锚固区节段模型试验中，主要对单一节段索塔锚固结构进行研究。由于锚固区是一个整体，各节段间互为约束，取出单一节段难以考虑节段间的传力，单节段研究所得到的水平传力机理需与锚固区整体计算分析结果相比较。另外，单一节段研究无法获悉竖向传力机理，而现有的试验能力难以对整个锚固区进行试验。因此，本章以有限元方法分析锚固区整体的水平传力和竖向传力机理，并对变化设计参数，考察其对传力机理的影响。

3.2　组合锚固区有限元模拟方法

根据斜拉桥索塔的受力特点，塔上部主要荷载为斜拉索力，因此可取锚固区及上下相邻一段混凝土塔壁进行模拟计算。由于索力为集中荷载，为准确获得锚固区局部应力，模拟中通常以实体单元或板单元模拟混凝土，以壳单元或实体单元模拟钢结构，并对受力集中区域的网格精细划分。

焊钉连接件是组合结构的关键组成部分，通常将连接件作为独立的一个组件，以一个或几个单元模拟其抗剪刚度和抗掀起刚度。另外，还要对没有连接件部位钢与混凝土界面相互作用进行模拟。精确地模拟连接件局部的应力分布涉及复杂的接触关系和材料非线性，是十分困难的。但对于工程结构分析，重点是获得荷载在组合结构不同材料间的分配关系及结合面存在滑移时结构的变形。只要对结合面处的相对滑移量模拟得合理，就可以获得上述结果，而不需过多考虑连接件处的局部应力。因此，探讨滑移量与连接件所传力之间的关系以及用合适的方法模拟这种关系，是模拟组合结构受力的主要任务。

圆柱头焊钉是钢与混凝土组合结构中最常用的连接件之一，具有抗剪和抗掀起两个作用。其抗剪的力学性能不具有方向性，不像钢筋连接件与型钢连接件那样要考虑受力方向进行设置。另外，焊钉连接件采用的是专用焊接机，不需要很高的操作技术，焊接方便，质量容易保证。

滑移与掀起现象会引起结构刚度降低，截面组合效应降低，使得结构变形增大，承载能力下降。所以如何利用有限元方法简单而又不失准确地模拟连接件传力，对钢与混凝土组合结构进行精确计算，是一个值得深入研究的问题。国内外学者对于连接件仿真模拟方法进行了许多研究。总的来说，工程常用的焊钉连接件的仿真模拟方法已经较为成熟。

(1)实体单元方法

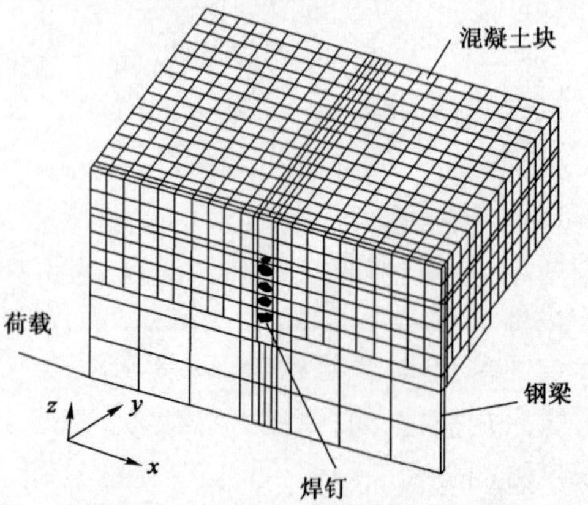

图 3-1　实体单元模拟焊钉示意

如图 3-1 所示，对推出抗剪试验中的焊钉连接件可进行实体有限元模拟。计算中对钢与混凝土所有结合面建立接触关系，并考虑焊接倒角。依据试验中焊钉的变形特点及有限元计算中沿焊钉长度方向的应力分布，认为焊钉变形类似悬臂弹性地基梁，如图

3-2 所示。

采用体单元模拟焊钉，虽能较好地模拟焊钉的受力和滑移量，但由于计算容量限制，只适合对焊钉布置数目较少的推出试件模型进行分析，无法满足焊钉布置数目较多的实际结构的分析。

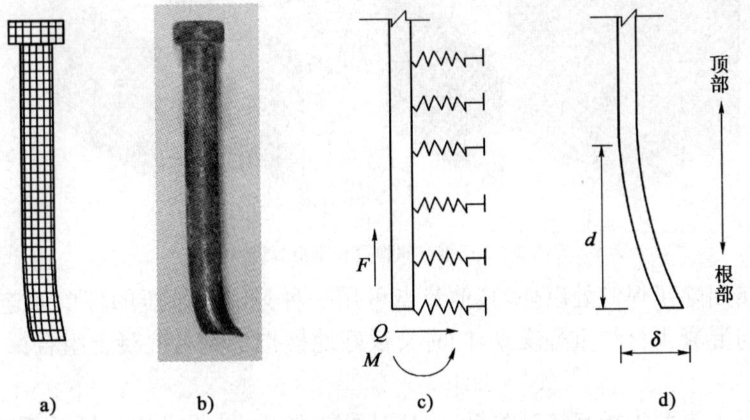

图 3-2　焊钉受力与变形示意

a)计算变形；b)实际变形；c)受力示意；d)变形示意

(2)梁单元方法

采用梁单元模拟焊钉连接件，其优点是比较直观，用的梁单元可以与焊钉设为同一材料属性和尺寸。为了保证混凝土与钢梁之间能产生相对滑移，钢板与混凝土板之间可脱离一微小距离，如图 3-3a)所示；或将焊钉分成多个梁单元，在混凝土内部与体单元节点合并，如图 3-3b)所示，可以通过调整梁单元的弹性模量或分段长度使梁单元的刚度与推出试验匹配。

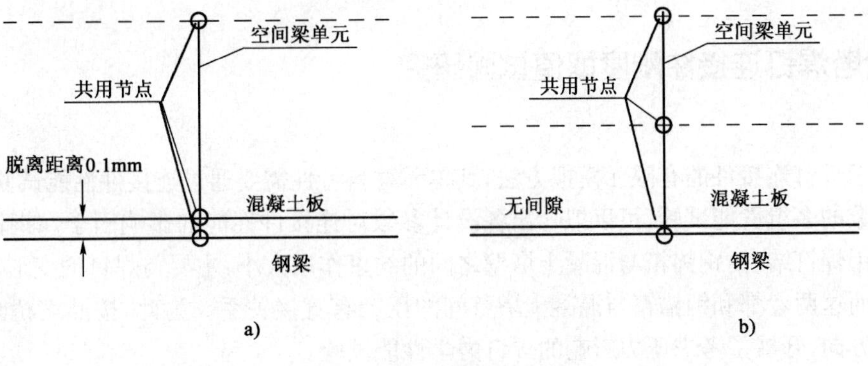

图 3-3　梁单元模拟焊钉示意

a)钢与混凝土界面脱离间隙方法；b)在混凝土内部共用节点方法

(3)弹簧单元方法

模拟焊钉的另一种方法是将焊钉的受力分解，每个焊钉用三个弹簧单元模拟，其中两个模拟焊钉抗剪作用，一个模拟拉拔作用，计算模型如图 3-4 所示。这一方法可以直接采用推出试验的剪力—相对滑移曲线作为弹簧元非线性刚度，比较方便。当拉拔力较大时，最好将拉板方向的弹簧元一个节点置于混凝土内部实际焊钉头部位置，可减少失真的应力集中效应。

(4)梁单元与弹簧单元的组合

可采用梁单元与弹簧单元的组合模型中焊钉，单元组与实际构件中焊钉设置间距完全相同。焊钉沿长度方向分为三段梁单元，将各节点与相同位置的混凝土块体单元节点的三个平移自由度耦合，保证焊钉和混凝土块体单元共同工作。弹簧单元的布置与焊钉一致。此时交接面上有三点重合，分别是钢梁节点、混凝土节点和焊钉根部节点。三点的处理方式是，首先将焊钉根部节点与混凝土节点合并，再将其与钢梁节点建立弹簧单元。

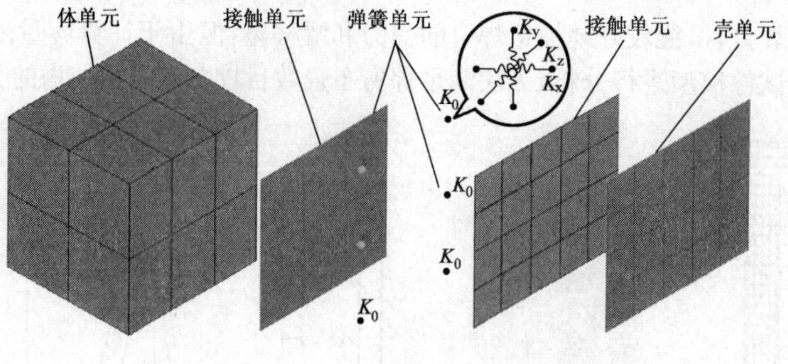

图 3-4 三维空间弹簧元模拟焊钉示意

钢与混凝土交接面除了焊钉处以外,其他节点可用一种只能受轴压的杆单元连接,如图 3-5 所示,排除了可能产生钢与混凝土材料重叠现象,同时又很好地模拟了钢与混凝土组合梁容易出现的"掀起"现象。

实际上钢与混凝土界面为相互接触关系,受拉时可能张开,受压时相互抵触不穿透,同时界面还存在一定的摩擦力。传统的有限元节点之间,或是相互约束,或是处于自由状态,处理起来有一定困难。接触属于非线性约束问题。通常,将接触问题的描述抽象为产生接触的两个物体无法满足无穿透约束条件。数学上研究无穿透约束的方法有拉格朗日乘子法、罚函数法、直接约束法。有限元计算中常利用罚函数法模拟钢与混凝土的脱开、滑移及摩擦等。

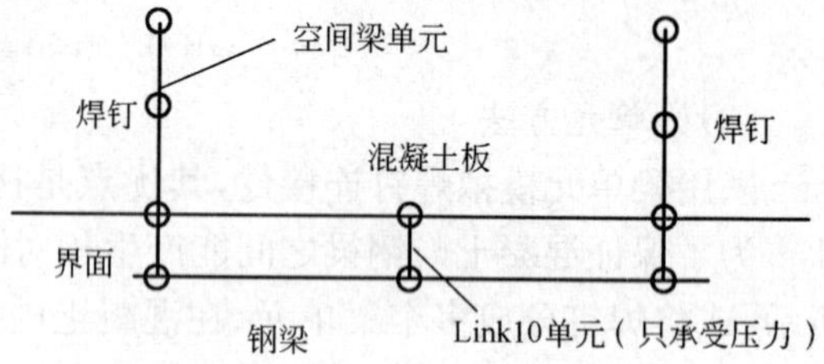

图 3-5 杆单元模拟钢与混凝土界面示意图

3.3 索塔焊钉连接件刚度取值试验研究

以上论述了焊钉连接件的有限元模拟方法,其单元材料特性需要通过连接件性能试验获得,并且通过不同设计参数的多组性能试验,可以拟合出各设计参数对连接件性能的影响因子。钢锚箱端板与混凝土塔壁之间用焊钉结合,钢锚箱与混凝土塔壁之间的约束作用大小,主要与焊钉的变形性能及界面摩擦系数有关。而这两者都和钢锚箱与混凝土塔壁间的压力有直接关系。为此,按照实桥焊钉配置间距及混凝土浇筑方向,开展了考虑压力影响的焊钉力学性能试验。

3.3.1 试件形式及尺寸

如表 3-1 所示,试件设计考虑两种情况。

试件形式及预加水平压力大小　　表 3-1

试件分组	试件个数	测试目的	水平索力(kN)	实塔单侧焊钉(个)	单侧焊钉分担水平压力(kN)	单侧焊钉(个)	单根钢筋预压力 P(kN)
No. 1	3	顶部节段	7 565.0	180	42.0	6	33.5
No. 2	3	中部节段	4 977.0	180	27.7	6	15.7
No. 3	3	底部节段	1 502.0	276	5.4	6	4.8
No. 4	3	无水平索力	—	—	—	6	0.0
No. 5	3	性能试验	—	—	—	2	0.0

一是按照实桥钢锚箱与混凝土塔壁间焊钉的布置方式，即以索塔锚固区顶部节段、底部节段及中间节段的焊钉布置和水平索力大小为变化参数。具体是在塔高方向取两行、水平方向取单面索范围内的布置方式配置焊钉，这一类试件共 4 组 12 个试件，其中 1 组 3 个试件不考虑水平索力。水平索力通过对穿的预应力钢筋施加，目的是分析按照设计的布置方式及水平索力所产生的摩擦力，对焊钉的抗剪刚度及承载性能的影响。

二是按照较常用的加载试验方法，高度方向取单行、水平方向取 2 根的焊钉布置形式，对所用焊钉的基本力学性能进行测试。焊钉直径取 22mm，长度取 200mm，这一类试件 1 组共 3 个试件。

试件形状与尺寸分别如图 3-6、图 3-7 所示。试件的混凝土浇筑方向，保证与桥塔浇筑方向相同，即焊钉处于侧立状态浇筑混凝土，其钢板表面处理与实桥一致。

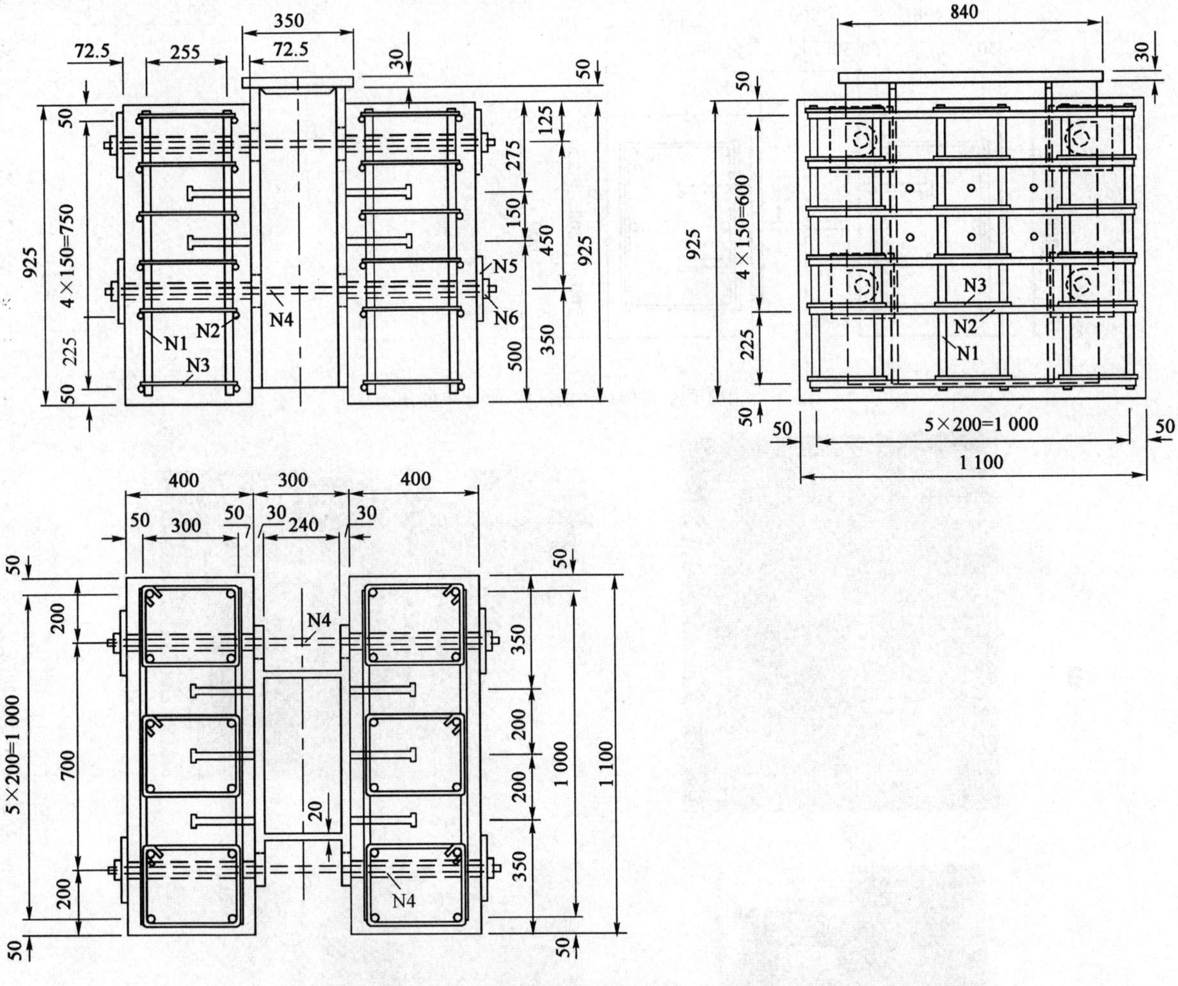

图 3-6　用于实桥索塔焊钉试验的试件（尺寸单位：mm）

如图 3-8 所示是加工完成的焊钉布置、钢试件、绑扎钢筋及浇筑完成后的照片。委托专业实验室，对所采用的焊钉进行了化学成分的分析及拉伸试验，各项指标满足要求。

3.3.2　加载及测试

焊钉的加载试验方法、试件形式不同，测定的抗剪性能也不尽相同。该研究计划采用较常用的焊钉推出试验方法，即两侧对称加载的方式，保证均匀给每根焊钉施加剪力，如图 3-9 所示。水平索力 P 用预应力钢筋施加，通过对箱形钢翼缘施加推压力 Q，来测试翼缘板上焊接的焊钉承载性能。

在混凝土块下面铺设砂浆垫层，保证推压力能够均匀传给每个焊钉。在无水平索力时，最大推压力约为 3 000kN。

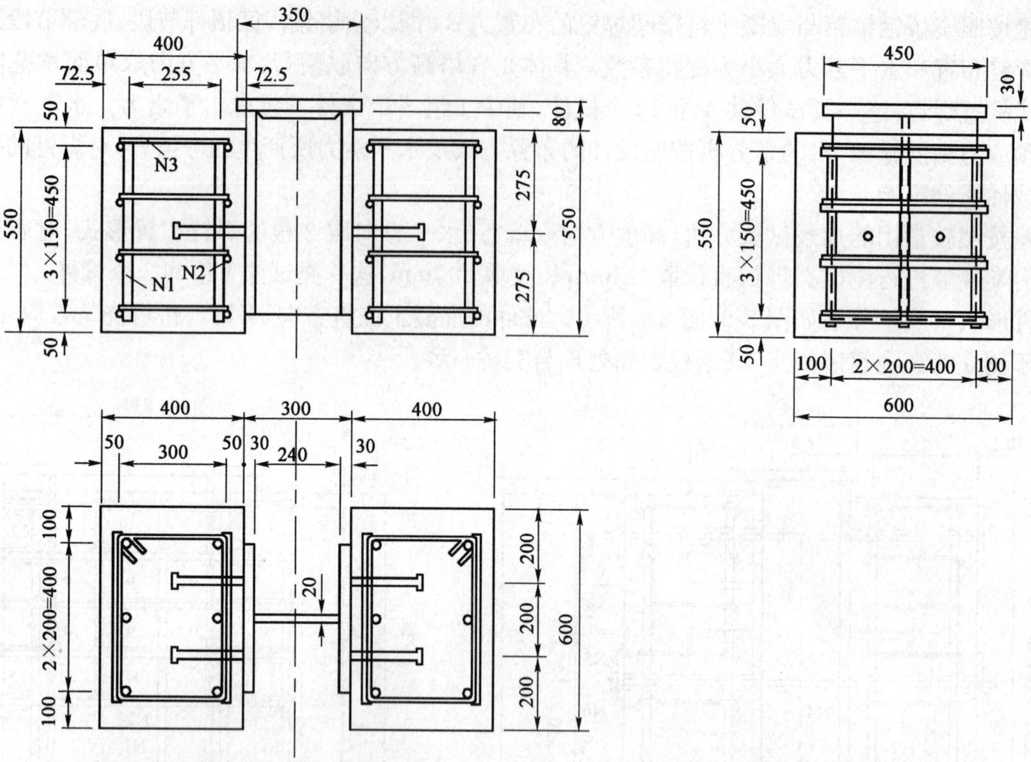

图 3-7 用于焊钉性能试验的试件(尺寸单位:mm)

a) b) c) d)

图 3-8 试件照片

a)焊钉布置;b)钢试件部分;c)绑扎钢筋;d)浇筑完成

测试钢翼缘板与混凝土块的相对滑移、焊钉的剪力与相对滑移曲线、焊钉的抗剪承载力。位移计设置如图 3-10 所示，用 4 个位移计，主要测试焊钉水平面位置的钢翼缘板与混凝土块的相对滑移。

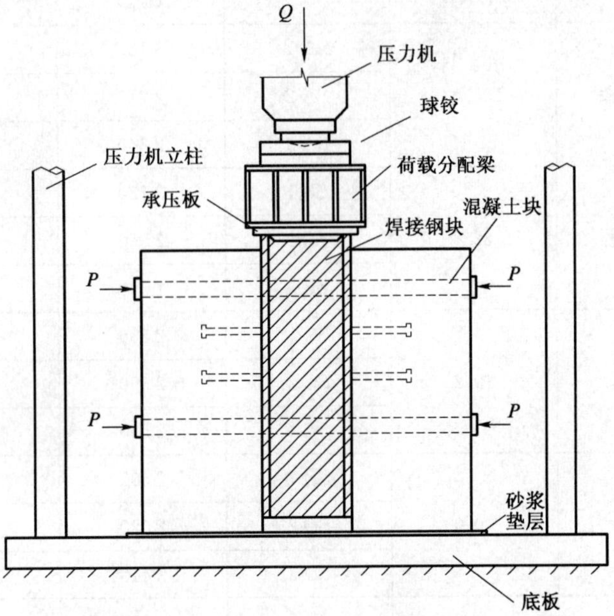

图 3-9　焊钉加载试验方案

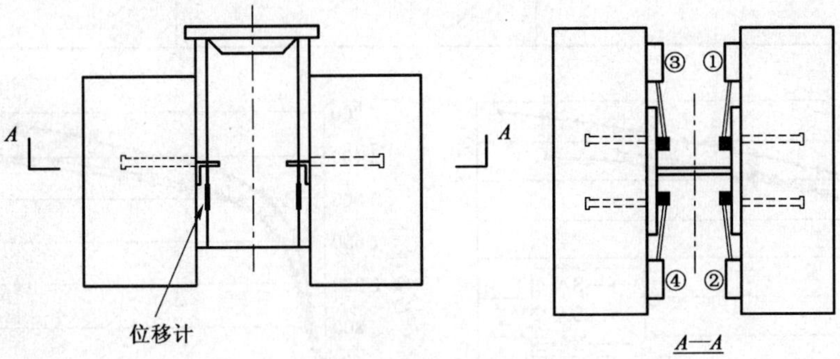

图 3-10　焊钉试验测试方案

①、②、③、④表示位移计

3.3.3　试验结果及分析

混凝土强度用 150mm×150mm×150mm 的试块测试，8 个试块在 28d 时的立方体强度分别为 58.7MPa、56.4MPa、56.4MPa、56.0MPa、51.1MPa、59.1MPa、55.6MPa、52.4MPa，平均值为 55.7MPa，达到预期设计的要求。

各试件的荷载与相对滑移曲线如图 3-11～图 3-15 所示，最大荷载、单钉的抗剪承载力如表 3-2 所示。从试验结果可以得知，本次试验所施加的预压力对承载力以及抗剪刚度影响不大，最大荷载所对应的相对滑移都很大，性能试验的情况下，大约是曲线明显变弯时的 3 倍，而用两排焊钉试验的情况下，大都在曲线明显变弯时的 4 倍以上。

3.3.4　焊钉破坏形式

试验到最终，试件混凝土表面上几乎无任何损坏，所有试件的焊钉都是根部剪断，如图 3-16 所示。从图 3-16c) 焊钉的变形看出，最右面 3 根是位于模型上部的，其弯曲变形较大，表明上下排焊钉间有一定的差异。

焊钉抗剪承载力的试验结果 表 3-2

试件分组	测试目的	预压力 *P* (kN)	试件编号	最大荷载 (kN)	单钉承载力 (kN)	平均承载力 (kN)
No. 1	顶部节段	134.0	SA-1	3 130	261	236
			SA-2	2 710	226	
			SA-3	2 640	220	
No. 2	中部节段	62.8	SB-1	2 720	227	218
			SB-2	2 550	213	
			SB-3	2 560	213	
No. 3	底部节段	19.2	SC-1	2 530	211	212
			SC-2	2 550	213	
			SC-3	2 530	211	
No. 4	无水平索力	0.0	SD-1	2 400	200	205
			SD-2	2 550	213	
			SD-3	2 440	203	
No. 5	性能试验	0.0	SE-1	900	225	242
			SE-2	920	230	
			SE-3	1 080	270	

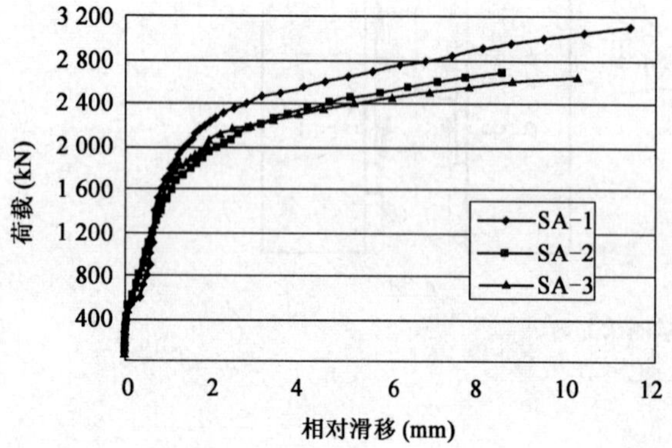

图 3-11 顶部荷载与相对滑移的关系(预压力 134.0kN)

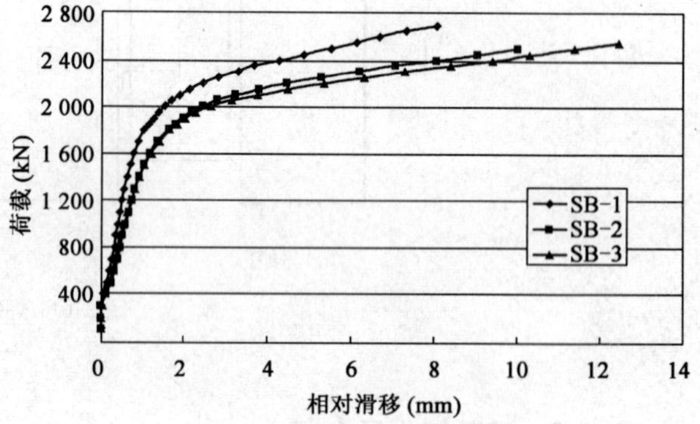

图 3-12 中部荷载与相对滑移的关系(预压力 62.8kN)

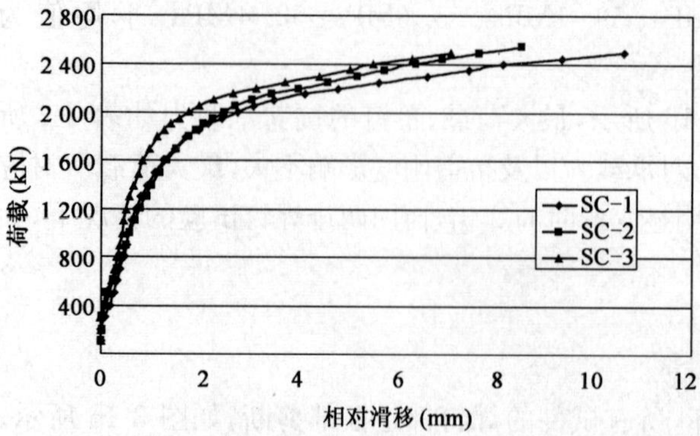

图 3-13 底部荷载与相对滑移的关系(预压力 19.2kN)

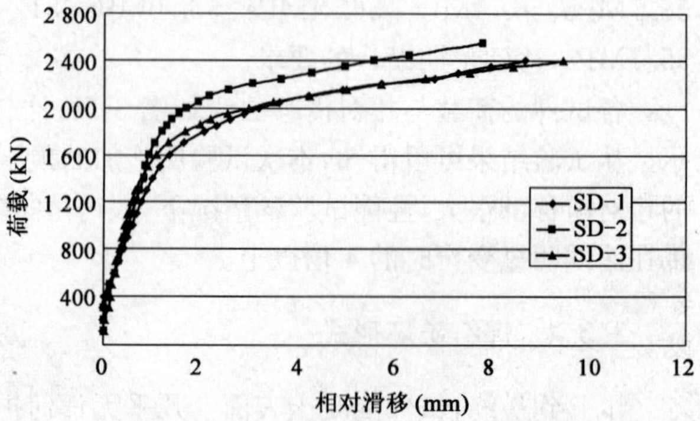

图 3-14 无压力荷载与相对滑移的关系

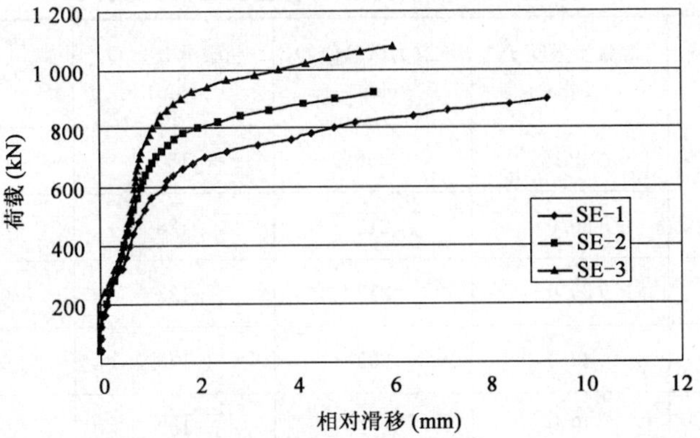

图 3-15 性能试验荷载与相对滑移的关系

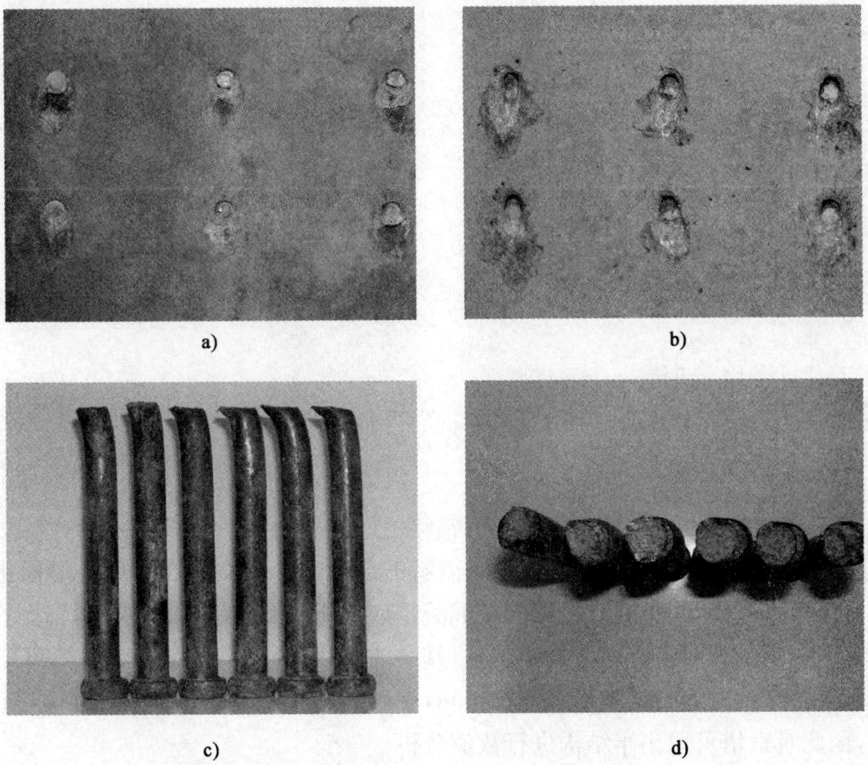

图 3-16 焊钉的破坏形态

a)钢板面上断痕；b)混凝土面上断痕；c)焊钉变形；d)焊钉破坏面

3.3.5 焊钉抗剪承载力取值

本次试验是考虑到焊钉所处的实际状态，即侧立状态浇筑混凝土制作试件，然后进行加载。最大荷载所对应的相对位移已经很大，不适宜用于求极限承载力允许值。为此，本研究将从相对位移 0.2mm 处所引的与刚度平行的直线和荷载—滑移曲线交点对应的荷载设为屈服承载力 Q_y，所有试件的屈服承载力试验值大约为承载力试验值的 60%。进一步考虑到上下排焊钉的影响、承载力的离散性等因素，设安全系数为 $k=1.7$，则焊钉的抗剪承载力允许值为 Q_y/k，计算结果见表 3-3。

焊钉抗剪承载力以及抗剪刚度与所施加的预压力的变化关系的试验结果如图 3-17、图 3-18 所示，焊钉的抗剪承载力以及抗剪刚度都随着施加压力而增大，但增幅很小。依据该结果可知，不考虑钢锚箱端板与混凝土塔壁间压力设计的焊钉是偏于安全的。

焊钉抗剪承载力试验值、计算值及屈服承载力 表 3-3

试件分组	预加压力 P (kN)	混凝土强度 f_c (MPa)	承载力试验值 Q_u (kN)	屈服承载力 Q_y (kN)	Q_y/Q_u	承载力允许值 Q_y/k (kN)
No. 1	134.0	39.0	236	130	0.55	76.5
No. 2	62.8	39.0	218	128	0.59	75.3
No. 3	19.2	39.0	212	123	0.63	72.4
No. 4	0.0	39.0	205	123	0.60	72.4
No. 5	—	39.0	242	152	0.63	89.2

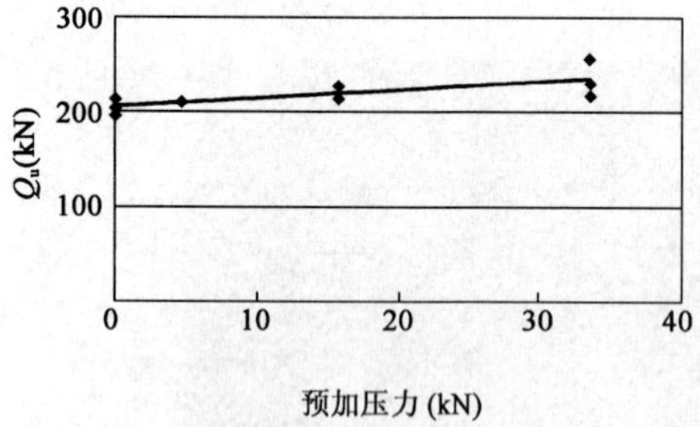

图 3-17 焊钉抗剪承载力与预加压力的关系

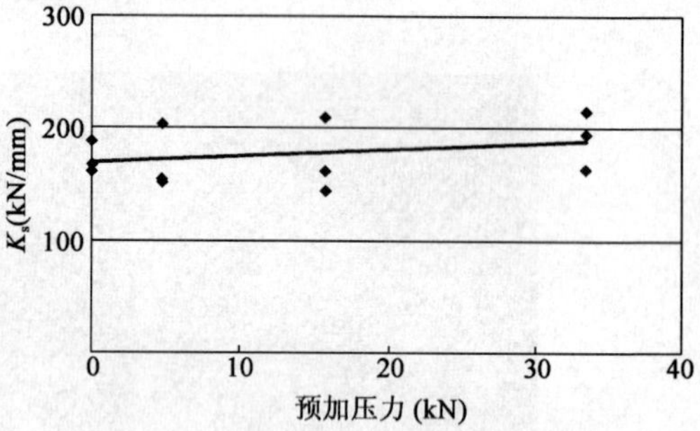

图 3-18 焊钉抗剪刚度与预加压力的关系

3.4 锚固区有限元模型的建立

本研究的主要内容为索塔中混凝土塔壁和钢锚箱之间的传力分析。根据研究内容没有必要取整个塔进行计算，这里取钢锚箱以上的全部索塔和钢锚箱下部 13.86m 长度的混凝土塔段进行模拟计算。拉索共 34 对，其中第 1～3 对斜拉索直接锚固在混凝土底座上，第 4～34 对斜拉索锚固在钢锚箱上，钢锚箱共 30 节，除 4 和 5 号拉索在同一个钢锚箱外，其余锚箱只锚固一对拉索，钢锚箱编号对应斜拉索编号。根据混凝土塔壁和钢锚箱的结构形式分析可知，索塔的几何形状及对索塔起到控制作用的荷载均在横桥向对称，因此对索塔可取出半结构进行数值分析。

全锚固区计算共建立了三个模型，如表 3-4 所示，分别考察钢锚箱之间相互连接与否，混凝土收缩效应及连接件刚度和布置对锚固区传力体系的影响。

参数变化有限元模型 表 3-4

模　型	说　明	计 算 工 况
模型 I	按苏通大桥索塔锚固区结构建立	工况①为满布索力，工况②以降温计算收缩
模型 II	将钢锚箱节段连接断开，其他同模型 I	同上
模型 III	变化 6 种连接件布置，其他同模型 I	按单索最不利索力加载

在进行有限元建模时，索塔的混凝土用实体单元模拟，钢锚箱的钢板用空间壳单元模拟，如图 3-19、图 3-20 所示。塔壁混凝土和钢锚箱的连接是非常复杂的，竖向既有焊钉传力，又有钢锚箱端板和混凝土塔壁间的摩擦力；水平向既有焊钉传力，又有混凝土和钢锚箱端板的接触压力。

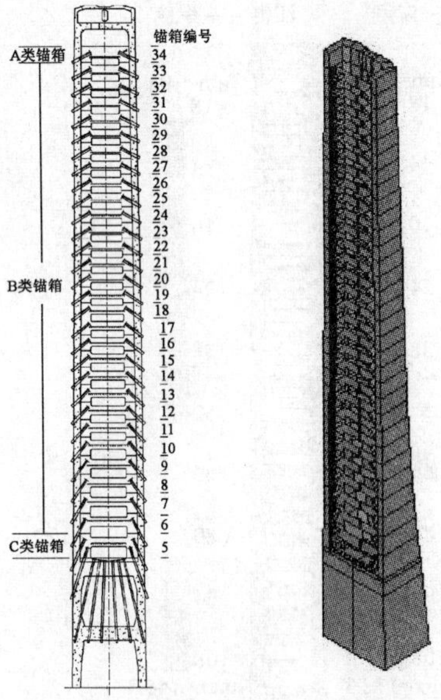

图 3-19 索塔锚固区实体模型

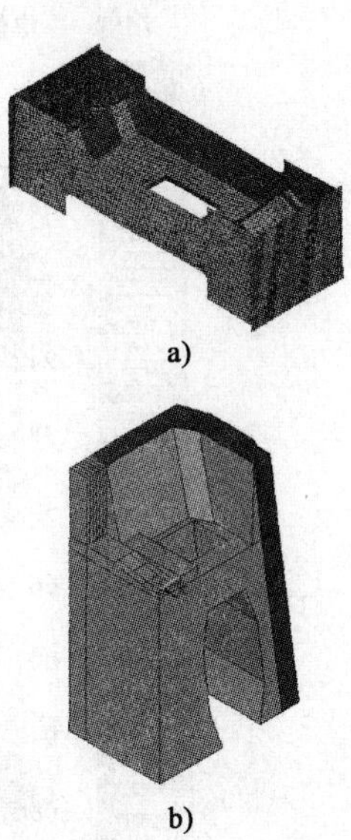

图 3-20 索塔锚固区实体模型局部

a)钢锚箱有限元模型;b)锚固区底座有限元模型

3.5 锚固区水平受力机理分析

3.5.1 水平向受力状态和作用力分配

结合有限元计算和节段模型试验,可以得出锚固区在水平力作用下的受力状态,即钢锚箱侧板为承受索力水平分力主要构件,小部分水平力通过连接件和锚箱端板传递给混凝土塔壁。本次计算比较的各影响因素中,对水平力分配影响较大的是钢锚箱节段间分离和混凝土收缩效应,连接件刚度和间距变化对顺桥向水平力的分配影响不大,但对索力横桥向分力的分配有一定影响。

侧板在不同模型和荷载作用下顺桥向应力分布如图 3-21 所示。侧板顶部受力最大部分在不同荷载组合作用下的顺桥向应力分布如图 3-22 所示。根据应力计算结果,进行积分计算得到各节段横桥向中截面上的水平轴力。

从应力图中可以看出,计混凝土收缩时,侧板应力比不计收缩小,侧板分配的水平力也较小。钢锚箱分离时,不平衡的拉索水平分力都由混凝土承担,故侧板应力水平比锚箱间连接略小。从上部 6 节段侧板应力分布可以看出,钢锚箱分离时应力峰值更高,锚箱下部存在较大的压应力,模型 II 工况①中压应力最大约 100MPa。钢锚箱间连接与否造成侧板中部的应力分布不同,钢锚箱连接时侧板上部应力较大,而分离时下部较大。

在图 3-23 中,分别列出了在不同荷载作用下,计算得到的钢锚箱侧板的轴力以及占此节段拉索水平力合力的百分比。由于各节段相互约束,每一节段的所受水平力并非 100%由自身承担,而是传递到相邻几个节段。因此,计算各节段的分配比例时,以钢与混凝土横桥向中截面上的水平力合力作为分母,而不是以该节段的拉索水平分力为分母。这样做还因为两侧拉索水平力并不相等,不平衡的索力也必然传递到相邻节段。

从水平力分配图中可以看出,从顶部到第 3 节锚箱,钢锚箱承担的水平力逐渐增加,靠近顶部的 32 号钢锚箱受到最大的水平力。最顶部锚箱虽然索力最大,但受到索塔混凝土顶板的约束,分配水平力略小。最底部两节段锚箱则因为锚固区底部混凝土的约束而分配较小的水平力。

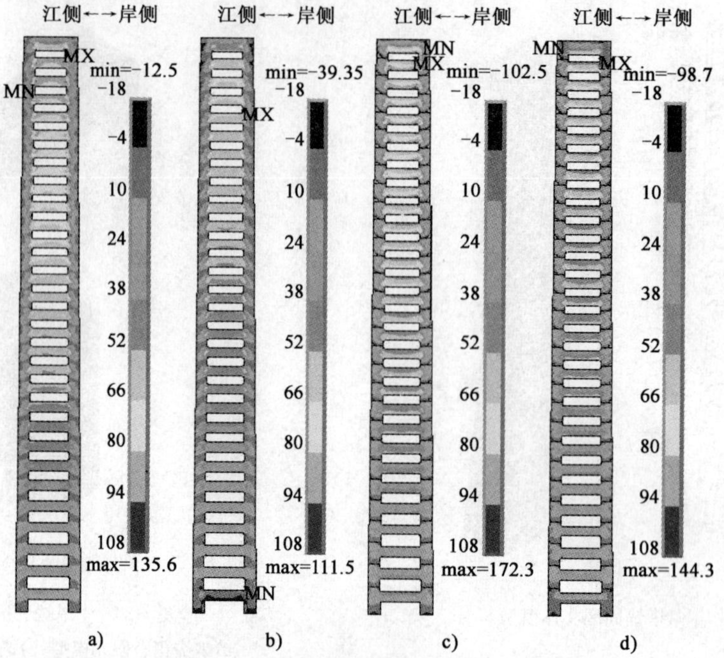

图 3-21　各工况侧板顺桥向应力分布(单位:MPa)

a)模型 I 工况①;b)模型 I 工况②;c)模型 II 工况①;d)模型 II 工况②

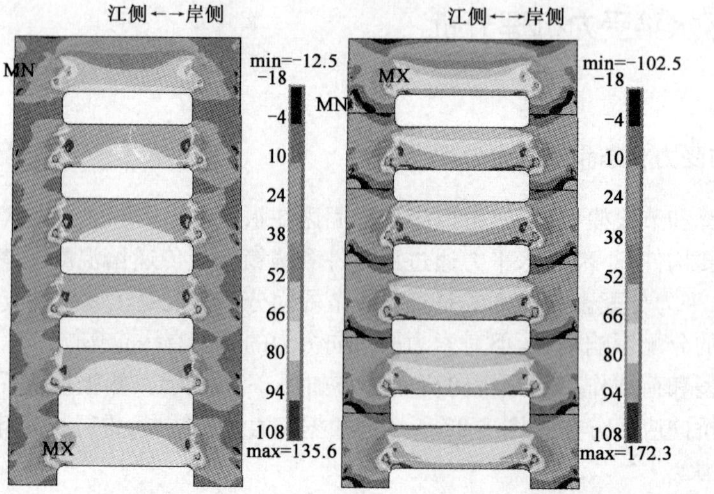

图 3-22　上部 6 节段侧板顺桥向应力分布(单位:MPa)

a)模型 I 工况①;b)模型 II 工况①

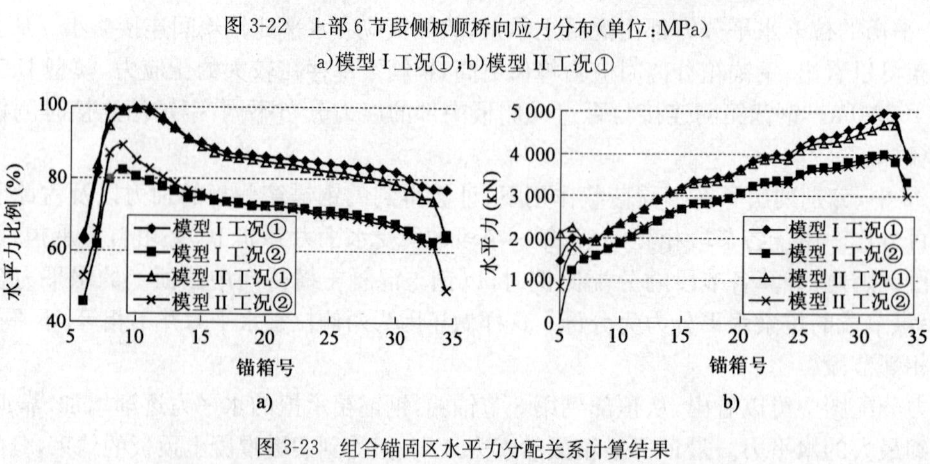

图 3-23　组合锚固区水平力分配关系计算结果

a)各节段钢锚箱分配的水平力比例;b)各节段半结构钢锚箱受到水平力

锚固区混凝土塔壁主拉应力分布如图 3-24、图 3-25 所示。由于应力峰值均发生在钢与混凝土界面上,因此以下主要对整体应力分布进行分析。从图中可以看出,计算混凝土收缩时的混凝土拉应力明显大于只计索力时的拉应力,锚箱间分离时混凝土拉应力略大于不分离时的拉应力。锚箱间分离时侧塔壁拉应力分布更加对称。可以认为由于钢锚箱分离使得锚固区整体性减弱,不平衡索力全部通过塔壁传到底部,而不是在下一节段再次在钢锚箱和混凝土之间分配,因此混凝土塔壁受力更加均匀。

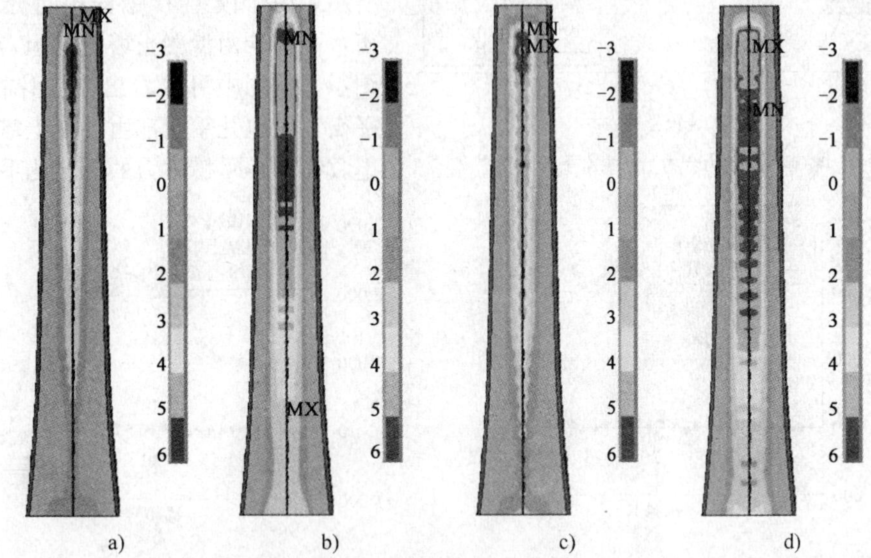

图 3-24 混凝土端壁外侧主拉应力分布(单位:MPa)

a)模型 I 工况①;b)模型 I 工况②;c)模型 II 工况①;d)模型 II 工况②

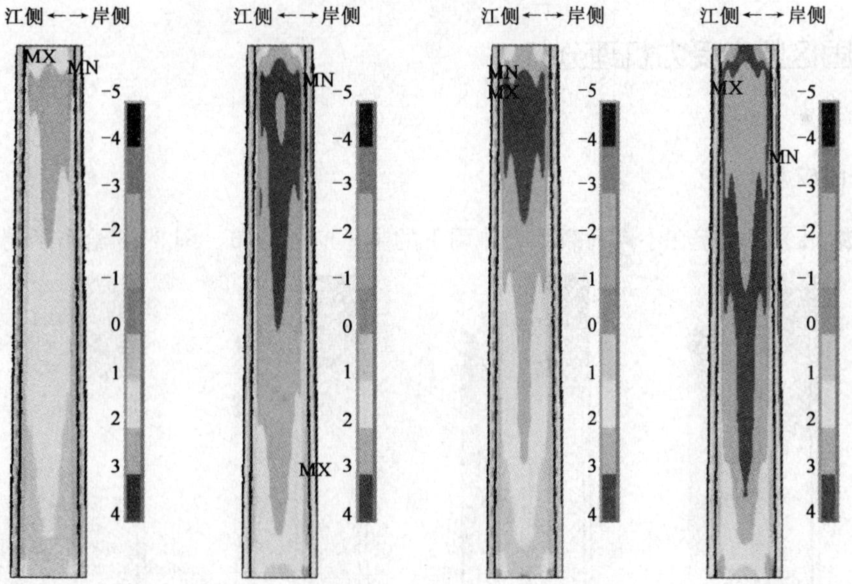

图 3-25 侧塔壁内侧主拉应力分布(单位:MPa)

a)模型 I 工况①;b)模型 I 工况②;c)模型 II 工况①;d)模型 II 工况②

3.5.2 水平力在各节段的传递

由于计算所用岸侧、江侧索力不相等,可以将索力分为平衡部分和不平衡部分。平衡部分在数值上等于较小的拉索水平分力,主要由拉索节段的钢锚箱和混凝土承担;不平衡索力则逐节段累积向下传递,直到锚固区底部。各计算模型各工况中,每节段横桥向中截面顺桥向合力与索力平衡部分的关系如

图 3-26 所示。从图中可以看出，除了锚固区顶底节段由于边界条件变化造成节段所受水平力与该节段拉索力相差较大外，其余节段水平力合力均与该节段索力水平力平衡部分相近。

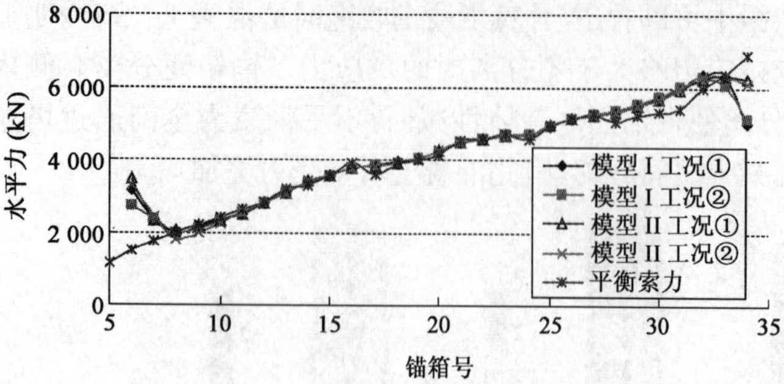

图 3-26　各节段水平力合力与拉索水平分力

各计算模型各工况中，相邻节段间传递的顺桥向力与索力不平衡部分的关系如图 3-27 所示。由于模型 II 钢锚箱间分离，所有不平衡水平力均由混凝土塔壁承担，在此没有给出图示。从图中可以看出，在钢锚箱连接时，不平衡索力也几乎全部由混凝土塔壁传递，混凝土收缩对不平衡索力的传递几乎没有影响。

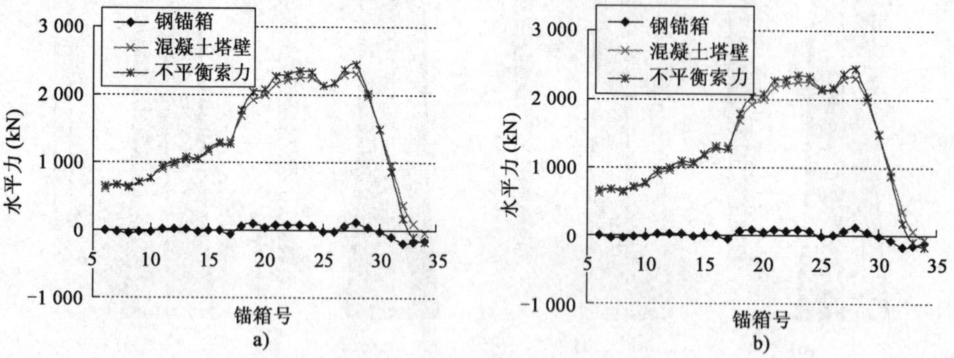

图 3-27　不平衡索力在各节段间的传递

a)模型 I 工况①；b)模型 I 工况②

3.6　锚固区竖向受力机理分析

3.6.1　竖向应力状态

图 3-28 中给出了侧塔壁在不同荷载组合作用下的主压应力分布。图 3-29 给出了侧板和端板在不

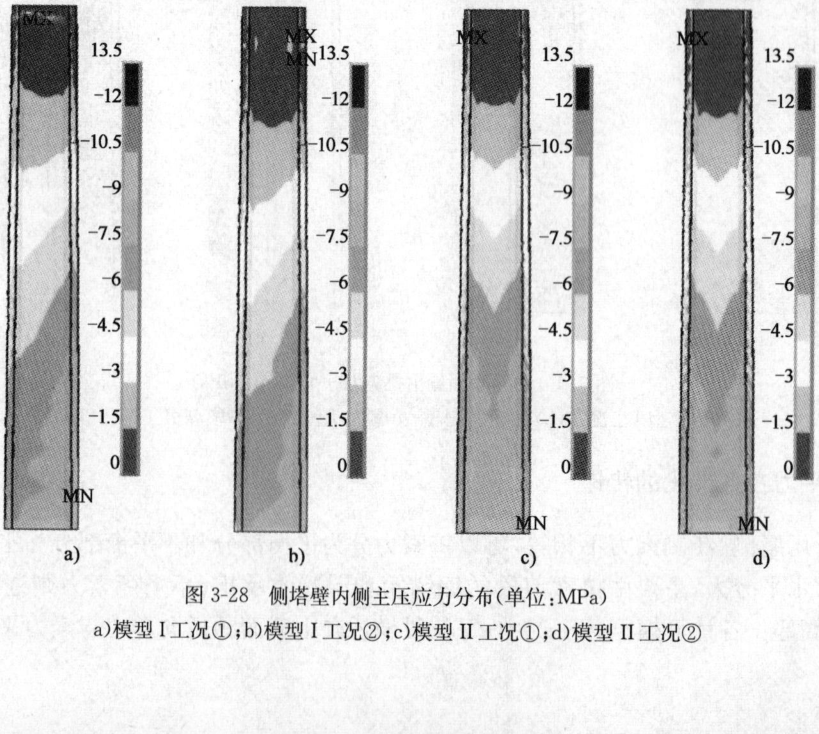

图 3-28　侧塔壁内侧主压应力分布(单位：MPa)

a)模型 I 工况①；b)模型 I 工况②；c)模型 II 工况①；d)模型 II 工况②

同荷载组合作用下的竖向应力分布。从图中可以看出，钢锚箱的受力：锚箱连接时在混凝土收缩影响下，锚箱竖向应力显著大于不计收缩时的竖向应力；而锚箱分离时钢锚箱竖向力不受混凝土收缩影响，且压应力较小。混凝土塔壁的受力：受收缩影响，顶部压力减小，钢锚箱分离时塔壁竖向应力更大，且顺桥向两侧受力趋于对称。

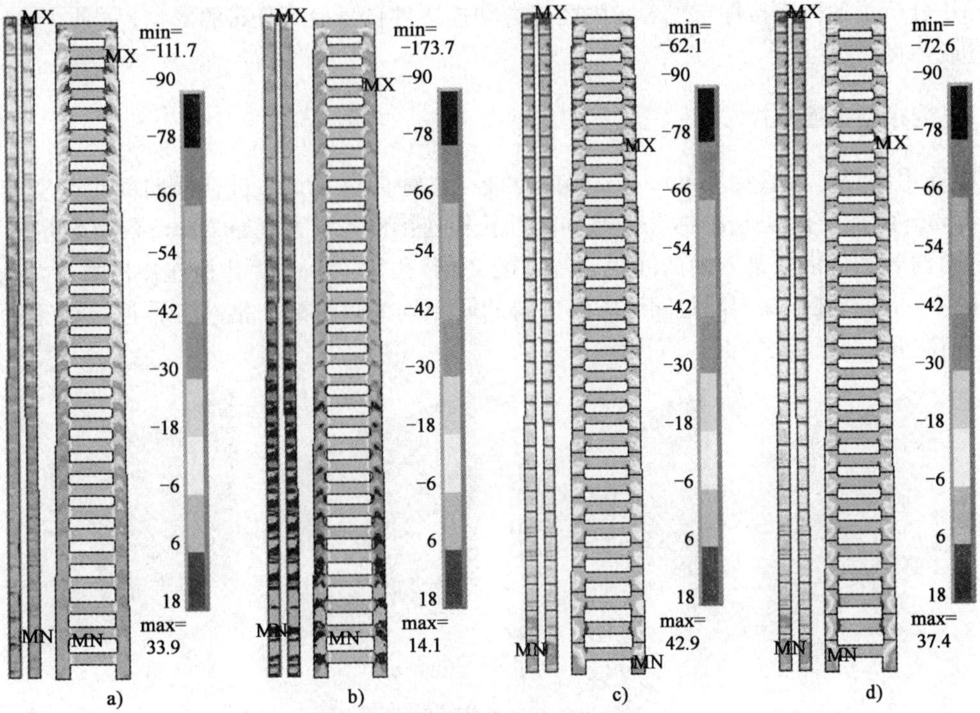

图 3-29　端板与侧板竖向应力分布(单位:MPa)

a)模型Ⅰ工况①；b)模型Ⅰ工况②；c)模型Ⅱ工况①；d)模型Ⅱ工况②

3.6.2　竖向作用力分担

在图 3-30 中显示了各节段混凝土塔壁累计承担的竖向力比例。从图中可以看出，只计索力时锚固区顶部混凝土承担竖向力略小，在 27 号锚箱以下已趋于稳定，所承担的竖向力在 93%左右；考虑收缩后，锚固区上半部混凝土塔壁所承担的竖向力减少，在顶节段最少为 15%，逐渐提高到 85%，最后稳定在 89%左右。

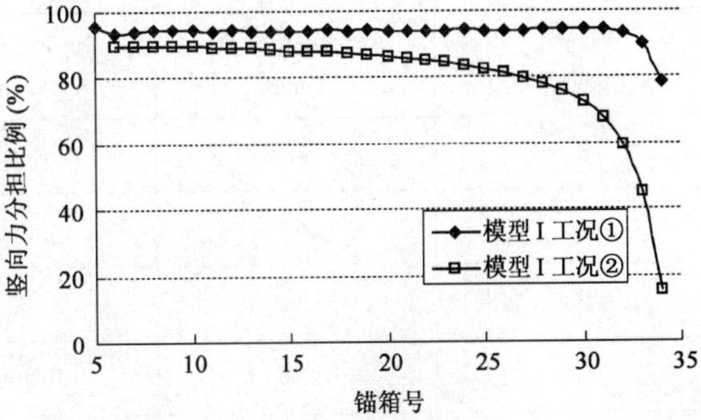

图 3-30　各节段混凝土塔壁竖向作用力分担比例

在表 3-5 中统计了各模型底锚箱节段顶部截面处，钢和混凝土受到的竖向力大小和相对比例。从中可以看出，在钢锚箱相连接时，混凝土塔壁承担了近 94%的竖向力，计混凝土收缩后，锚固区底部塔壁承担的竖向力略有减小，但仍占约 90%。

锚固区底部截面竖向力统计　　表 3-5

项　目 / 模　型	钢锚箱竖向合力 (kN)	塔壁竖向合力 (kN)	底节段钢锚箱承受竖向力比例(%)	塔壁承受竖向力比例(%)
模型Ⅰ工况①	13 110	192 230	6.39	93.61
模型Ⅰ工况②	21 610	183 730	10.52	89.48
模型Ⅱ工况①	0	205 340	0.00	100.00
模型Ⅱ工况②	0	205 340	0.00	100.00

3.7 连接件布置影响分析

模型III分析了各种连接件布置对锚固区传力和连接件自身剪力分布的影响，分别建立6种连接件布置形式进行对比。

3.7.1 连接件布置方式

模型中选用的焊钉为直径22mm和25mm两种，并对直径22mm进行横向间距改变。选用孔径50mm和75mm两种开孔板连接件，孔径50mm开孔板连接件数量为直径22mm焊钉数量的1/2，即横向间距不变，而开孔板沿塔高方向的间距为焊钉的2倍；孔径75mm开孔板连接件数量为直径22mm焊钉数量的1/4，即开孔板横向间距和沿塔高方向的间距均为焊钉的2倍。各种连接件布置如图3-31所示，焊钉横向间距布置形式如表3-6所示。

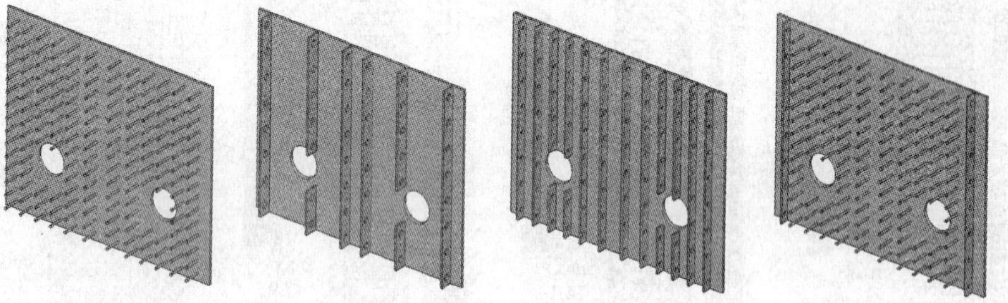

a)　　b)　　c)　　d)

图3-31　不同连接件布置示意

a)焊钉；b)ϕ75mm开孔板；c)ϕ50mm开孔板；d)开孔板和焊钉混用

焊钉两种横向间距布置形式　　表3-6

列间距（从中间到两侧）	初始间距布置（mm）	变化间距布置（mm）	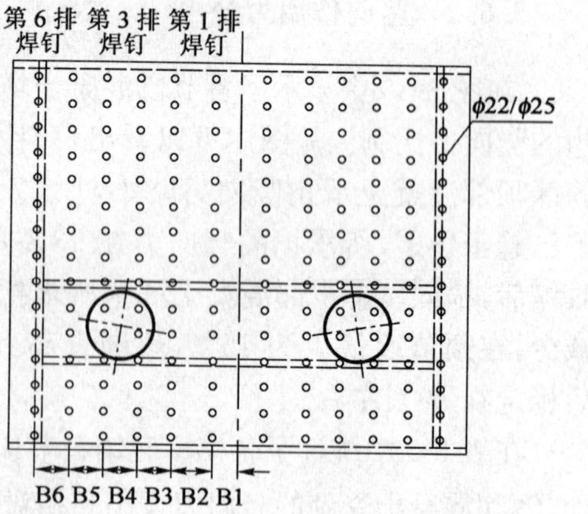
B1	300/2	300/2	
B2	250	250	
B3	200	200	
B4	200	200	
B5	200	150	
B6	200	150	

3.7.2 连接件抗剪刚度取值

不同连接件荷载—相对滑移曲线如图3-32所示，依据抗剪刚度计算方法，得到各种连接件抗剪刚度取值如表3-7所示。

连接件抗剪刚度取值　　表3-7

焊钉连接件直径 d (mm)	22	25
抗剪刚度 k_s(kN/mm)	327	371
开孔板连接件孔径 ϕ(mm)	50	75
抗剪刚度 k_s(kN/mm)	1 140	1 396

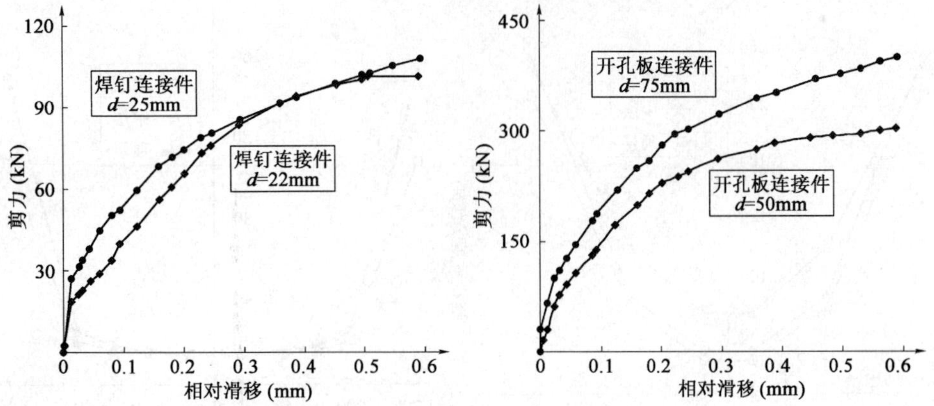

图 3-32 不同连接件荷载—相对滑移曲线

3.7.3 计算结果及比较

图 3-33 所示为各种连接件布置下的单节段连接件剪力分布，苏通大桥原设计连接件布置如图 3-33a)所示，在图 3-33b)中将最外侧两列焊钉向内移动 100mm。由于各节段焊钉剪力分布相似，这里选取了第 20 节段顶层、底层以及中间两层的连接件为例进行比较。从图中可以看出，各层连接件剪力均呈现锚箱中间部分小、两侧剪力大的趋势。

开孔板的竖向剪力整体上较焊钉连接件大，开孔板的竖向剪力横桥向不均匀较显著。开孔板和焊钉混合采用时，最外排为开孔板连接件，开孔板连接件的剪力较大且剪力值较为分散，各列焊钉剪力较为集中，沿塔高度方向焊钉的剪力值逐渐降低。

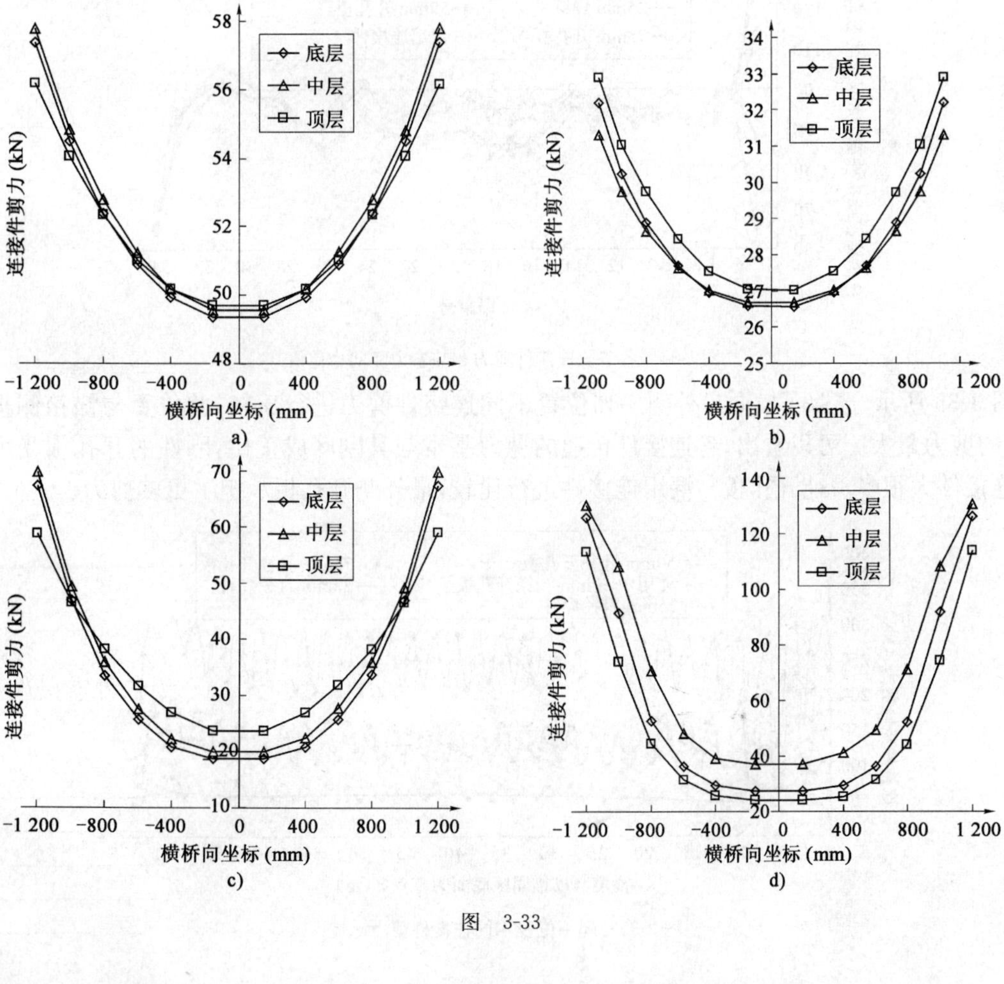

图 3-33

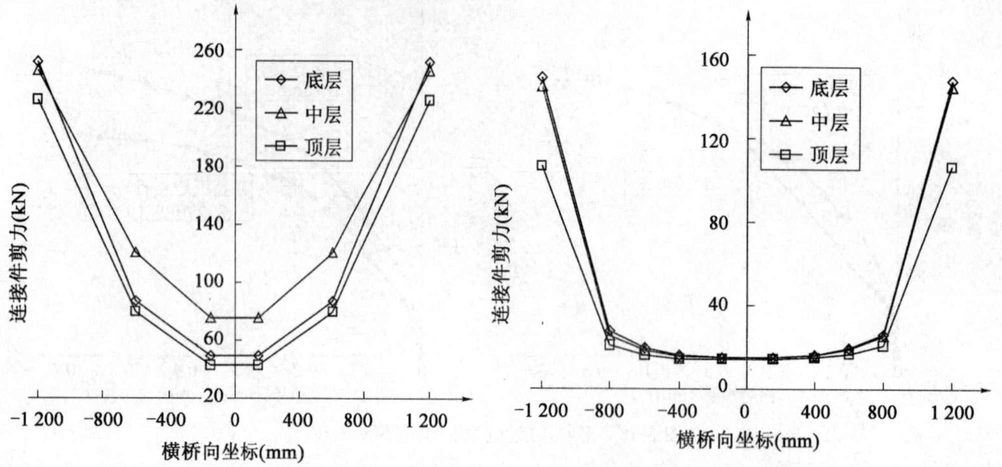

e)　　f)

图 3-33　各种连接件布置剪力分布

a)直径 22mm 焊钉；b)直径 22mm 焊钉间距变化；c)直径 25mm 焊钉；d)孔径 50mm 开孔板；e)孔径 75mm 开孔板；f)混用最外侧开孔板

焊钉、开孔板以及混用连接件各节段剪力与索力竖向分力的比值情况如图 3-34 所示。可以看出，除最底层锚箱节段外，各层锚箱在各种连接件不同布置情况下，连接件所传递的剪力基本相同。锚固区顶部两个节段钢与混凝土相对滑移小，连接件传力没有得到有效发挥，钢锚箱直接传力更多。中部连接件剪力与索力基本一致。

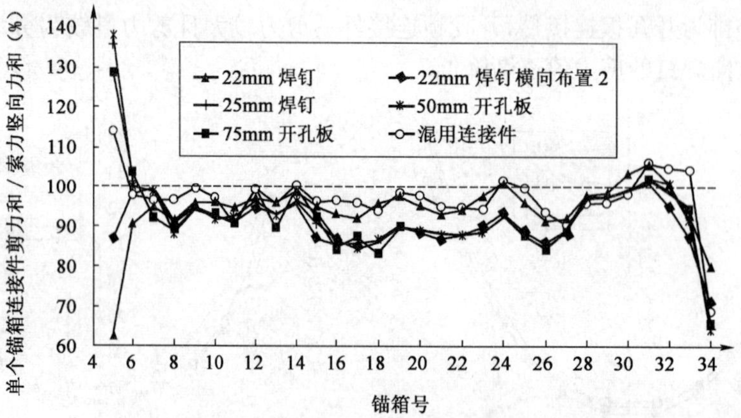

图 3-34　各节段连接件剪力和与索力竖向力比值

如图 3-35 所示，选取了横向最外侧一列位置不同连接件剪力进行比较，此位置与锚箱侧板位置一致，传递的剪力最大。可以看出，各连接件传递的剪力基本与其刚度成正比，刚性的开孔板受力比柔性的焊钉连接件大很多。纯开孔板与混用连接件进行比较，最外侧开孔板承担了更多剪力。

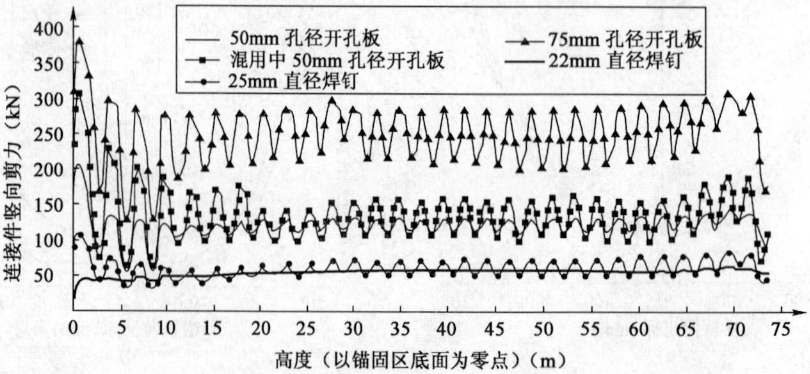

图 3-35　同一位置不同连接件剪力比较

3.8 本章小结

使用仿真分析方法研究钢锚箱与混凝土塔壁的传力机理，宜对包括锚固区底部混凝土台座在内的整个索塔锚固区建立模型。计算中混凝土塔壁用实体单元，钢锚箱板件用空间壳单元模拟，并将连接塔壁与钢锚箱的焊钉作为独立的一个组件进行模拟，其抗剪和抗拉板性能参数可依据试验取得。计算中除了考虑索力，还应对混凝土收缩影响进行分析。

依据计算得出的主要结果有以下几点：

(1)钢锚箱端板上横向最外侧焊钉在竖向、水平向都受到相对其他位置焊钉较大的剪力，受力不均匀。

(2)组合索塔锚固区受到收缩变形较大的影响，收缩变形对混凝土塔壁水平向受力以及焊钉水平向受力都是不利的，并且使钢锚箱底部节段的竖向压应力增大。

(3)最顶部几个节段锚固区受到最大的水平索力，并且累积不平衡水平力相对较小，取单节段进行试验可以近似模拟该部位的受力状态。

(4)钢锚箱分离时，混凝土塔壁承受的水平索力略有提高，端塔壁主拉应力略有增加，各节段分离水平受力更加明确。分离后钢锚箱不承担竖向力，且不约束混凝土收缩产生的竖向变形，底节段钢锚箱只受到该节段拉索力作用，失稳问题不复存在。

第 4 章　组合索塔锚固区节段模型试验及仿真分析

4.1　索塔锚固区节段模型试验方法

4.1.1　试验模型设计

斜拉索锚固区承受强大的集中力作用，锚固区构造和受力状态均较为复杂，其结构可靠与否将直接关系到整个大桥的安全，一般需要进行锚固区模型试验以考察其实际承载力性能和对设计进行验证。

大跨径斜拉桥索塔锚固区范围一般较大，难以对整个锚固区进行模型试验。考虑到索塔锚固区包含多个拉索锚固节段，其受力状态和构造都类似，模型试验通常选取其中一节段，主要考察索力作用下锚固结构的安全性和耐久性。根据以往的研究情况，锚固区模型试验有两种方法，如图 4-1 所示。

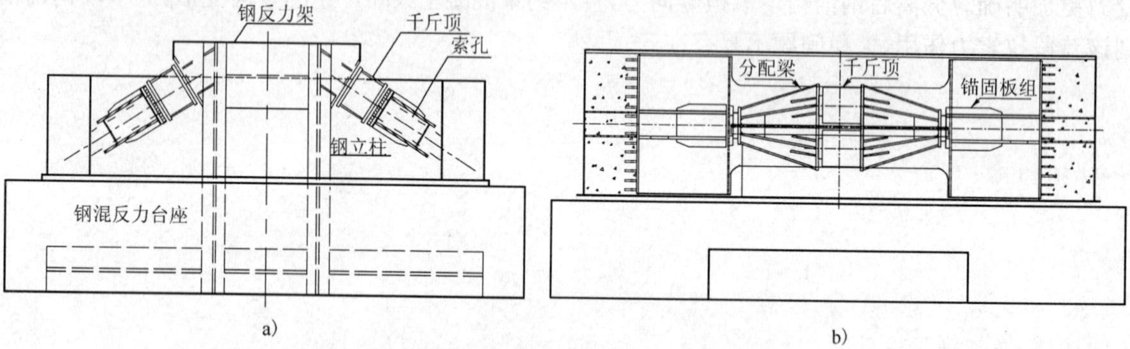

图 4-1　模型试验方法示意

a)锚固板组沿拉索方向设置；b)锚固板组水平设置

两种试验方法侧重的研究点有所不同。锚固板组沿拉索方向设置，模型结构与实桥一致，施加的荷载也是斜向的，其研究重点在于考察实桥锚固区的承载性能和连接件传力性能。但值得注意的是，图 4-1中加载系统不能模拟实桥上相邻节段的相互作用，需要额外的辅助加载系统。

锚固板组水平设置重点考察锚固区的水平方向承载性能，可以不计节段间的相互影响，只针对水平承载能力可以得出较为可靠的结果，并且由于排除了拉索角度的影响，此方法更适于进行组合锚固区水平作用简化计算方法的推导和验证。两种方法的比较如表 4-1 所示。

模型试验方法对比　　表 4-1

试 验 方 法	锚固板组沿拉索方向设置	锚固板组水平设置
钢锚箱构造	与实桥一致	锚固板组水平，横隔板近似设置到侧板外侧
混凝土塔壁构造	索孔出口在节段下部	索孔出口在节段中部
加载装置	需地锚和反力架，对地台抗拉承载力有一定要求	需水平向分配梁
加载方式	可自平衡或略有偏载	可自平衡加载
钢锚箱应力分布	侧板下部拉应力较大，与实桥分布近似	索力竖向无偏心，锚箱侧板均匀受拉
混凝土塔壁应力分布	上半部较实桥小，下半部较实桥大	高度方向分布较均匀
连接件受力	作用水平向和竖向剪力，锚箱上部受到拉拔力	作用水平向剪力，竖向剪力很小，无拉拔力

4.1.2　边界条件模拟

严格来说，为了使节段模型的受力状况接近实桥，需要考虑锚固区相邻节段对试验节段的约束和作用力的传递。其中，为模拟塔壁受到上面节段传递的竖向压力，可在试验塔壁的上部设置一个与混凝土塔壁平面形状相似的反力梁，并在上下反力梁之间张拉精轧螺纹钢筋。而为模拟上一节段因为受索力对试验节段顶部的水平作用，可在试件的顶部设置小吨位的千斤顶，在平行于钢锚箱方向施加水平推力以模拟索塔节段的平面应变受力状态，如图 4-2 所示。

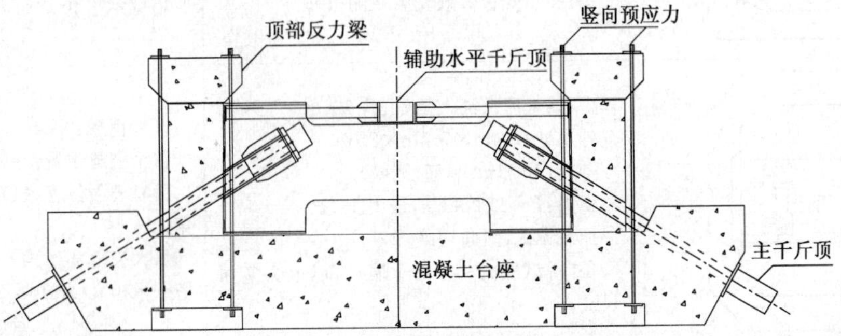

图 4-2　模型上部边界条件模拟方法示意

在模型上部施加边界约束时，还要考虑对加载索力级别的影响，顶部施加辅助推力后，模型索力应比实际索力要小，因为一部分力由辅助千斤顶来承担。两者的水平分力之和与实际结构索力的水平分力满足相似比。然而，钢锚箱中主要受力板件如承压板、支承板、加劲板等其受力仅和锚头索力大小有关，辅助千斤顶因直接作用于锚箱顶部端板处，对上述板件受力影响甚微。因此，试验模型的混凝土塔壁和钢锚箱并不是同时达到与实际结构受力相似的状态，混凝土塔壁的设计索力要小于钢锚箱的设计索力。

模型下部如考虑到以下节段对试验节段的影响，混凝土塔壁高度可多取一段，且钢锚箱端板离开混凝土底座高度范围内与混凝土之间不设置连接件。

试验时要减少模型底部与台座的摩擦阻力干扰，可以采取垫双层钢板并涂油的方法减少摩擦阻力。

4.1.3　各钢锚箱组合索塔锚固区节段试验比较

国内近年进行的钢锚箱组合索塔锚固节段试验如表 4-2 所示。表中模型平面按统一比例绘制。

组合索塔锚固区节段试验比较　　表 4-2

试验模型平面	设 计 参 数	试 验 结 果
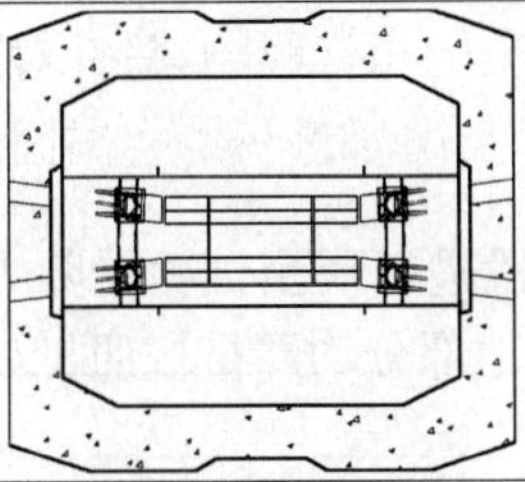	桥名：苏通大桥（主跨 1 088m）。 外尺寸：9.164m×8.365m×2.32m。 壁厚：1m/1.2m（端壁/侧壁）。 索力：P=7 279.7kN，最大 1.7P。 加载方式：斜向加载。 备注：模型一半为钢纤维混凝土	开裂荷载：0.6P。 首个裂缝位置：索孔处。 所有开裂位置：(1)端壁外侧；(2)塔壁拐角处；(3)侧壁中部内侧；(4)两种混凝土结合面。 最大裂缝宽度：0.17mm，位置(1)1.0P时塔壁承担 0.224P
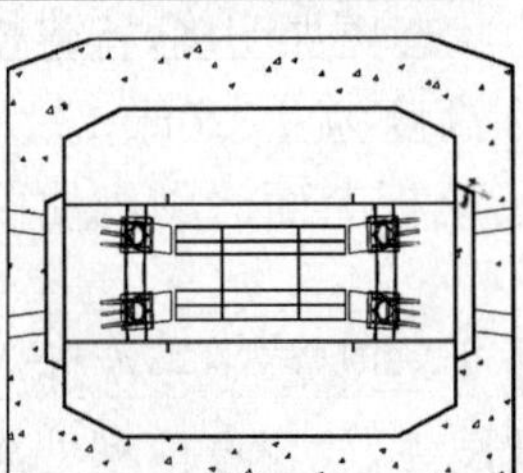	桥名：鄂东长江大桥（主跨 926m）。 外尺寸：8.664m×8m×3.15m。 壁厚：1m/1.2m（端壁/侧壁）。 索力：P=6 799kN/5 935kN（边/主跨）最大 1.6P。 加载方式：斜向加载。 备注：模型为 29 节段下延 0.65m	开裂荷载：0.6P。 首个裂缝位置：索孔处。 所有开裂位置：(1)端壁外侧；(2)侧壁内侧。 最大裂缝宽度：0.28mm，位置(1)1.0P时塔壁承担 0.348P

续上表

试验模型平面	设 计 参 数	试 验 结 果
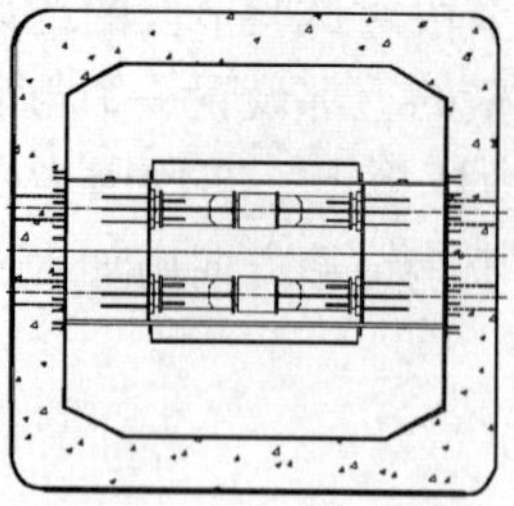	桥名：济南黄河三桥（主跨 386m）。 外尺寸：8.4m×8m×2.3m。 壁厚：0.9m/0.9m（端壁/侧壁）。 索力：P=5 349kN，最大 2.4P。 加载方式：水平加载。 备注：横隔板等效安装在侧板外	开裂荷载：0.7P。 首个裂缝位置：索孔处。 所有开裂位置：(1)端壁外侧；(2)侧壁内侧。 最大裂缝宽度：0.25mm，位置(1)1.0P时塔壁承担 0.182 6P
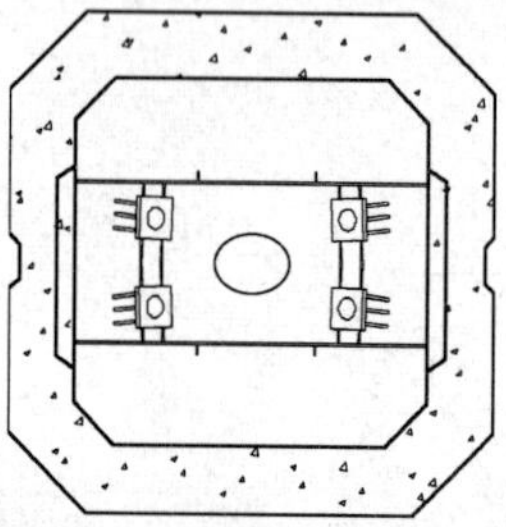	桥名：上海长江大桥（主跨 730m）。 外尺寸：7.4m×7.4m×2.3m。 壁厚：1m/1m（端壁/侧壁）。 索力：P=11 226kN，最大 1.7P。 加载方式：斜向加载。 备注：试验为 1∶2.5 缩尺，以上为实桥尺寸	开裂荷载：0.3P。 首个裂缝位置：端壁凹槽。 所有开裂位置：(1)端壁凹槽；(2)塔壁拐角处。 最大裂缝宽度：0.3mm，位置(1)1.0P时塔壁承担 0.243P
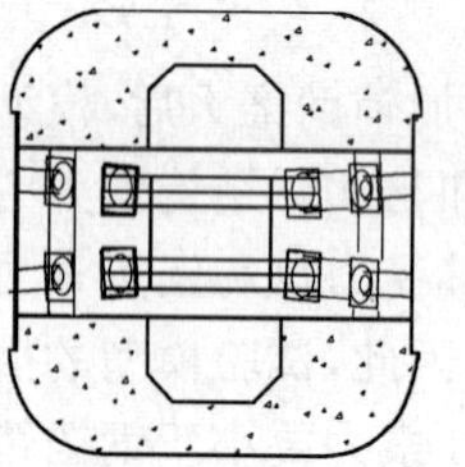	桥名：杭州湾跨海大桥（主跨 448m）。 外尺寸：6.13m×6.56m×2m。 壁厚：2m/0.8m（端壁/侧壁）。 索力：P=5 136.25kN，最大 1.8P。 加载方式：斜向加载。 备注：试验模型没有中间拉板	开裂荷载：1.0P。 首个裂缝位置：钢混结合面。 所有开裂位置：(1)钢混结合面；(2)塔壁拐角处。 最大裂缝宽度：0.27mm，位置(2)1.0P时塔壁承担 0.143P
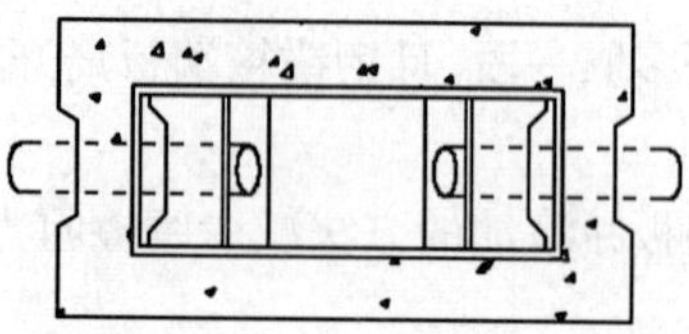	桥名：重庆嘉悦大桥（主跨 250m）。 外尺寸：6m×3m×3m。 壁厚：0.8m/0.7m（端壁/侧壁）。 索力：P=10 520kN，最大 1.4P。 加载方式：斜向加载。 备注：钢锚箱高 1.617 8m	至 1.4P 塔壁未开裂； 1.0P 时，侧塔壁顺桥向应力为−0.39～1.69MPa； 1.0P 时塔壁承担 0.602P

4.2 索塔锚固区节段模型试验设计示例

4.2.1 模型试件

如图 4-3 所示，截取索塔锚固区中水平力最大的标准节段——第 33 节段进行模型试验。除为了加载反力的自平衡，将模型中钢锚箱两端均按江侧参数来制作外，试验模型其他部分均严格按照设计图纸加工制作，模型制作比例为 1∶1。

采用的试验方法为锚固板组沿拉索方向设置，斜向加载。为使模型受力状态更加明确，特将模型底部混凝土加高 20mm，使钢锚箱底面脱空不与试验台座相接触。模型的实际高度为 2 320mm。为了减小节段模型与试验台座间的摩擦，在试验台座顶面铺设一层厚 4mm 的钢板，钢板上面涂刷机油后再铺设一层镀锌铁皮，其上安放试验模型。

模型混凝土一半为强度等级 C50 普通混凝土，另一半为钢纤维混凝土。模型混凝土一次性浇筑完成，混凝土浇筑时按照规范要求。将混凝土立方体抗压强度和弹性模量标准试件，放置在模型处与模型同等条件养护，以使试件强度及弹性模量真实反映模型的实际情况。普通混凝土试件 28d 标准立方体抗压强度和弹性模量分别为75.4MPa和48.7GPa，钢纤维混凝土试件28d标准立方体抗压强度和弹性模量分别为72.9MPa和44.5GPa。

a)

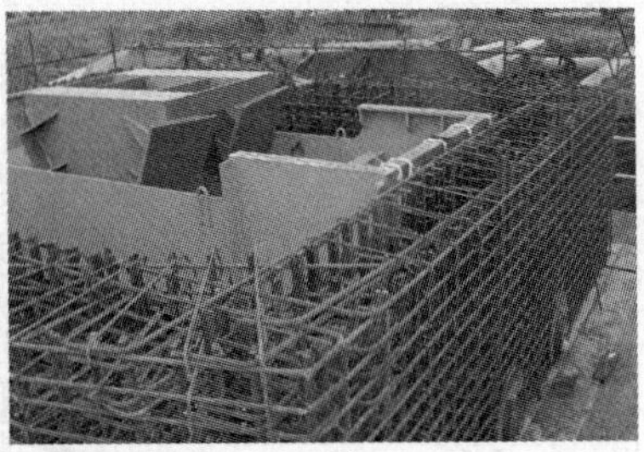

b)

图4-3 试验模型照片

a）试验模型钢锚箱；b）试验模型钢筋

试验模型混凝土配合比及所用材料均与实桥索塔锚固区相同，实桥索塔锚固区混凝土28d标准立方体抗压强度也多在60～70MPa之间，试验模型混凝土28d标准立方体抗压强度比实桥略高，但相差不大。

4.2.2 模型加载

模型加载采用空间加载。先设计制作自平衡式加载反力架，在模型上部设计钢横梁，千斤顶顶在钢锚箱锚垫板与钢横梁之间，钢横梁焊接于竖向钢立柱上，钢立柱与模型下部的混凝土反力平台相连，钢横梁自身平衡拉索水平索力，并通过竖向钢柱传递竖向索力给混凝土反力台座，反力台座与索塔节段竖向力相互平衡。

试验采用4台最大推力为13 500kN的千斤顶进行加载，试验设计控制荷载大小及作用方向与实桥江侧第33节段斜拉索索力相一致。千斤顶在加载试验前进行了严格标定，安装时千斤顶活塞端置于斜拉索锚垫板侧，模拟斜拉索的大螺母；另一端顶在钢反力架上进行加载。采用了1台油泵通过2个五通阀给4台千斤顶供油的方法，保证4台千斤顶加载时荷载同步。顶推试验采用分级加载，具体的分级加载程序及每级荷载大小见表4-3。选取的$P=7\,279.7$kN为该节段单根索最不利索力。

模型试验顶推加载程序 表4-3

序　号	荷载等级	加载荷载(kN)	序　号	荷载等级	加载荷载(kN)
1	$0.2P$	1 455.9	9	$1.1P$	8 007.7
2	$0.4P$	2 911.9	10	$1.2P$	8 735.6
3	$0.5P$	3 639.9	11	$1.3P$	9 463.6
4	$0.6P$	4 367.8	12	$1.4P$	10 191.6
5	$0.7P$	5 095.8	13	$1.5P$	10 919.6
6	$0.8P$	5 823.8	14	$1.6P$	11 647.5
7	$0.9P$	6 551.7	15	$1.7P$	12 375.5
8	$1.0P$	7 279.7			

4.2.3 模型测试

在进行逐级加载的过程中，除对所有应力测点及模型各部位变形测点进行自动监测以外，还以人工观察模型的开裂和裂缝的发展变化情况。

顶推试验时，根据有限元计算分析结果，估计出现裂缝的荷载等级，同时结合现场应力测试结果，确定裂缝观测的重点区域。在接近估算的开裂荷载等级时，注意观察第一条裂缝的出现，确定模型的开裂荷载。之后对每一荷载等级，观测裂缝长度、宽度的变化及出现的新裂缝。

采用5倍放大镜观察裂缝，并用精度为0.01mm的读数显微镜观测裂缝宽度。斜拉桥索塔锚固区模型试验研究，一般对混凝土开裂的研究重点主要为混凝土的开裂荷载P_k、裂缝的宽度及其随荷载增大的开展情况，而对于裂缝的深度，以往的索塔锚固区模型试验研究均未进行测试。

考虑到斜拉桥索塔锚固区结构的受力特点及试验研究的需要，试验模型各测试断面、应力测点布置及其编号见图 4-4，焊钉测点布置及编号见图 4-5，图中▷和┃表示应变片，⊻表示应变花。

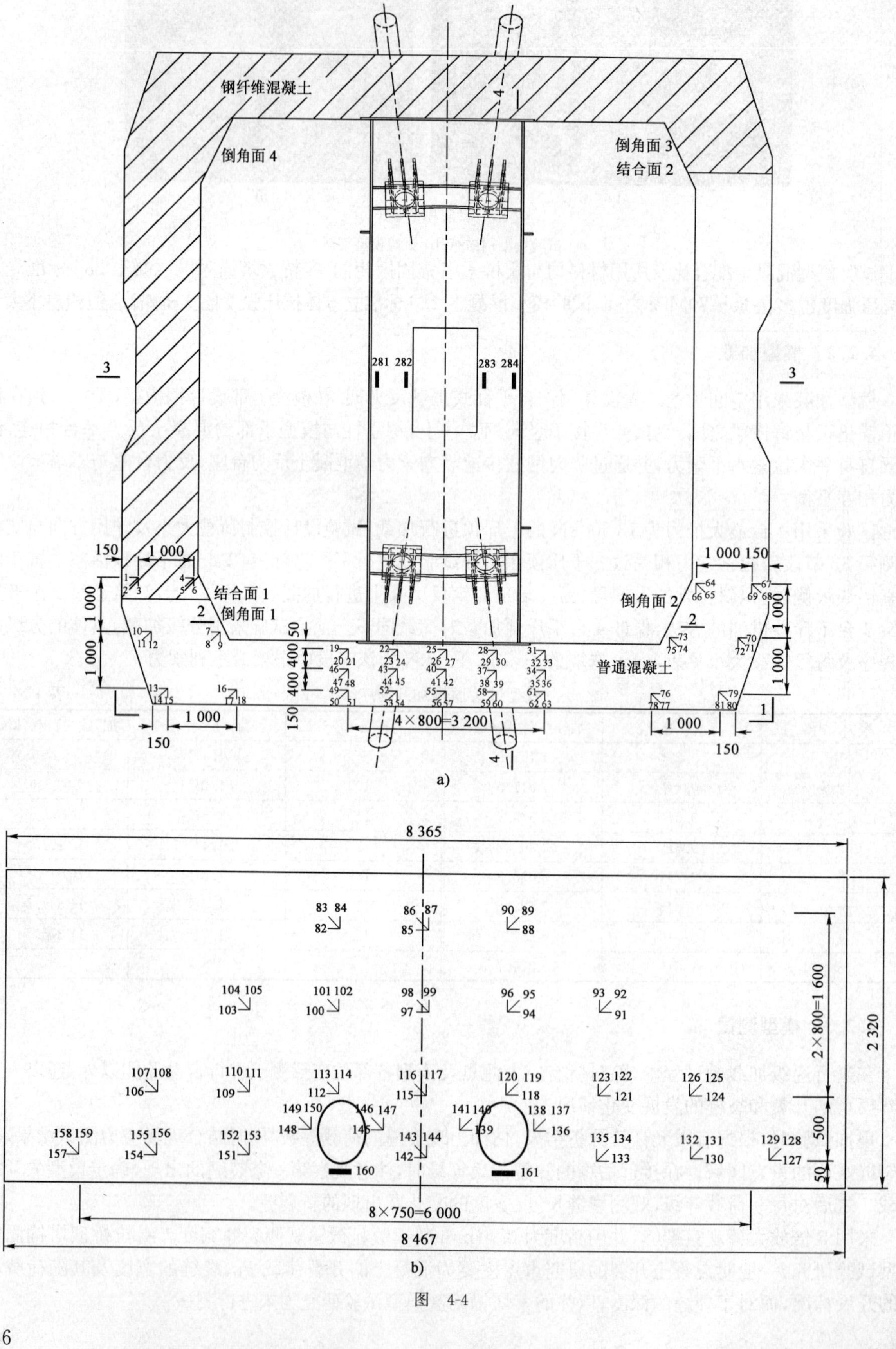

图 4-4

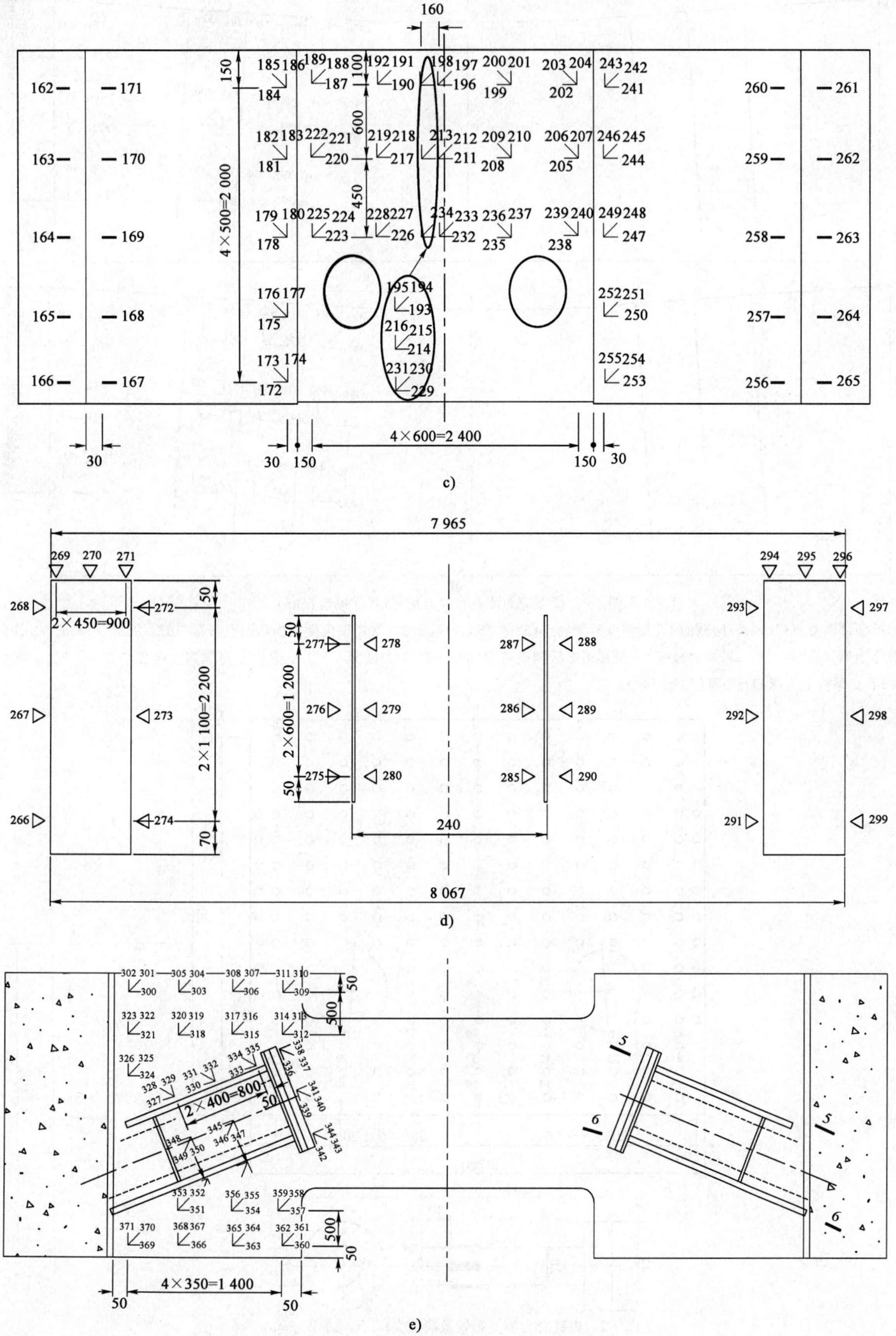
160
150
100
600
450
4×500=2 000
4×600=2 400
30
30 150
150 30
c)
7 965
2×450=900
50
2×1 100=2 200
70
2×600=1 200
240
8 067
d)
50
500
2×400=800
4×350=1 400
e)

图　4-4

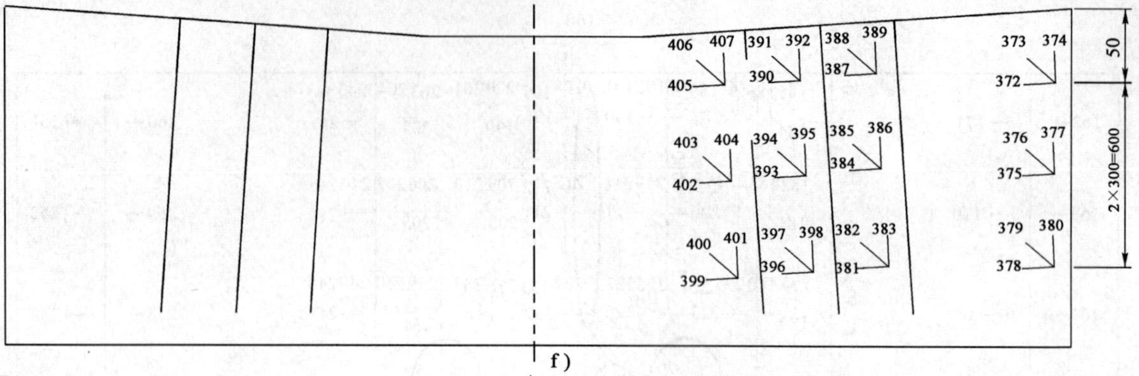

f)

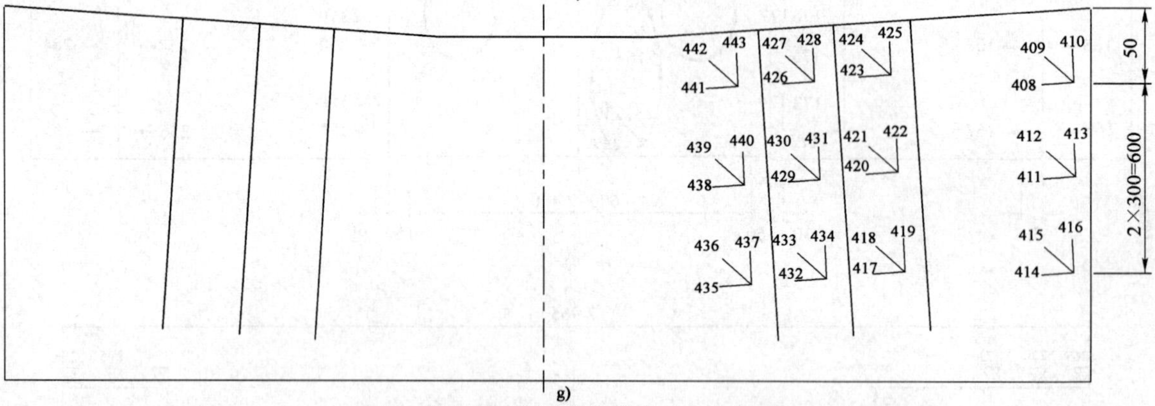

g)

图 4-4　模型应力测点布置及编号(尺寸单位:mm)

a)模型顶面测点(1～81);b)截面 1-1 端塔壁外侧测点(82～161);c)截面 2-2 端塔壁内侧及拐角测点布置(162～265);d)截面 3-3 横向对称面测点布置(266～299);e)截面 4-4 钢锚箱侧板测点布置(300～371);f)截面 5-5 上支撑板上支撑测点布置(372～407);g)截面 6-6下支撑板下支撑测点布置(408～443)

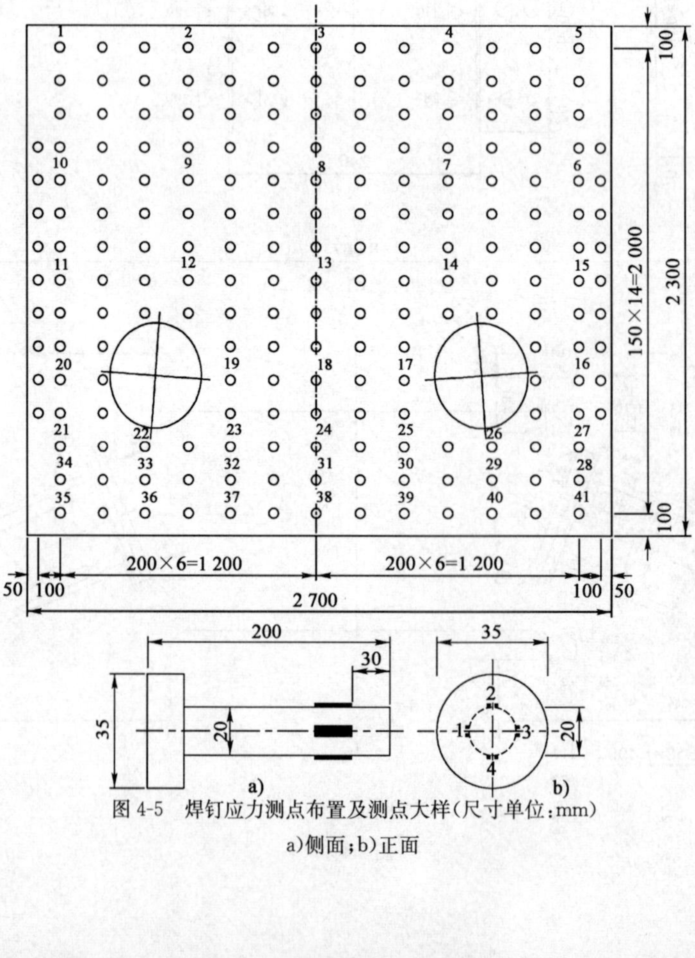

图 4-5　焊钉应力测点布置及测点大样(尺寸单位:mm)

a)侧面;b)正面

本次模型试验共布置了变形测点 12 处，以监测模型重点部位的变形情况。其中，1～4 号百分表监测模型外侧四个立面的水平位移，安装高度与钢锚箱中斜拉索锚垫板索孔中心一致。5～8 号百分表监测模型顶面钢与混凝土结合部的竖向相对滑移，5′～8′号百分表监测模型底部钢与混凝土结合部的竖向相对滑移，位置与 5～8 号百分表相对应。变形测点采用电子百分表进行监测，具体测点布置见图 4-6。

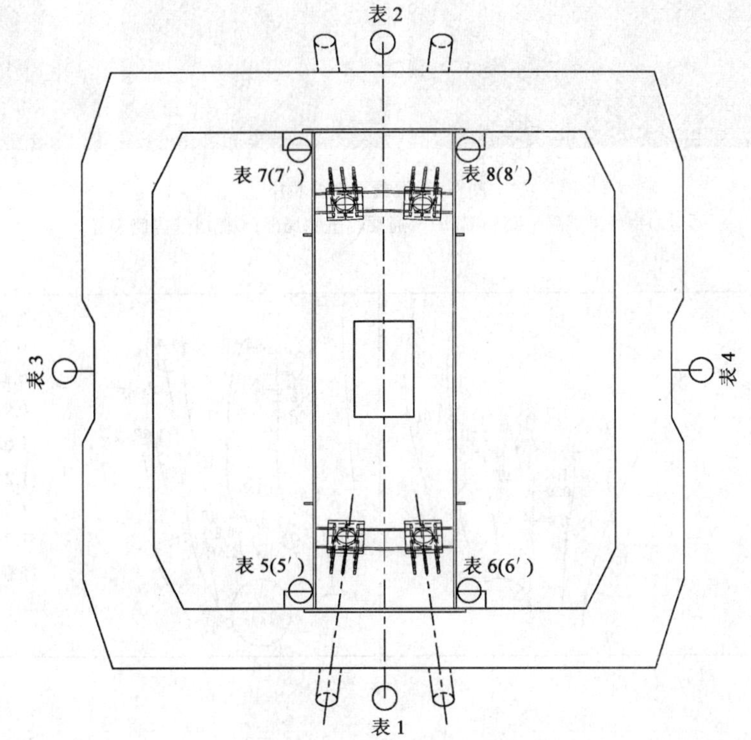

图 4-6　变形测点布置及编号（电子百分表）

如图 4-6 为变形测点布置及编号，电子百分表 1～4 为水平位移测点，位于模型四个外立面中间，高度与钢锚箱斜拉索锚垫板中心一致；电子百分表 5～8 为竖向位移测点，位于模型顶面钢与混凝土结合部，测试钢与混凝土竖向相对位移；电子百分表 5′～8′位于模型底面钢与混凝土结合部，与电子百分表 5～8 对应。

4.3　锚固区节段模型试验结果及分析

4.3.1　锚固区裂缝观测

顶推加载至第 3 级荷载（0.6P，4 367.8kN）时，模型混凝土表面首次出现了因顶推加载而产生的裂缝。裂缝出现在索孔出口处，模型两端的索孔出口处均有裂缝产生。裂缝分布在索孔出口上方，自索孔上边缘向上延伸。4 个索孔中有 3 个索孔上方产生了裂缝，裂缝总数为 4 条，其中 3 条较短，长度 0.2m 左右；1 条较长，长度 1m 左右。裂缝最大宽度约为 0.11mm。

随着顶推荷载的增大，裂缝数量和长度均有不同程度的增加，裂缝宽度扩展缓慢。加载至最大试验荷载（1.7P）时，索孔出口处裂缝最大宽度约为 0.17mm，最长的裂缝自底至顶贯通。图 4-7 为模型两端索孔出口等处混凝土在顶推加载过程中出现的裂缝实物照片，其中记号笔标记的线条处为裂缝。裂缝的详细发生及发展情况见裂缝分布标注图 4-8。

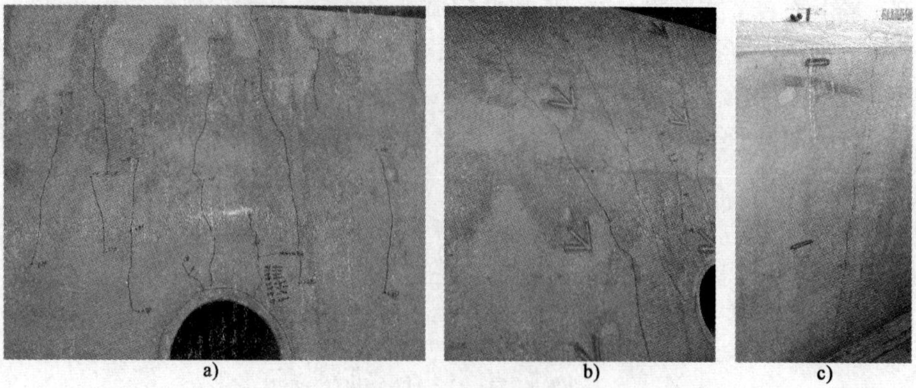

图 4-7　混凝土裂缝照片

a)钢纤维混凝土侧局部；b)普通混凝土侧局部；c)侧塔壁内侧裂缝

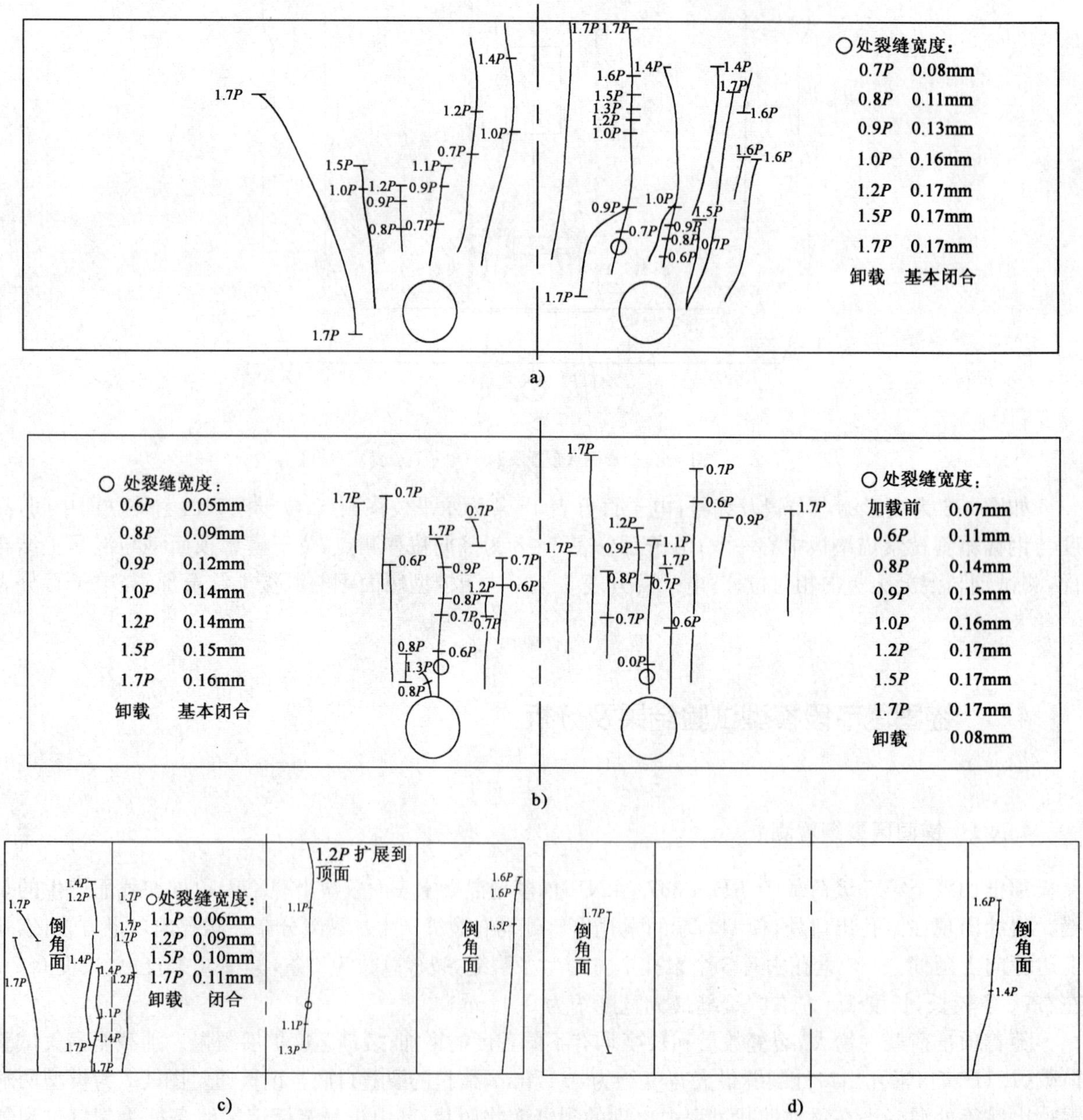

图 4-8　混凝土裂缝分布

a)端塔壁外侧(普通混凝土)；b)端塔壁外侧(钢纤维混凝土)；c)侧塔壁内侧及倒角面(普通混凝土)；d)侧塔壁内侧及倒角面(钢纤维混凝土)

分析索孔出口处裂缝的出现位置、扩展情况及形成机理，可以认为，在试验顶推荷载作用下，端塔壁混凝土结构产生沿顺桥方向的变形，导致索孔出口处混凝土壁受拉弯，并且存在索孔对混凝土的削弱作用及索孔边缘处应力集中现象。所以模型在实际顶推过程中，索孔出口处最先产生裂缝，且裂缝从索孔上边缘开裂，沿模型高度方向向上扩展。

当顶推荷载增加至 1.1P(8 007.7kN)时，模型内倒角面 1 上两种混凝土结合部 1 处出现了裂缝，裂缝距侧塔壁上倒角线约 0.1～0.2m，近似呈竖向开裂。此时裂缝长度约为 0.77m，最大宽度约为 0.05mm。加载至 1.4P(10 191.6kN)时，内倒角面上两种混凝土结合部 2 也出现相似的裂缝。加载至 1.5P(10 919.6kN)时，内倒角面 4 上出现了竖向裂缝，位置靠近倒角线。

加载至最大试验荷载时，4 个内倒角面都出现了竖向裂缝。加载过程中裂缝长度有所扩展，裂缝宽度扩展较慢。顶推至最大试验荷载 1.7P(12 375.5kN)时，4 个倒角面部位的裂缝中，最长的沿高度方向接近上下贯通(距顶面约 0.30m)，最短的长度约 1.2m，裂缝的最大宽度约为 0.10mm。

当顶推荷载增加至 1.1P(8 007.7kN)时，模型普通混凝土侧的侧壁内侧表面也出现裂缝，位置接近模型横向中截面，呈竖直状。此时，该裂缝长度约 1.2m，最大宽度约为 0.06mm。加载至 1.2P(8 735.6kN)时，该裂缝沿高度方向向上扩展到模型顶面。加载至 1.3P(9 463.6kN)时，裂缝下部向下扩展到接近模型底面，顶面延长到侧塔壁顶面中心附近。加载至最大荷载时，该裂缝的最大宽度为 0.11mm 左右，此时模型另一侧的侧壁内侧钢纤维混凝土表面未出现裂缝。

加载至 1.4P(10 919.6kN)时，模型顶面上倒角面 1 处靠近端塔壁的倒角处，试验前已经存在的一条裂纹长度增加了约 50mm，自倒角向外扩展，大致与倒角线呈垂直状。至最大试验荷载时，该裂缝长度仅略有增长，宽度变化不明显。该裂缝长度总增长量约 0.1m，最大宽度约 0.04mm。模型顶面上其他倒角附近在整个试验过程中均未发现裂缝产生。该处倒角开裂仅仅是因为既有裂缝而引起的个别现象，而非普遍现象。

顶推荷载卸载后，模型混凝土各部位裂缝，除试验前已经存在的裂缝之外，所有裂缝基本闭合。

根据试验结果，可以认为，模型的开裂荷载 $P_k=0.6P$，且在开裂后，裂缝总体发展过程较缓慢，其开裂后承载能力大于 1.7P。由于节段模型边界水平向可自由变形，而实桥索塔锚固区各节段组成一个完好的整体，所以实桥上索塔锚固区的开裂荷载会比试验模型的开裂荷载大。

关于钢纤维混凝土利用的评估：从标准强度试件和弹性模量试件的试验值来看，钢纤维混凝土和普通混凝土的强度和弹性模量十分相近。但从试验顶推过程中混凝土的开裂情况来看，钢纤维混凝土面的裂缝数量和扩展速度均低于普通 C50 混凝土，表明其具有较好的抗裂性能。从纤维混凝土收缩干燥性能试验情况来看，钢纤维能有效地阻止混凝土塑性收缩、早期自收缩以及后期的干燥收缩，显著提高混凝土的抗裂性。通过优化纤维的尺度、外形及掺量，能够制备出满足泵程高达 300m 的泵送施工要求的钢纤维混凝土。

4.3.2　锚固区应力状态测试

在进行顶推加载时，测量顶推荷载作用下模型各关键部位的实际应力状况。混凝土的弹性模量取试验实测值，即普通混凝土取 $E_c=4.87\times10^4$MPa，钢纤维混凝土取 $E_c=4.45\times10^4$MPa，两种混凝土的泊松比均取 $\mu=0.167$；钢材的弹性模量取 $E_s=2.06\times10^5$MPa，泊松比 $\mu=0.3$。

规定以横桥向为 y 轴方向，以纵桥向为 x 轴方向，以高度方向为 z 轴方向。对于少数不平行于总体坐标系的应变花，则取角度接近纵桥向为 x' 轴，并规定拉应力为正值，压应力为负值。

由于模型混凝土局部位置可能开裂，部分测点应力重新分布，所以各应力表中所列应力值为各测点处的名义应力，仅用于模型应力分布水平分析参考，而不能代表模型的真实应力值。

如图 4-9、图 4-10 所示为根据顶推加载实际测试的应力值绘制的部分应变花测点和单应变片测点的荷载—应力变化曲线。可以看出，在 0.6P 荷载以后，由于模型混凝土局部开裂，所以钢锚箱主受拉构件及部分塔壁应力测点处应力发生非线性变化。

顶推至 1.0P(7 280N)时，大部分测点处应力发生变化。结合裂缝开展状况，说明在 1.0P 左右，混凝土塔壁多处局部开裂，造成锚固结构应力重分布，塔壁混凝土测点应力—荷载曲线斜率减小，钢锚箱测点应力—荷载曲线斜率增大。

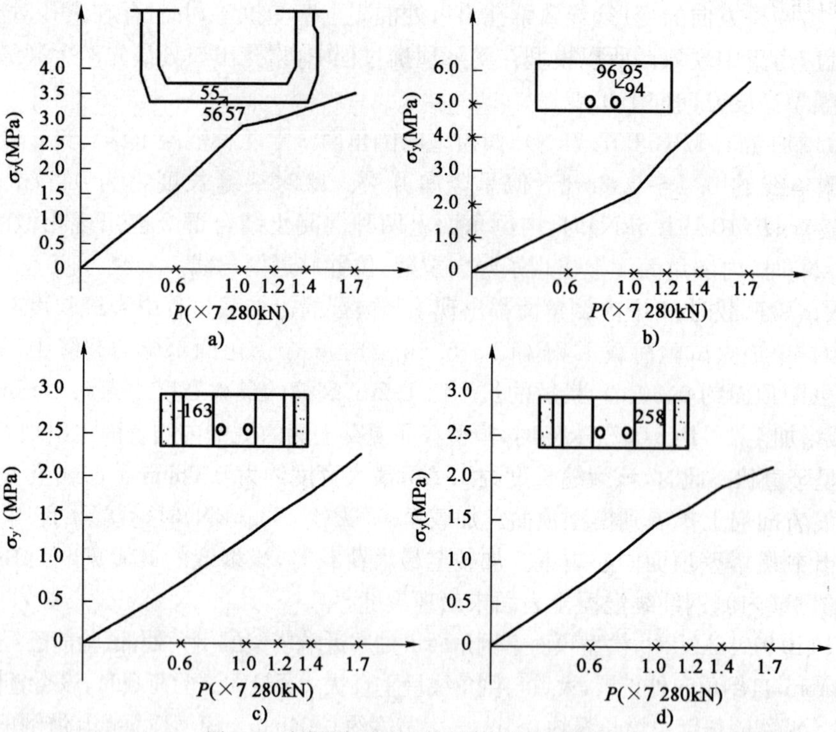

图 4-9　端塔壁部分测点的荷载—应力变化曲线

a)55～57 号测点(顶面中部混凝土应变花)；b)94～96 号测点(索孔出口上部混凝土应变花)；

c)163 号测点(倒角混凝土应变片)；d)258 号测点(倒角混凝土应变片)

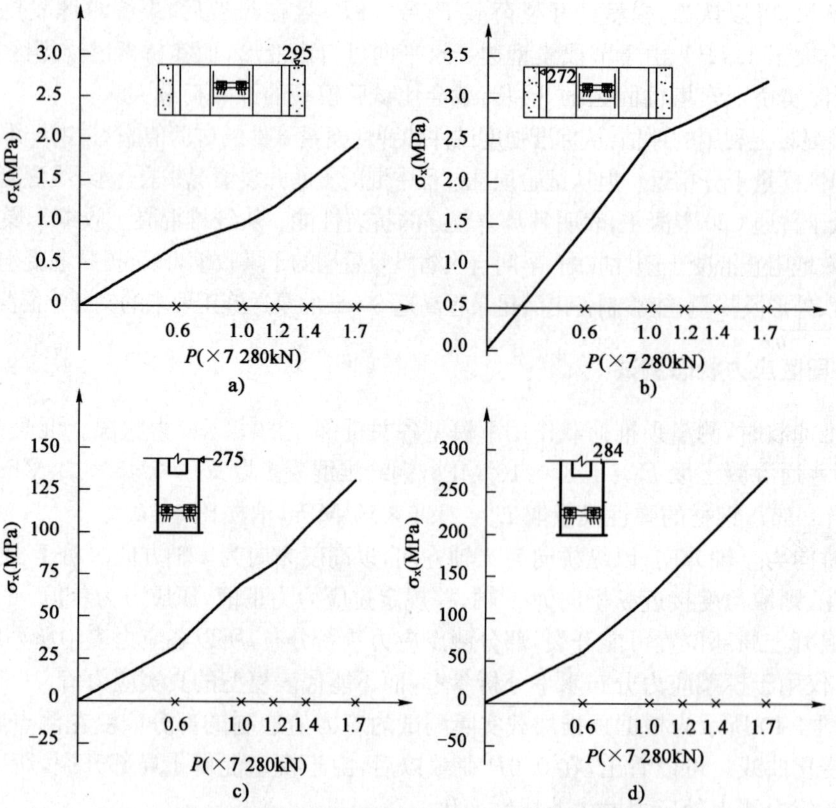

图 4-10　侧塔壁及钢锚箱部分测点的荷载—应力变化曲线

a)295 号测点(中截面顶点混凝土应变片)；b)272 号测点(侧壁中面混凝土应变片)；

c)287 号测点(侧板中间外侧应变片)；d)284 号测点(横隔板中间应变片)

4.3.3　焊钉作用力测试

测试的焊钉应力的方向为沿焊钉的长度方向，规定拉应力为正值，压应力为负值。为了使焊钉的应力测试结果看起来更加直观，将测试结果绘制成应力分布图形，见图4-11。图中将左右对称位置的焊钉应力进行了算术平均，以便更接近焊钉的实际应力状况。为避免应力线之间交叉重叠，图中部分应力线未按同一比例绘制。

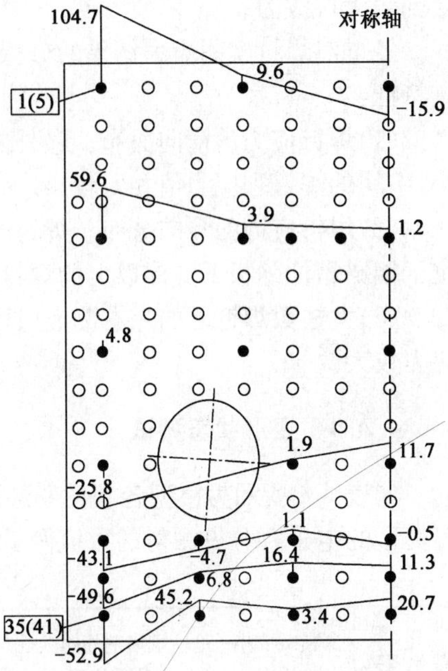

图4-11　实测焊钉应力分布图(单位:MPa)

部分焊钉的荷载—应力变化曲线如图4-12所示。焊钉的应力由两部分组成，即焊钉的轴向应力和两个方向的弯曲应力。在竖向上，由于顶推荷载竖向分力的作用，钢锚箱端板(端)带动其上的焊钉向下移动，而结合部的混凝土底面受约束，只能产生有限的向下压缩变形。因此焊钉周围的混凝土对焊钉产生向上的约束，阻止其向下移动，从而使焊钉发生向上的弯曲，产生向上的弯曲应力，使焊钉下侧受拉，上侧受压。

横桥向上，由于端塔壁和锚固板受弯及顶推荷载横桥向分力的作用，钢锚箱端板与塔壁内表面产生横向相对滑动，使焊钉发生向着端板中心线的弯曲，产生横桥向的弯曲应力，焊钉远离中心线侧受拉，靠近中心线侧受压。由于弯曲产生的相对变形靠外侧最大，外侧的焊钉横向应力相对较大。

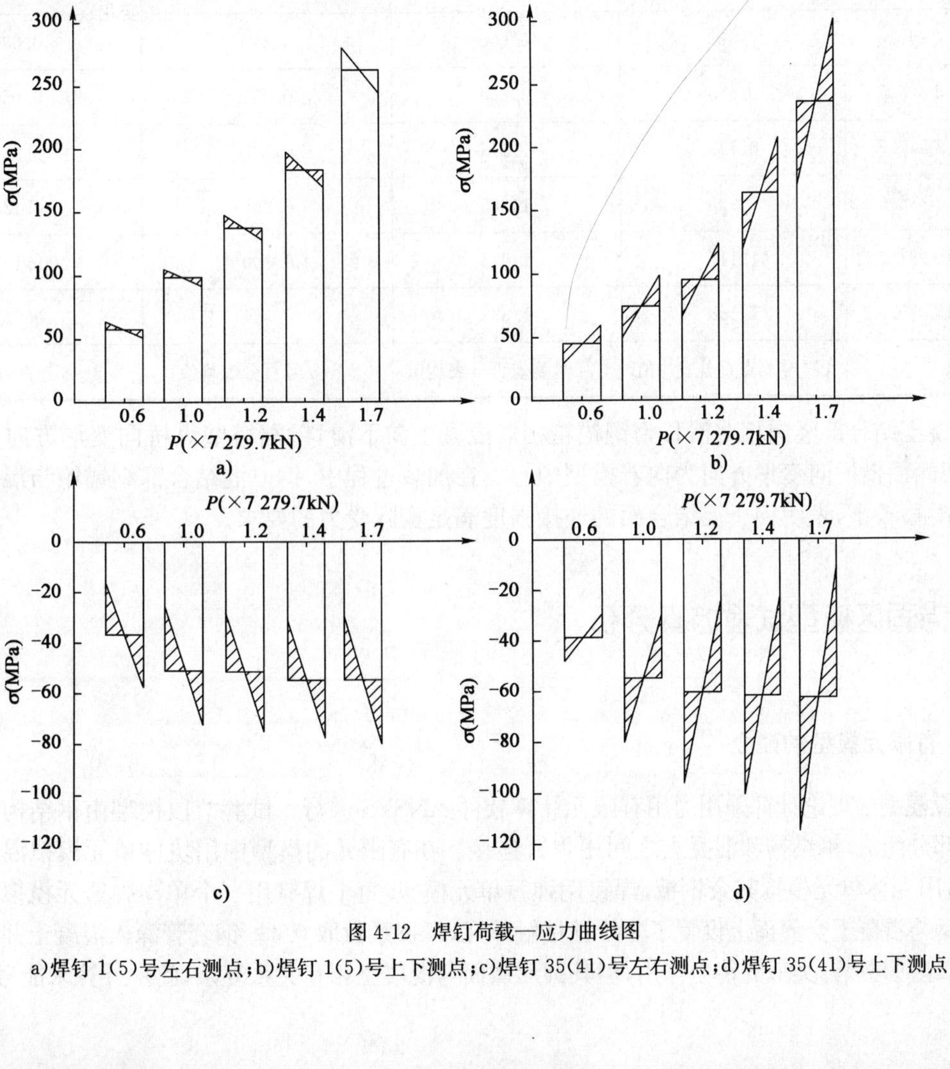

图4-12　焊钉荷载—应力曲线图

a)焊钉1(5)号左右测点；b)焊钉1(5)号上下测点；c)焊钉35(41)号左右测点；d)焊钉35(41)号上下测点

焊钉拉拔方向上，上部焊钉中 σ_N 较大，且随荷载的增大而逐步增大；下部焊钉 σ_N 为负值，随荷载变化不大。表明钢锚箱受到偏向斜下索力影响绕横桥向弯曲，使模型上部钢与混凝土发生分离，上部焊钉受到较大拉拔力。

经过对焊钉实测应力结果的分析可知，在顶推荷载作用下，模型节段中焊钉的应力分布呈现如下几点特征：

(1)焊钉应力的横向分布。最外侧的几列焊钉应力值相对较大，从外侧向中间焊钉列的应力逐渐减小，中间的焊钉列应力值相对较小。

(2)焊钉应力的竖向分布。焊钉的上下两个测点(2、4 号测点)应力在列内从上到下逐渐变大。即位于钢锚箱加劲板下支撑以上的焊钉受力相对较小，位于下支撑板(下支撑)以下的焊钉受力相对较大。

(3)大多数焊钉上的左右测点(1、3)测得的横桥向弯曲应力较小，而上下测点(2、4)测得的竖向弯曲应力较大。

4.3.4 变形状态测试

如表 4-4 所示为模型各部位变形测点在顶推加载过程中实际测试的位移结果。表中将测试对称位置变形的电子百分表测得的数值做了算术平均处理，平均值能更好地反映实际变形情况。

变形测试结果　　表 4-4

荷载等级	荷载大小(kN)	端塔壁外侧纵桥向位移均值(mm)	侧塔壁外侧横桥向位移均值(mm)	模型下部钢—混结合部竖向滑移均值(mm)	模型顶面钢—混结合部竖向滑移均值(mm)
0.4*P*	2 911.9	0.260	0.423	0.080	0.008
0.6*P*	4 367.8	0.433	0.660	0.210	0.030
0.8*P*	5 823.8	0.553	0.868	0.235	0.050
1.0*P*	7 279.7	0.748	1.115	0.245	0.083
1.2*P*	8 735.6	0.938	1.365	0.265	0.120
1.4*P*	10 191.6	1.118	1.573	0.300	0.157
1.7*P*	12 375.5	1.358	1.878	0.335	0.227
说明		1、2 号测点百分表均值	3、4 号测点百分表均值	5′～8′号百分表均值	5～8 号百分表均值

钢与混凝土结合部竖向相对滑移为钢锚箱相对混凝土向下滑移，端塔壁纵桥向变形方向为远离模型中心，模型侧面横桥向变形方向为向着模型中心。在加载过程中，钢—混结合部钢锚箱与混凝土之间的竖向相对滑移较小，表明钢—混结合面的连接强度满足实际受力的要求。

4.4 锚固区模型试验仿真分析

4.4.1 有限元模型的建立

试验节段模型的理论计算采用通用有限元计算软件 ANSYS 进行。试验节段模型由钢结构和钢筋混凝土结构两部分组成，钢结构和混凝土之间用焊钉连接。在有限元的模型中用块体单元模拟混凝土结构和钢锚垫板，用壳体单元模拟其余钢板，焊钉用弹簧单元模拟，每个焊钉用三个单向弹簧元模拟剪力和拉拔作用。在钢与混凝土交界面上设置了非线性接触单元，摩擦系数取 0.4。钢套管深入混凝土并且和主钢筋相连，应能起到与焊钉类似的传力作用，但其圆形截面与混凝土相互关系复杂，此次计算未能考虑。

有限元模型的结构离散见图 4-13，混凝土实体采用混合网格划分技术，混凝土采用 solid95 二次单元，完全积分；索管部分形状不规则采用金字塔单元过渡到四面体 solid92 二次单元。

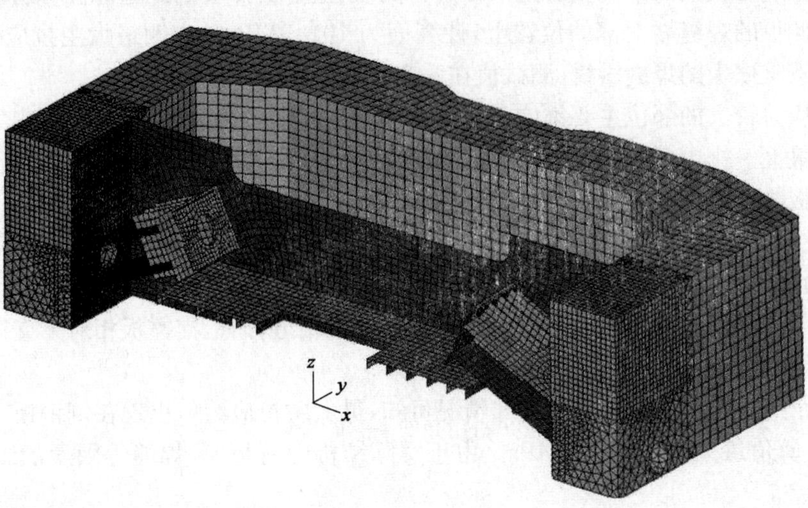

图 4-13 有限元计算模型

有限元模型所采用的材料参数如下。

(1)混凝土：弹性模量取试验实测值 $E_c=4.87\times10^4$MPa，质量密度取为 $\rho_c=2.5\times10^3$kg/m^3，泊松比 $\mu=0.166$。

(2)钢材：弹性模量取为 $E_s=2.06\times10^5$MPa，质量密度取为 $\rho_s=7.85\times10^3$kg/m^3，泊松比 $\mu=0.3$。

(3)焊钉：依据试验结果取得焊钉作用力与位移曲线拟合弹簧元的刚度，见图 4-14。计算时将曲线简化成几段折线，未考虑拉拔力对剪切刚度的折减作用。初步计算表明，焊钉的拉拔力较大，为此将拉拔单向弹簧元与混凝土内部节点连接，而不是按通常连接在混凝土表面。

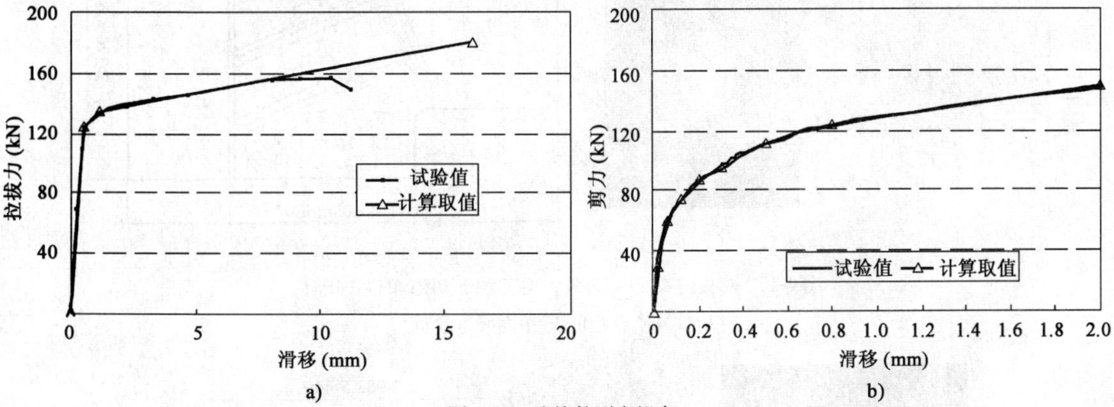

图 4-14 连接件刚度拟合

a)拉拔作用；b)剪切作用

4.4.2 锚固区应力计算与结果比较及分析

在 1.0P 顶推荷载作用下，钢锚箱结构主要部位的应力分布情况如图 4-15～图 4-18 所示。侧板最大主拉应力出现在外侧表面靠下侧的圆倒角处，内外侧应力分布相似，最大主拉应力计算值为 172.5MPa。除此之外还有两处应力较大，分别在侧板与承压板焊缝下部及侧板与横隔板焊缝端部。从右侧实测应力分布图中可以看出，侧板内侧表面上侧、下支撑板的焊缝沿线的实测最大主拉应力较大，最大实测主拉应力值为 68.3MPa。

从计算最大主应力分布图上可知，侧板与上支撑板的焊缝处主拉应力更大。由于该焊缝附近的应力测点损坏，实测应力不得而知。从整块板的应力分布来看，侧板在顶推力作用下面内受弯，无论是实测应力结果，还是计算应力结果，都反映出了这一分布特点。

端板最大主拉应力较大的部位主要集中在其与侧板、上下支撑板的焊缝部位，最大主拉应力的最大值出现在端板与侧板的焊缝靠上部的位置上，计算值为 101.3MPa。实测最大主拉应力较大的部位主要集中在端板与下支撑板的焊缝沿线，测试值在 5.2～16.5MPa 之间。

上下支撑板应力较大的部位主要集中在各自与侧板的焊缝附近，且沿焊缝上部应力较大，向下逐渐减小。下支撑板最上一排中 3 个测点由于被横隔板遮盖而无法布设，测点偏少导致实测应力分布规律不明显。下支撑板的最大主拉应力，出现在下支撑板、侧板之间的焊缝与上支撑板、承压板之间的焊缝相交汇处，最大主拉应力计算值为 74.2MPa。上支撑板的最大主拉应力同样出现在其与侧板、承压板的焊缝相交汇处，最大主拉应力计算值为 53.4MPa。

上支撑板和下支撑板两个表面上的应力分布情况非常相近，而上支撑板相对下支撑板来说，总体应力水平更高，说明上支撑板承担了更多的顶推荷载。

综合分析整个钢锚箱的最大主应力分布情况可知，最大主拉应力值出现在侧钢板上，位于侧板靠下部的圆倒角处，计算值最大约为 172.5MPa。由于实际结构中有板厚、焊缝等因素的影响，实际最大值与计算值有所偏差。

模型试件中钢锚箱的其他钢板不是主要的受力结构，总体应力水平较低，在此不作具体分析。

在 1.0P(7 279.7kN)的顶推荷载作用下，混凝土结构各主要部位的应力分布情况见图 4-19～图 4-26。钢锚箱在顶推荷载作用下，沿顺桥向发生远离模型中心的变形，而端塔壁则约束其变形。导致端塔壁中部外凸，外面受拉、内面受压。侧塔壁分担了部分水平荷载，处于拉弯状态，外面受压、内面受拉。

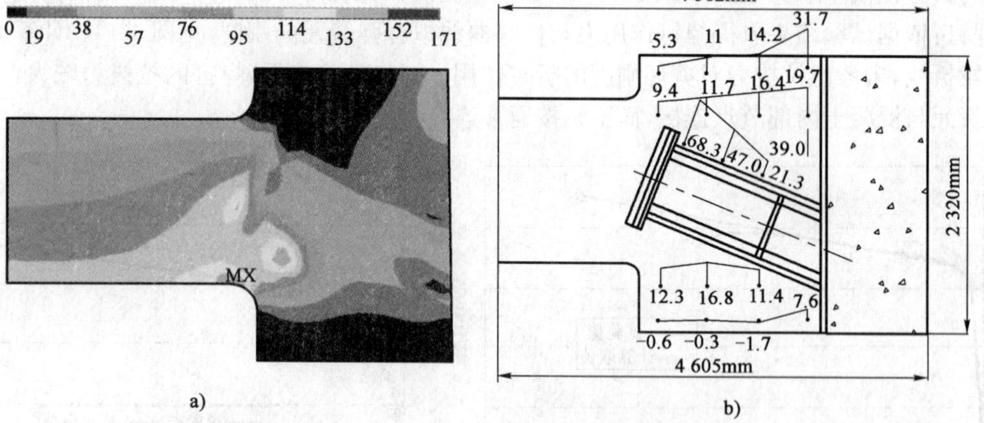

图 4-15　侧板内表面(1/2)最大主应力分布图(单位：MPa)

a)计算应力分布；b)实测应力分布

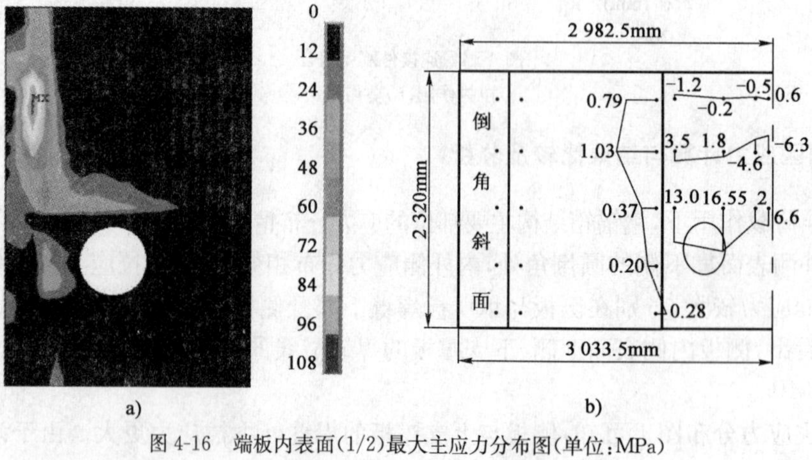

图 4-16　端板内表面(1/2)最大主应力分布图(单位：MPa)

a)计算应力分布；b)实测应力分布

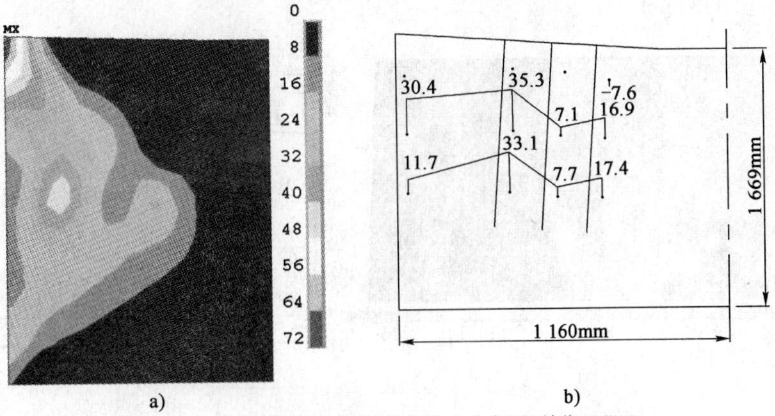

图 4-17　下支撑板(1/2)最大主应力分布图(单位:MPa)

a)计算应力分布;b)实测应力分布

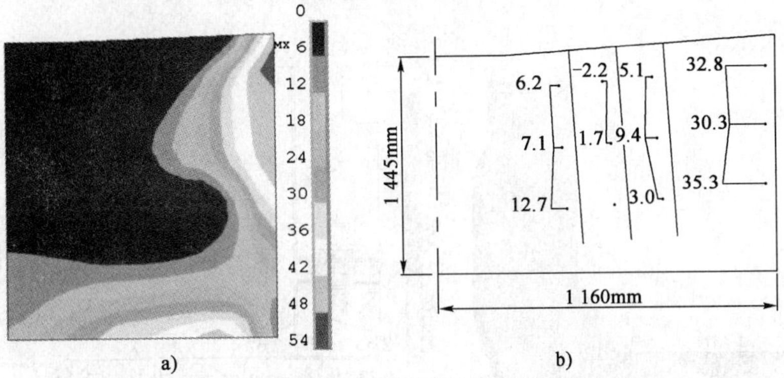

图 4-18　上支撑板(1/2)最大主应力分布图(单位:MPa)

a)计算应力分布;b)实测应力分布

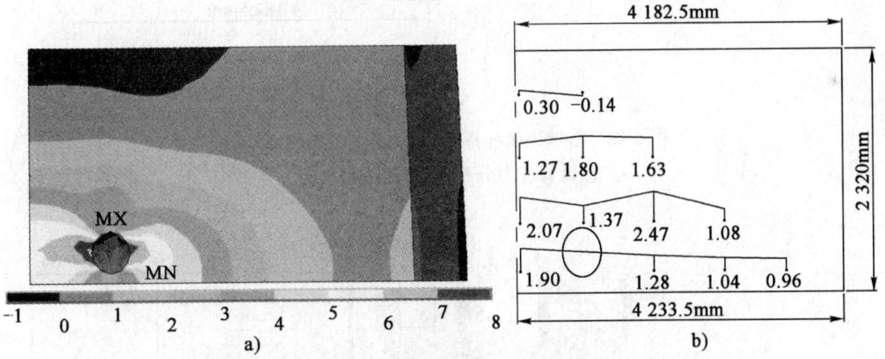

图 4-19　端塔壁外侧竖向正应力分布(单位:MPa)

a)计算应力分布;b)实测应力分布

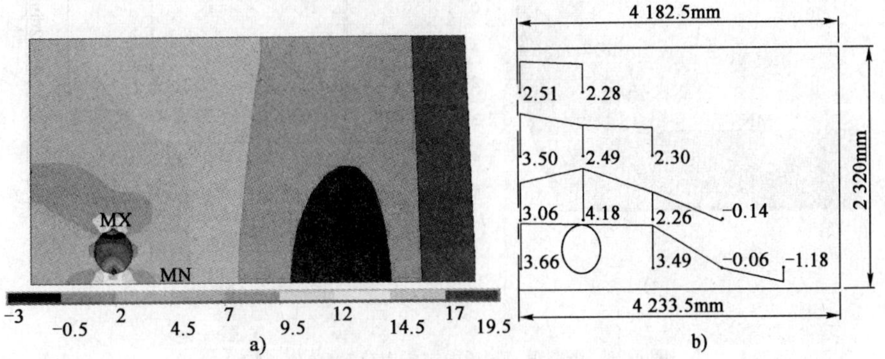

图 4-20　端塔壁外侧横桥向正应力分布(单位:MPa)

a)计算应力分布;b)实测应力分布

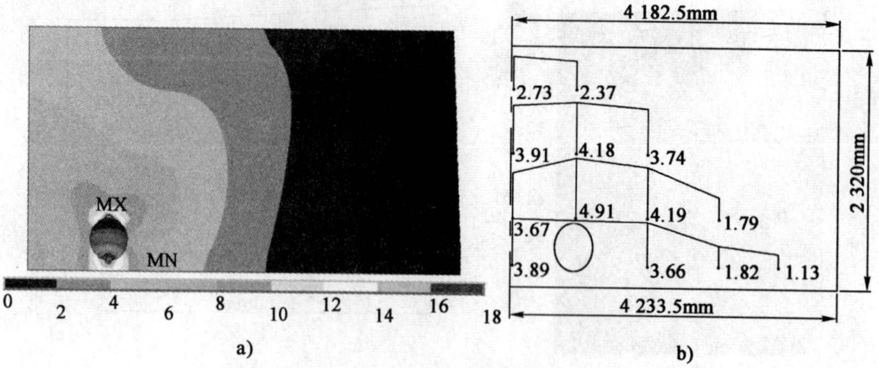

图 4-21　端塔壁外侧主拉应力分布（单位：MPa）
a）计算应力分布；b）实测应力分布

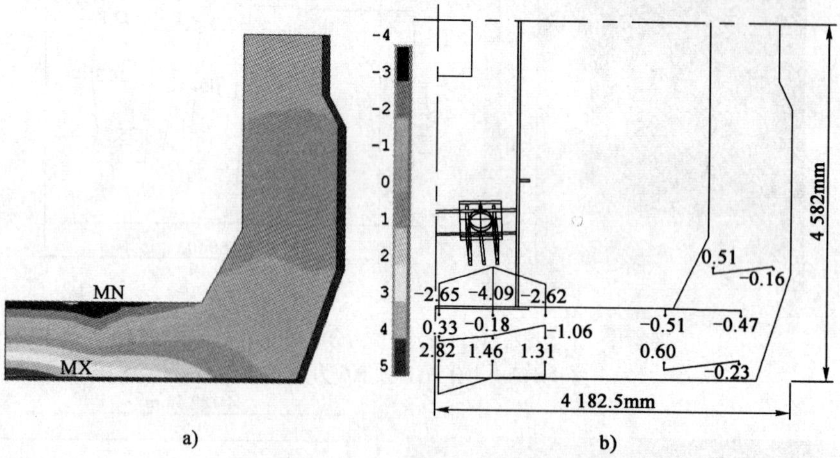

图 4-22　塔壁顶面横桥向正应力分布（单位：MPa）
a）计算应力分布；b）实测应力分布

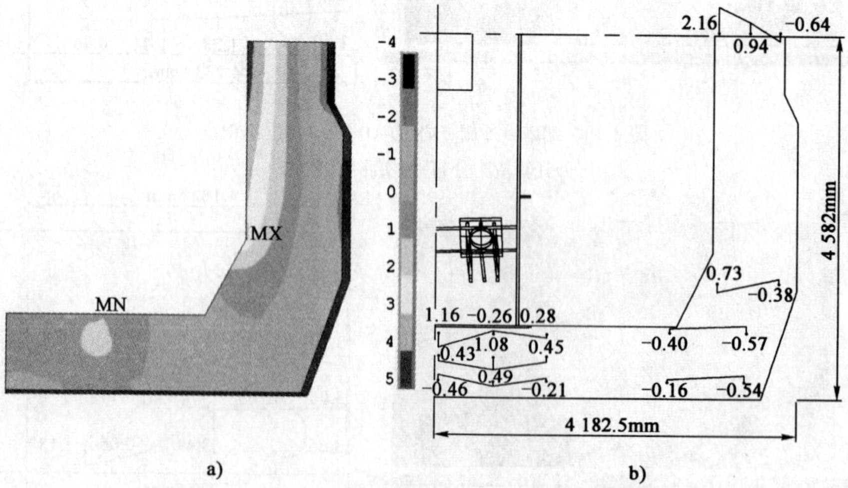

图 4-23　塔壁顶面顺桥向正应力分布（单位：MPa）
a）计算应力分布；b）实测应力分布

由图 4-19～图 4-21 可知，端塔壁外侧横桥向和高度方向的单向应力绝大多数均为拉应力，横桥向正应力分布为中部较大，两边较小，实测最大拉应力值为 4.18MPa。竖向正应力分布为索孔所在高度较大，其余部位较小，实测最大拉应力为 2.47MPa。

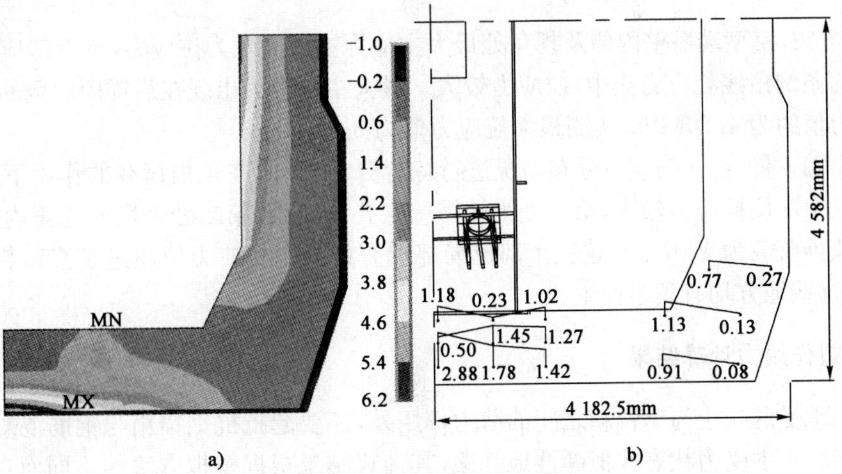

图 4-24 塔壁顶面主拉应力分布(单位:MPa)

a)计算应力分布;b)实测应力分布

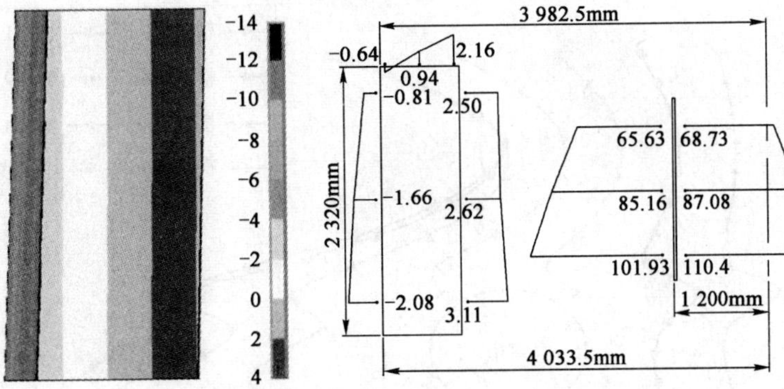

图 4-25 侧壁中截面顺桥向正应力分布(单位:MPa)

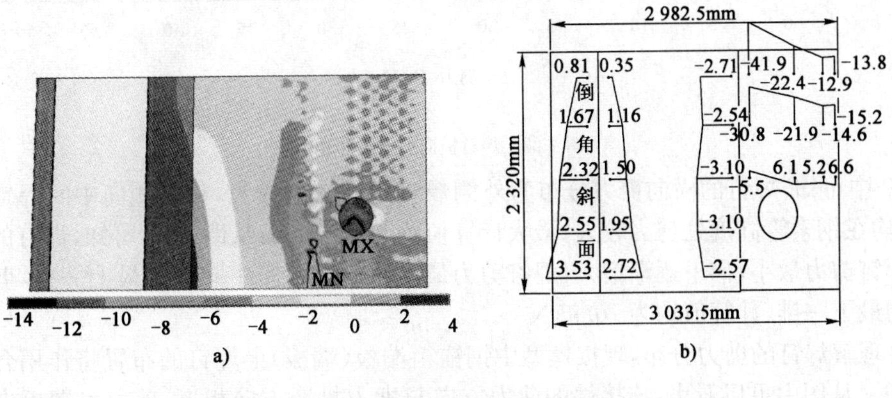

图 4-26 端塔壁内侧及拐角处应力分布(单位:MPa)

a)横桥向正应力计算结果;b)横桥向正应力实测分布

由图 4-22～图 4-24 可知，模型端塔壁顶面横桥向应力分布为外侧受拉，内侧受压，实测应力在 -4.09～2.82MPa 之间。侧塔壁顶面顺桥向应力分布为靠内侧受拉，外侧受压，实测值在 -0.54～

1.16MPa之间。端塔壁外侧和侧塔壁内侧主拉应力较大，顶面实测主拉应力最大值为2.88MPa，该处计算值约为5.9MPa。

由图4-25可知，模型侧塔壁中截面顺桥向应力计算值最大约为4.10MPa，实测拉应力最大为3.11MPa。

由图4-26可知，模型端塔壁内侧及拐角处最大主应力主要表现为拉应力，且上部应力相对较小，下部应力较大。两条倒角线处应力集中，拉应力较大。最大主拉应力出现在靠锚固面侧的倒角线下部，计算最大主拉应力值约为4.80MPa，实测最大拉应力值为3.53MPa。

通过对图4-21～图4-26的应力分布情况进行综合分析可知，在顶推荷载的作用下，混凝土结构的应力分布共有三个部位拉应力较大，第一处为端塔壁索孔出口处，第二处为塔壁拐角内侧，第三处为侧塔壁内侧。当顶推荷载为1.0P时，这三个部位局部均有最大主拉应力值超过了C50混凝土的抗拉强度值，试验证明这些地方均有裂缝产生。

4.4.3 焊钉作用力计算结果

焊钉除用来承受混凝土与钢锚箱之间的剪力作用外，还要起抵抗钢锚箱与钢筋混凝土之间的掀起作用。焊钉在混凝土中受力状态类似弹性地基梁，其计算结果根据模拟方法的不同而存在差异。本次计算采用三个弹簧单元模拟一个焊钉，其中两个模拟焊钉抗剪作用，一个模拟拉拔作用。在大小为1.0P(7 279.7kN)的斜拉索索力作用下，焊钉所受剪力的分布见图4-27 ～图4-29。

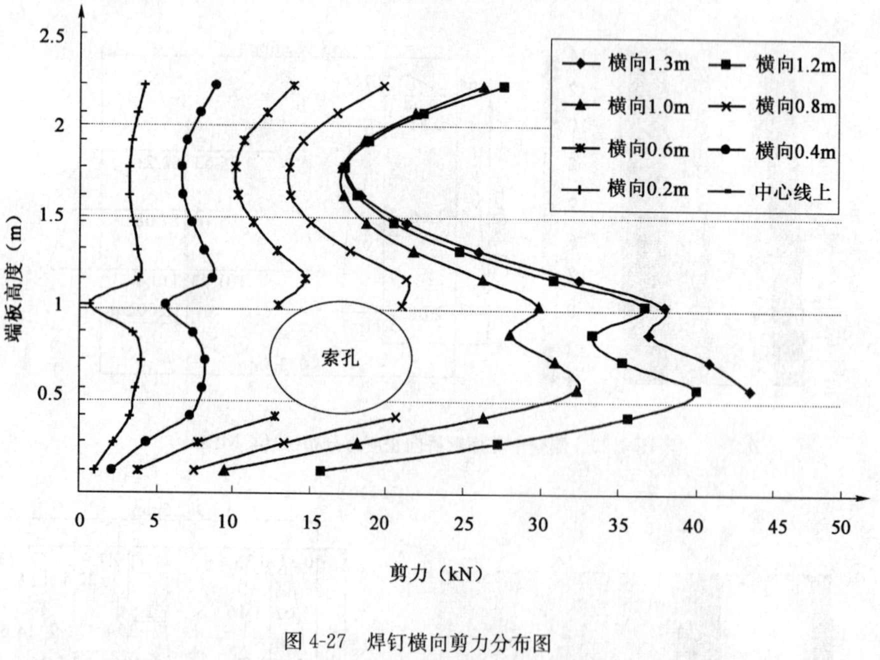

图4-27 焊钉横向剪力分布图

从图4-27中可知，焊钉的横向剪力分布为外侧焊钉列剪力值较大，从外侧向中间焊钉列的剪力逐渐减小，各排均在钢索管高度处剪力较大，最大计算值约为43.5kN；从图4-28可知，焊钉的竖向剪力分布为上面的焊钉剪力最小，向下逐渐增大，焊钉剪力最小值出现在正中间列的最上一排，剪力最大值出现在第3列的最下一排，计算值约为70.9kN。

为了配合理解焊钉的剪力分布，现按模型中钢锚箱端板(端板)上焊钉的布置将作用合剪力分布情况示于图4-29。从图中可以看出，连接件的剪力方向与索力投影方向相近，剪力由端板中上部向下逐渐增加，最大剪力出现在端板底部的两个角上。

焊钉所受拉拔力的分布见图4-30，焊钉拉拔力集中在第2～4列，对应锚箱侧板所在位置，竖向分布为上面的焊钉拉力最大，向下逐渐减小，焊钉拉拔力最大值出现在第2列的最上排，计算值约为128.6kN。

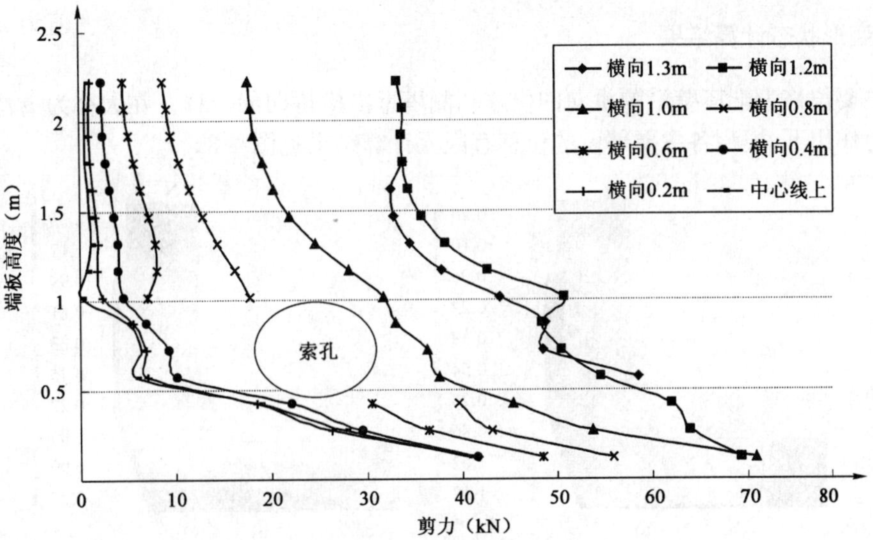

图 4-28 焊钉竖向剪力分布图

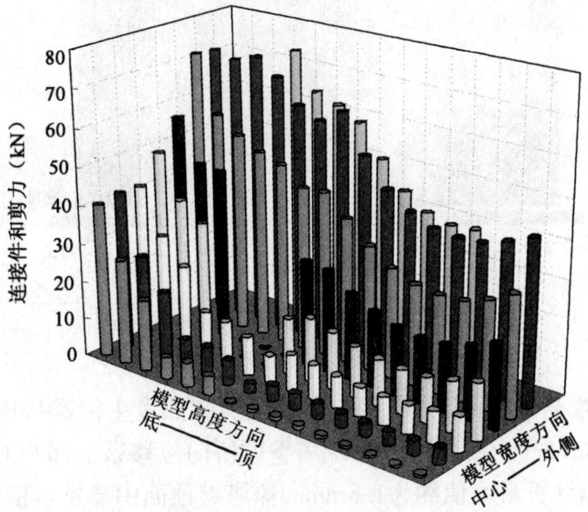

图 4-29 焊钉耦合剪力分布图

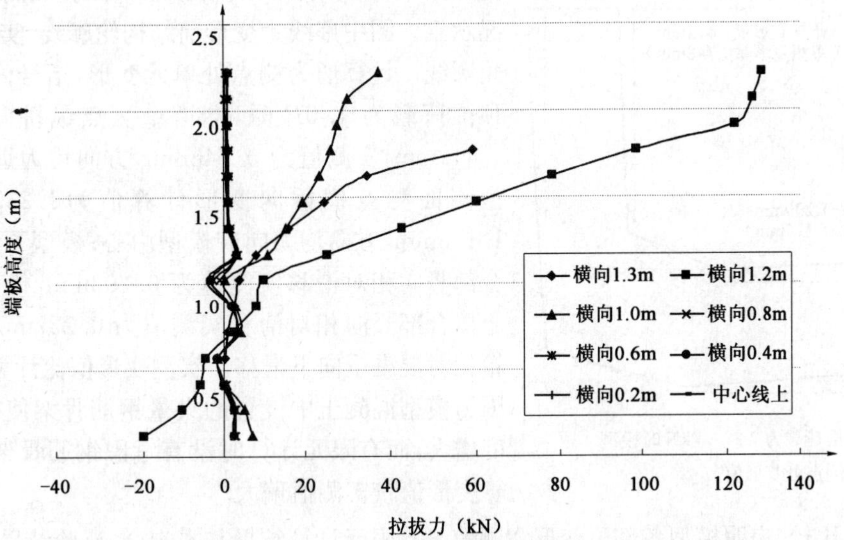

图 4-30 焊钉拉拔力分布图

4.4.4 变形状态计算结果

模型的主要位移为端塔壁沿顺桥向的位移和侧塔壁沿横桥向的位移。在大小为 1.0P(7 279.7kN)的斜拉索索力作用下,模型各主要部位的位移有限元计算结果见图 4-31。

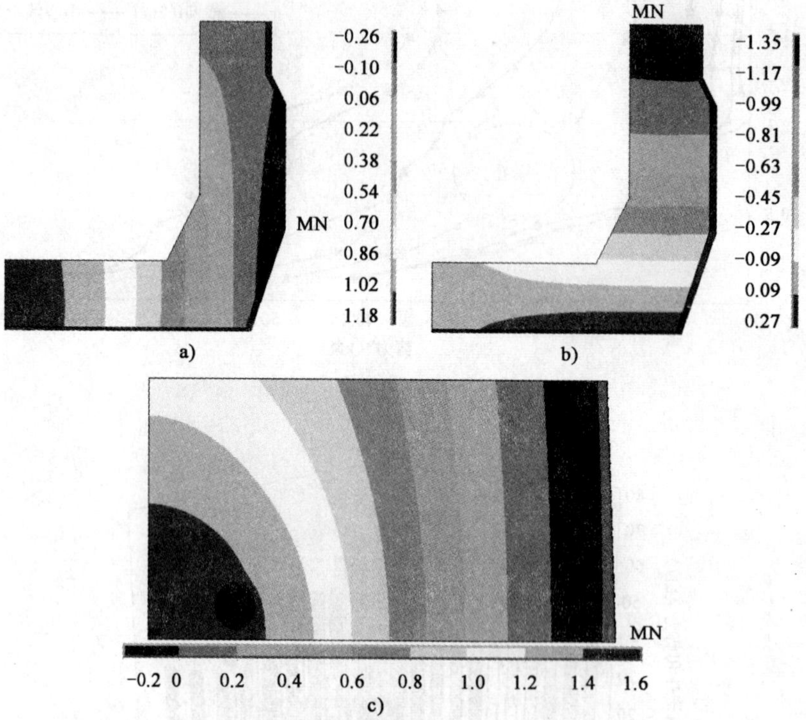

图 4-31 模型位移计算结果(尺寸单位:mm)

a)顶面顺桥向;b)顶面横桥向;c)拉索面顺桥向

从图中可以看到,在顶推荷载作用下,模型端塔壁顶面中部发生沿顺桥向的、远离模型中心的位移,顶面位移最大值约为 1.2mm,发生在对称轴处;端塔壁顺桥向位移靠上部相对较小,下部较大,最大位移发生在中心线最下边的位置,计算最大值约为1.6mm。侧塔壁顶面中部发生横桥向向内的位移,最大位移发生在对称轴处,计算最大值约为 1.2mm;侧塔壁横桥向位移在高度上比较均匀。

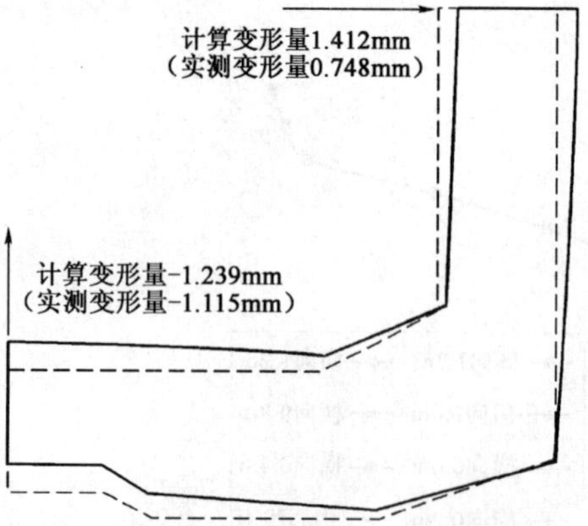

图 4-32 顶推荷载为 7 279.7kN 时模型各测点处变形值

图 4-32 为有限元计算模型与试验实测各部位的变形情况示意。图中虚线为变形前结构轮廓线,实线为变形后结构轮廓线。计算值为测点处单元变形,括号内为实测变形值。顶推荷载为 1.0P 时,端塔壁测点纵桥向变形计算值为 1.412mm,实测值为 0.748mm,方向均为远离模型中心;模型侧面测点横桥向变形计算值为1.239mm,实测值为 1.115mm,方向均为向着模型中心;模型下部钢—混凝土接合部竖向相对滑移实测值为 0.203mm,模型顶面钢—混凝土接合部竖向相对滑移实测值为 0.227mm,方向均为钢锚箱相对混凝土向下滑移。实测变形值比计算值偏小,主要原因为模型混凝土中设置的大量钢筋骨架使得混凝土结构刚度增大,而有限元计算时没有考虑钢筋骨架的影响,所以计算变形值较实测值偏大。

通过上述比较,表明模型各部位变形实测值与有限元计算结果基本吻合,试验结果能较好地反映模型的实际变形情况。

4.5　锚固区水平索力分配

通过对应力、变形测试结果及有限元计算结果的比较分析，不难得出钢锚箱与混凝土之间的荷载分配。顶推荷载为 1.0P 时的模型试验和有限元计算所得顺桥向荷载分担比例见表 4-5。平均应力分别为顶推至 1.0P(7 279.7kN)时 3-3 断面混凝土侧壁内外侧测点和钢锚箱侧壁内外侧测点及横隔板测点的实测应力平均值。

1.0*P* 时 1/2 模型顺桥向荷载分担计算表　　表 4-5

项目 / 荷载部位	平均应力 (MPa)	面积 (m^2)	顺桥向力 (kN)	占 P_x 的百分比 (%)
钢锚箱侧板中截面	86.48	0.104	$F_{s1}=8\,994$	75.7
钢锚箱横隔板中截面	137.71	0.07	$F_{s2}=970$	
侧塔壁中截面	0.62	4.64	$F_c=2\,876$	21.8
中截面钢—混水平力合计	$F_c+F_s=12\,840$			97.5
底面摩擦力 f	$f=P_x-F_c-F_s=326$			2.5
单侧顶推力顺桥向分力 P_x	$P_x=2P\times\cos\alpha=13\,166$			100
修正后水平力分担比例(%)	钢锚箱	77.6	混凝土	22.4
计算水平分担比例(%)	钢锚箱	78.8	混凝土	21.2

将因克服模型底面的摩擦而消耗的部分按比例分配给钢锚箱和混凝土后，钢锚箱承担水平分力的77.6%，混凝土塔壁承担 22.4%。有限元计算所得钢锚箱承担水平分力的 78.8%，混凝土塔壁承担21.2%，两者基本一致。

第5章　组合索塔锚固区的简化计算方法

5.1　概述

本章主要基于数值计算分析和试验得出的结果，依据力学理论建立宏观计算模型，研究锚固节段在设计过程中应考虑的荷载作用、简化计算及验算方法等，从整体上把握基本设计要素，提炼出可供设计使用的设计计算方法，达到初步设计索塔锚固构造及尺寸选取的目的。

5.2　锚固区的荷载作用

钢锚箱锚固方案是钢和混凝土组合结构，这种结构受力的一个重要特点是构件的应力分布与不同部位材料的刚度密切相关。索塔主要受两种荷载作用，即本身自重和斜拉索的索力，其中斜拉索对索塔的拉力可以分解为两个方向，即水平力和竖向力，如图5-1所示。

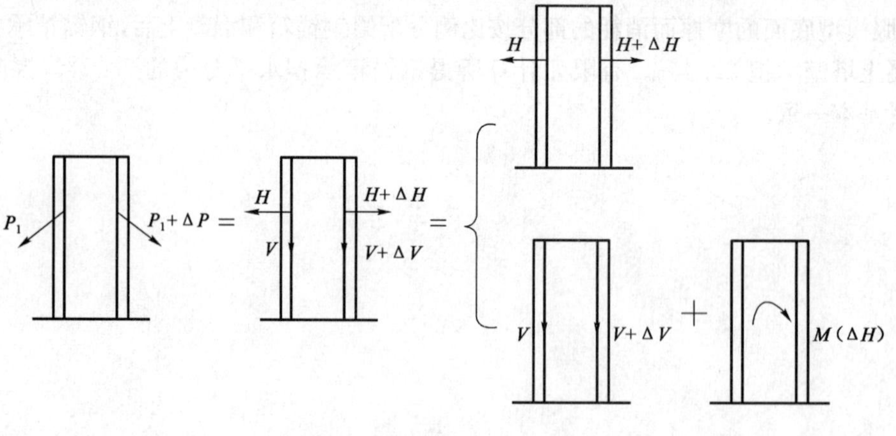

图5-1　锚固区作用力分解

依据全索塔锚固区有限元计算研究的结果，可以认为水平向的受力属于节段内局部问题，除了锚索区顶底部因上下边界条件差异过大之外，之间其他锚箱节段的绝大部分水平力都在该节段自身平衡。钢和混凝土作为组合结构，钢材的物理特性比较稳定，而混凝土由于徐变、收缩、裂缝等因素的影响，刚度变化很大，对于荷载的不同加载时间，结构的应力分布不同。对塔壁水平受力有利的荷载是混凝土的徐变，不利荷载是混凝土的收缩。因此，索塔应力分析时不考虑由于徐变作用对混凝土塔壁刚度的折减，但应计入混凝土收缩的不利影响，探讨最不利荷载下索塔和钢锚箱的水平受力和混凝土竖向裂缝的开展情况。

竖向力和不平衡索力所引起的弯矩属于结构总体受力，即索塔作为斜拉桥总体计算的一部分，竖向力最终传递到锚固区底部作用于塔柱中下部，其受力与索塔总体刚度相关。竖向荷载作用一部分主要由混凝土直接承担，如索塔自重，另一部分如索力和钢锚箱自重通过焊钉、接触面摩阻、底部支撑三种方式由钢锚箱传给混凝土。由于混凝土与钢锚箱紧密连接共同作用，混凝土的收缩和徐变影响整个锚固区的竖向传力。

5.3 锚固区水平传力计算思路

如图 5-2 所示为钢锚箱组合索塔锚固区典型断面与简化框架，根据其结构特点，可以将混凝土塔壁简化为一个平面方形框架，将钢锚箱侧板简化为拉杆。将钢锚箱与塔壁分离，以钢与混凝土结合点的位移协调方程，计算水平索力在两者之间的分配比例和相应的弯矩、轴力。

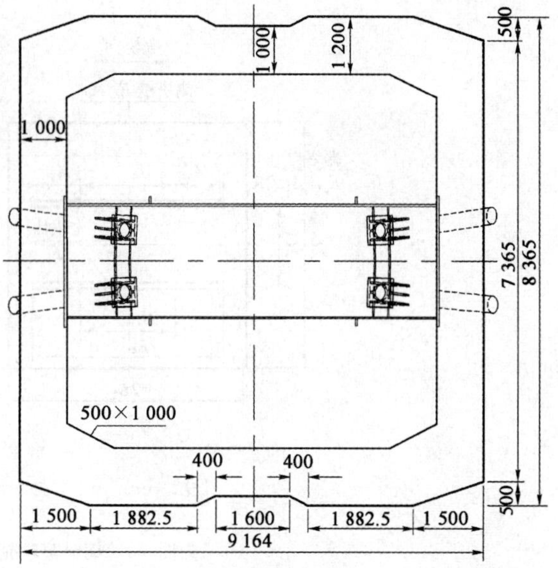

图 5-2 锚固区典型断面(尺寸单位:mm)

简化计算方法中关于钢与混凝土间水平力的传递方式，也就是索力施加到锚固支撑板上之后如何传递到塔壁和锚箱主受拉板，根据以往的锚固区研究文献，有两种计算方法。

一种方法是忽略锚固板的刚度对结构的影响，只用钢侧板与混凝土相连，把拉索顺桥向水平分力近似作用于钢锚箱侧板的两端，简化框架模型如图 5-3 所示。

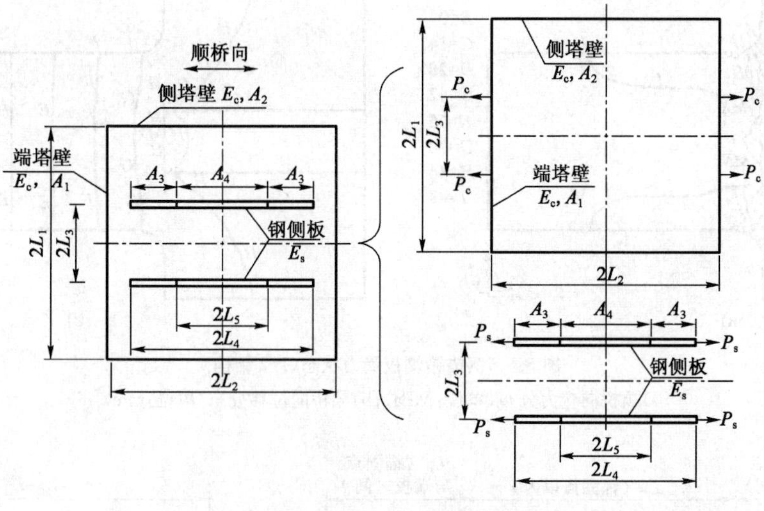

图 5-3 钢锚箱对混凝土塔壁作用简化为集中力

另一种方法是设锚固支撑板的刚度无穷大，将索力对混凝土塔壁的作用简化为从锚固板传递的均布力，钢锚箱承担水平力结构仍简化为两根受集中力的拉杆，简化框架模型如图 5-4 所示。

通过对有限元计算结果的研究和对结构概念性分析，发现两种方法对结构受力状态的把握均存在一定偏差，主要表现在以下两点。

(1)钢锚箱侧板的有效长度

钢锚箱侧板承担大部分拉索的水平拉力，横隔板也起一定的辅助作用。由于侧板一般开槽，并非全截面均匀受力，若简化成拉杆，需确定其有效计算高度和长度。根据有限元计算及钢锚箱的构造可知，侧板受力来自其锚固点、端板之间与支撑板和承压板的焊缝。钢锚箱侧板的顺桥向应力和位移如图 5-5 所示。从图中可以看出，侧板锚固点以内的部分，拉应力最大且应力均匀，位移呈线性增加；在锚固点和端板之间的部分，拉应力逐渐降低最后成为压应力，位移梯度相对很小。若假设焊缝沿长度方向传力均匀，则钢锚箱侧板简化为拉杆的计算长度应取锚固点以内长度加上 1/2 锚固点到端板的间距，高度应全部取中部较小的高度，如图 5-6 所示，而不是如以往研究取钢锚箱全长，高度分两段计算。

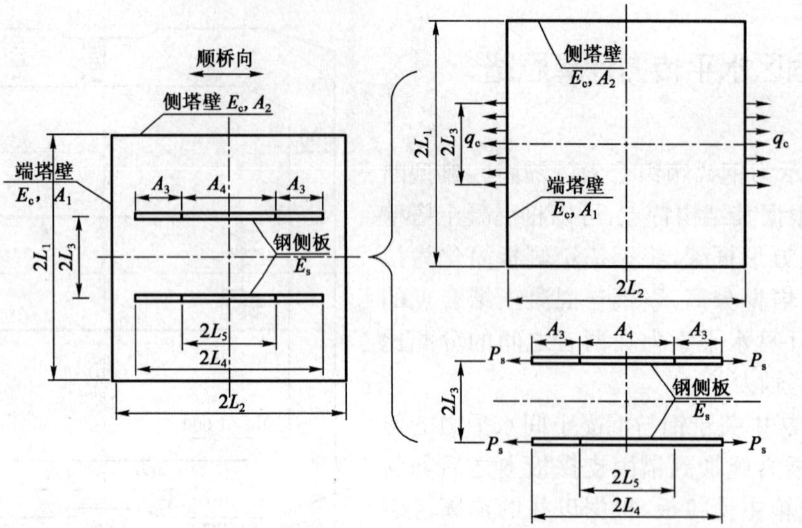

图 5-4　钢锚箱对混凝土塔壁作用简化为均布力

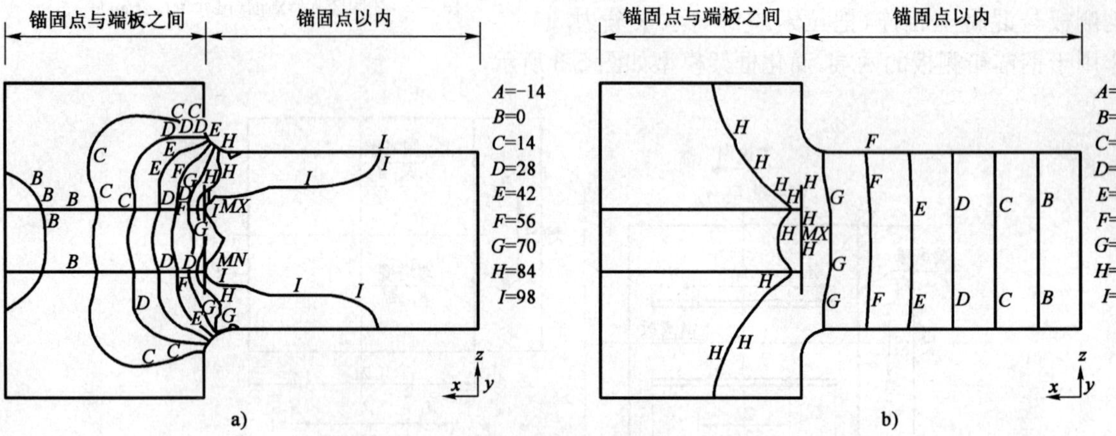

图 5-5　钢锚箱侧板受力状态(1/2 结构)

a)顺桥向应力分布(单位:MPa);b)顺桥向位移分布(单位:mm)

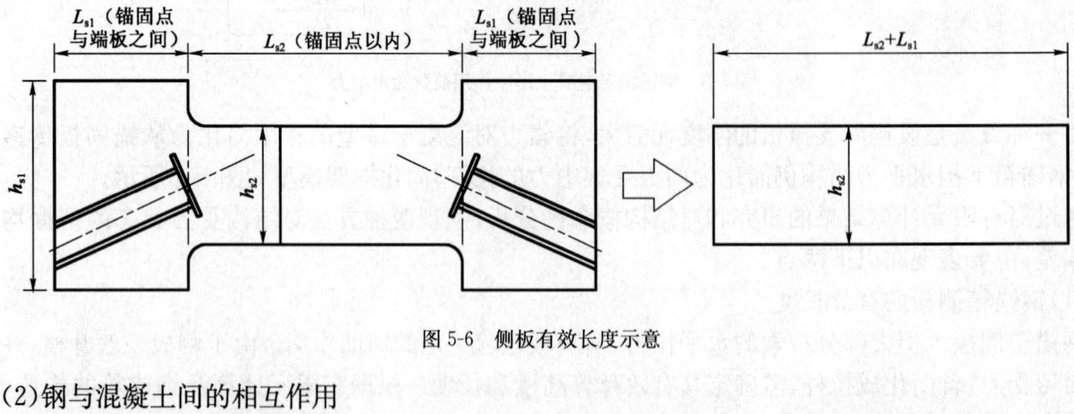

图 5-6　侧板有效长度示意

(2)钢与混凝土间的相互作用

混凝土塔壁受钢锚箱的作用十分复杂,以往研究均假设端塔壁为受弯梁,但实际结构中,端塔壁中部与钢锚箱端板、支撑板和承压板共同构成一个组合截面,靠焊钉相互连接,即端塔壁并非只受弯,而是偏心受拉状态。如图 5-7 所示为顺桥向对称面上组合截面示意和截面上的应变分布。从图中可以看出:钢与混凝土结合面存在相对滑移;混凝土质心处应变不为零,为偏心受拉而不是纯弯曲状态;应变不符合平截面假定,类似深弯梁。

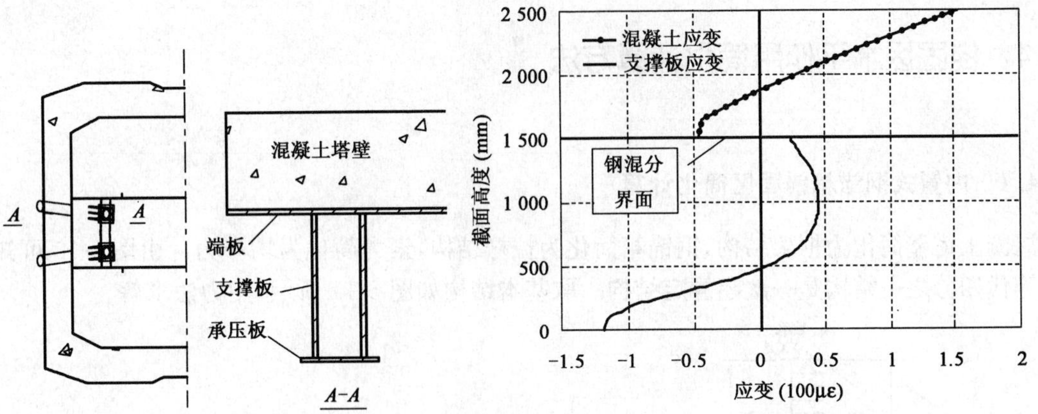

图 5-7 端塔壁及锚固板组合截面示意图

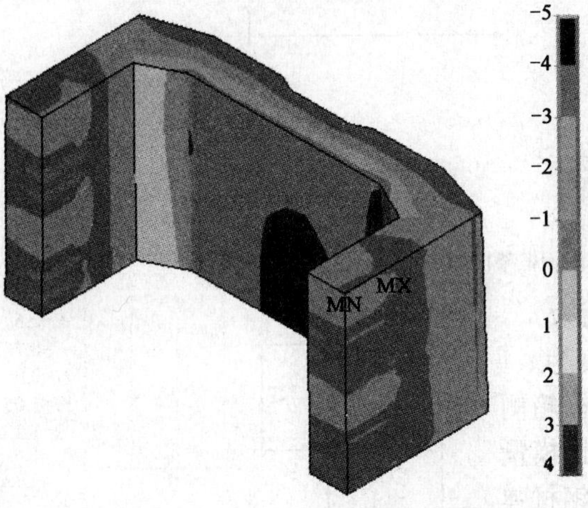

图 5-8 有限元计算混凝土端塔壁内侧顺桥向应力分布

但简化计算时若按组合截面计算存在诸多问题，首先，深梁不符合平截面假定，而且钢与混凝土间属于部分连接，分界面上存在相对滑移；其次，组合截面的质心和钢与混凝土连接部之外塔壁质心位置不一。鉴于简化计算中研究的重点是钢与混凝土受力的分配，因此降低对钢与混凝土结合面位移协调的模拟精度，只以钢锚箱侧板端部与临近位置塔壁的顺桥向位移协调为方程平衡条件。

根据有限元计算结果可知，索力作用下，混凝土端塔壁内侧应力分布如图 5-8 所示。钢锚箱对混凝土的顺桥向压力主要分布在侧板之间，因此假设塔壁受到顺桥向均布力作用更加与结构受力状态一致，且对于端塔壁，按均布力计算其中部弯矩大于按集中力计算，是偏安全的。

按照如上所述的思路，可以将外露式钢锚箱组合锚固结构进行简化计算。假设锚固结构横截面与端塔壁横截面质心顺桥向位置一致；钢锚箱与混凝土塔壁之间连接良好，钢与混凝土结合面符合平截面假定。则可以将钢锚箱的锚固结构与塔壁连成一个组合框架，钢锚箱侧板仍简化成拉杆，简化框架如图 5-9 所示。这一简化模型没有考虑预应力对结构的作用，而预应力通常对于外露式钢锚箱是必不可少的。

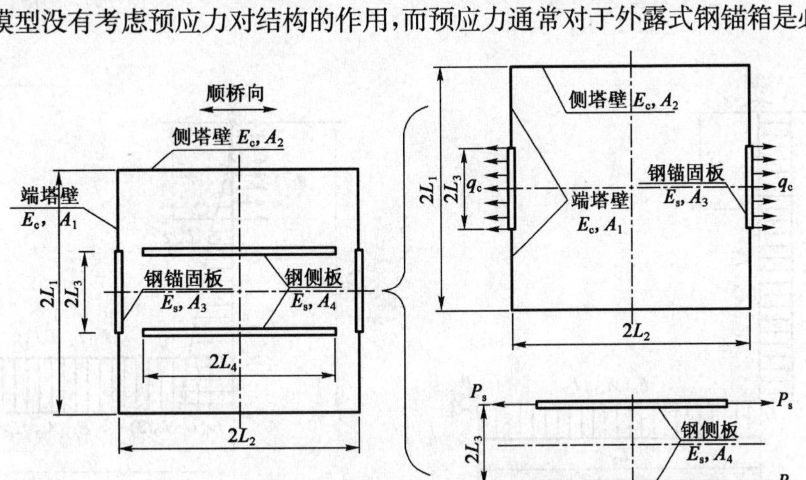

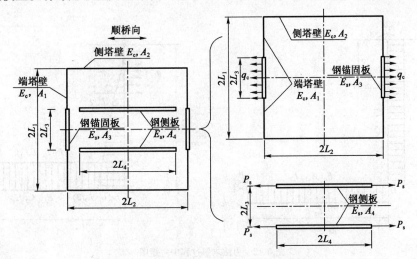

图 5-9 外露式钢锚箱锚固区简化计算方法

5.4 锚固区水平作用简化计算方法

5.4.1 内置式钢锚箱锚固区简化计算

将混凝土塔壁简化为框架结构，钢锚箱简化为拉杆结构，索力简化为均布力。由图 5-10 可知，混凝土塔壁等代四分之一结构是一次超静定结构。取基本结构如图 5-11 所示，用力法求解。

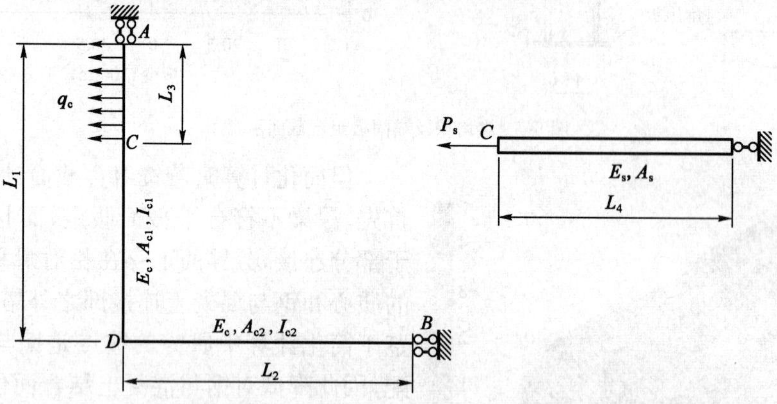

图 5-10 等代四分之一平面框架模型

设索塔锚固区节段高度为 h，钢锚箱侧板计算高度为 h'，塔柱横桥向和顺桥向壁厚分别为 t_1、t_2，钢锚箱侧板厚度为 t_3；混凝土塔壁横桥向长度为 $2L_1$，顺桥向长度为 $2L_2$，钢锚箱侧板间距为 $2L_3$，钢锚箱侧板计算长度为 $2L_4$；混凝土弹性模量为 E_c，考虑混凝土开裂引起的弹性模量折减系数为 α，钢材弹性模量为 E_s；一根斜拉索的水平分力为 P，钢锚箱承担的水平力为 P_s，混凝土塔壁承担的水平力为 $P_c = q_c L_3$。

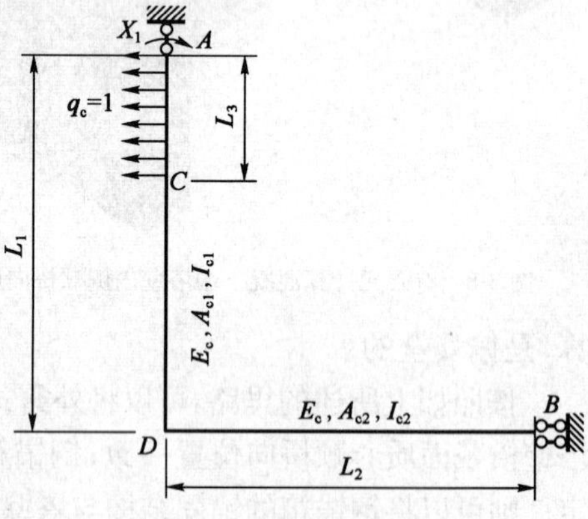

图 5-11 力法基本结构

由力法基本公式 $\delta_{11}X_1+\delta_{1P}=0$，求解约束端力。

其中据图 5-12 由图乘法可得：

$$\delta_{11}=\frac{L_1 I_{c2}+L_2 I_{c1}}{E_c I_{c1} I_{c2}}$$

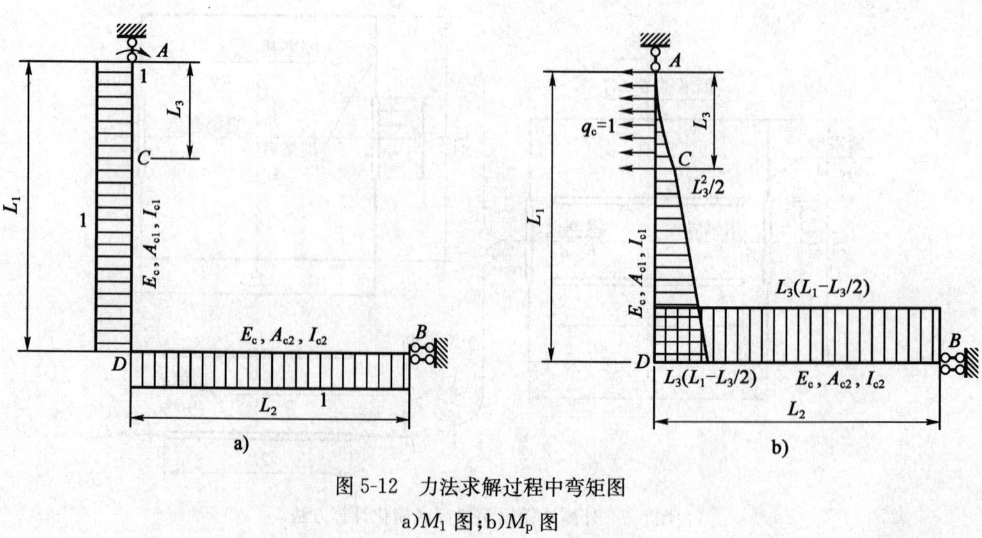

图 5-12 力法求解过程中弯矩图

a)M_1 图；b)M_P 图

$$\delta_{1P}=-\frac{(L_3^3+3L_1^2L_3-3L_1L_3^2)I_{c2}+6(L_1L_2L_3-L_2L_3^2/2)I_{c1}}{6E_cI_{c1}I_{c2}}$$

所以：

$$X_1=-\frac{\delta_{1P}}{\delta_{11}}=\frac{(L_3^3+3L_1^2L_3-3L_1L_3^2)I_{c2}+6(L_1L_2L_3-L_2L_3^2/2)I_{c1}}{6(L_1I_{c2}+L_2I_{c1})}$$

可解得在单位均布荷载 $q_c=1$ 的作用下，A、B、C 点的弯矩分别为：

$$M_{A0}=\frac{(L_3^3+3L_1^2L_3-3L_1L_3^2)I_{c2}+6(L_1L_2L_3-L_2L_3^2/2)I_{c1}}{6(L_1I_{c2}+L_2I_{c1})}\tag{5-1}$$

$$M_{B0}=\frac{(3L_1^2L_3-L_3^3)I_{c2}}{6(L_1I_{c2}+L_2I_{c1})}\tag{5-2}$$

$$M_{C0}=\frac{(L_3^3+3L_1^2L_3-6L_1L_3^2)I_{c2}+6(L_1L_2L_3-L_2L_3^2)I_{c1}}{6(L_1I_{c2}+L_2I_{c1})}\tag{5-3}$$

其中，$I_{c1}=ht_1^3/12$，$I_{c2}=ht_2^3/12$。结构弯矩图如图 5-13 所示。

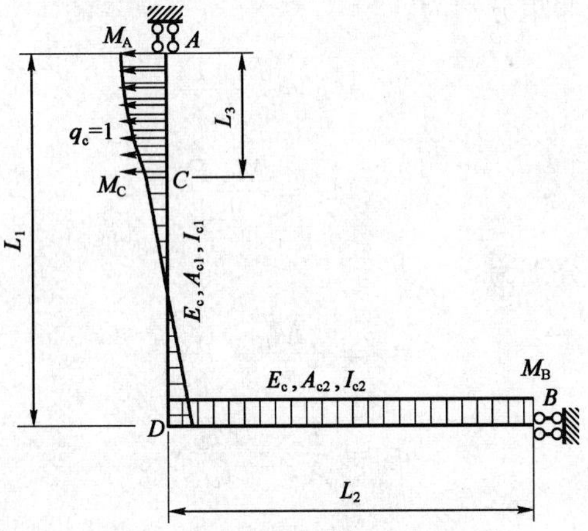

图 5-13　等代四分之一平面框架模型弯矩图

再由力法解得在单位均布荷载 $q_c=1$ 的作用下，塔壁混凝土在 C 点的顺桥向位移为：

$$\Delta_{C0}=\frac{4M_{A0}M'_{A0}L_3+2M'_{A0}M_{C0}L_1+2(L_1-L_3)M'_{B0}M_{B0}-(L_1-L_3)M'_{B0}M_{C0}-(L_1-L_3)M_{B0}M'_{A0}}{6\alpha_EE_cI_{c1}}+\frac{M_{B0}M'_{B0}L_2}{\alpha_EE_cI_{c2}}+\frac{L_3L_2}{E_cA_{c2}}\tag{5-4}$$

其中：

$$A_{c2}=ht_2$$

$$M'_{A0}=\frac{(L_1-L_3)^2I_{c2}+2(L_1-L_3)I_{c1}L_2}{2(L_1I_{c2}+L_2I_{c1})}$$

$$M'_{B0}=\frac{(L_1^2-L_3^2)I_{c2}}{2(L_1I_{c2}+L_2I_{c1})}$$

据图 5-10 计算图示，钢锚箱计算部分为 $A_s=h't_3$，在水平拉力合力 $P_s=L_3$ 作用下，C 点的顺桥向位移为：

$$\Delta_{s0}=\frac{L_3L_4}{E_sA_s}\tag{5-5}$$

混凝土塔壁和钢锚箱的抗拉刚度分别为：

$$K_c = \frac{1}{\Delta_{c0}} \tag{5-6}$$

$$K_s = \frac{1}{\Delta_{s0}} \tag{5-7}$$

在水平分项索力 P 作用下，混凝土塔壁和钢锚箱承担的拉力分别为：

$$P_c = \frac{K_c}{K_c + K_s} P = \beta_c P \tag{5-8}$$

$$P_s = \frac{K_s}{K_c + K_s} P = \beta_s P \tag{5-9}$$

其中：β_c——混凝土承担的总水平力的比例，称为混凝土塔壁水平力分配系数，$\beta_c = \frac{K_c}{K_c + K_s}$；

β_s——钢锚箱承担的总水平力的比例，称为钢锚箱水平力分配系数，$\beta_s = \frac{K_s}{K_c + K_s}$。

混凝土塔壁中 A、B 点的弯矩分别为：

$$M_A = \frac{M_{A0} P_c}{L_3} \tag{5-10}$$

$$M_B = \frac{M_{B0} P_c}{L_3} \tag{5-11}$$

塔壁 A、B 点混凝土应力分别为：

$$\sigma_A = \pm \frac{M_A}{I_{c1}} \cdot \frac{t_1}{2} \tag{5-12}$$

$$\sigma_B = \frac{P_c}{A_{c2}} \pm \frac{M_B}{I_{c2}} \cdot \frac{t_2}{2} \tag{5-13}$$

5.4.2 混凝土收缩作用计算

钢锚箱约束了混凝土塔壁的收缩变形，使组合锚固结构产生一对自平衡的反力，塔壁受力增加，钢锚箱受力减少。在平面框架模型中可以用施加收缩变形的方法，模拟混凝土收缩作用，并将收缩作用的计算结果与索力作用下的计算结果叠加。

按照内置式钢锚箱简化模型进行计算，将混凝土塔壁的收缩作用简化为混凝土塔壁受均布力 q_t 的作用，钢锚箱受与之反向的 $P_z = q_t L_3$ 作用：

$$q_t = \frac{\varepsilon_{cs}(t - t_s) L_2}{\frac{L_3}{E_s A_s} + \Delta_{C0}} \tag{5-14}$$

式中：ε_{cs}——混凝土收缩应变，计算方法见《公路钢筋混凝土及预应力混凝土桥涵设计规范》(JTG D62—2004)；

Δ_{C0}——单位均布力作用下混凝土塔壁 C 点的位移。

简化模型如图 5-14 所示，混凝土塔壁 C 点与钢锚箱侧板 C 点处位移协调。结构受力计算过程与上一小节相同。

5.4.3 外露式钢锚箱锚固区简化计算

外露式钢锚箱锚固区平面框架模型可以按正对称模型简化，只取四分之一结构进行分析，如图5-15所示。

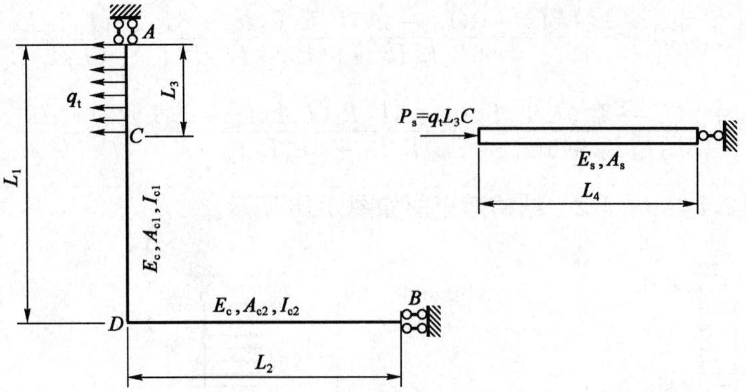

图 5-14　混凝土塔壁降温等效图示

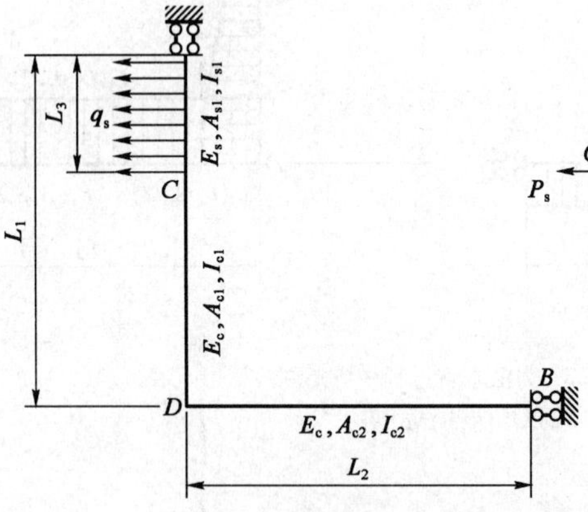

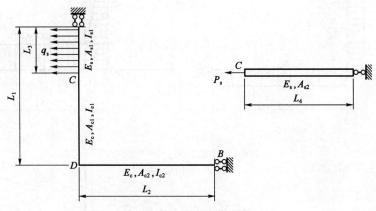

图 5-15　平面框架简化模型

设索塔锚固区节段高度为 h，钢锚箱侧板计算高度为 h'，塔柱横桥向和顺桥向壁厚分别为 t_1、t_2，钢锚箱侧板厚度为 t_3；混凝土塔壁横桥向长度为 $2L_1$，顺桥向长度为 $2L_2$，钢锚箱侧板间距为 $2L_3$，钢锚箱侧板计算长度为 $2L_4$；混凝土弹性模量为 E_c，考虑混凝土开裂引起的弹性模量折减系数为 α，钢材弹性模量为 E_s；一根斜拉索的水平分力为 P，钢锚箱承担的水平力为 P_s，混凝土塔壁承担的水平力为 $P_c=q_sL_3$。

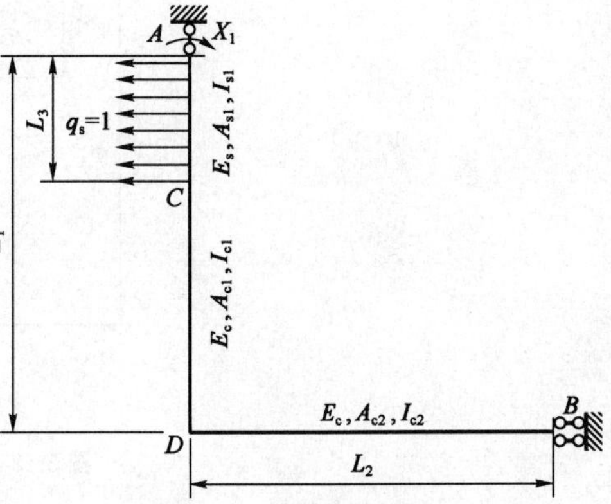

图 5-16　力法基本结构

由图 5-15 可知等代四分之一平面框架模型是一次超静定结构，取基本结构如图 5-16 所示，用力法求解。

由力法基本公式 $\delta_{11}X_1+\delta_{1P}=0$ 求解约束端力。其中据图 5-17 由图乘法可得：

$$\delta_{11}=\frac{L_3}{E_sI_{s1}}+\frac{L_1-L_3}{E_cI_{c1}}+\frac{L_2}{E_cI_{c2}}$$

$$\delta_{1P}=-\left[\frac{L_3^3}{6E_sI_{s1}}+\frac{(L_1-L_3)L_1L_3}{2E_cI_{c1}}+\frac{L_1L_2L_3-L_2L_3^2/2}{E_cI_{c2}}\right]$$

$$X_1=-\frac{\delta_{1P}}{\delta_{11}}$$

由此可解得在单位均布荷载 $q_s=1$ 的作用下，A、B、C 点的弯矩分别为：

$$M_{A0}=\frac{L_3^3I_{c1}I_{c2}+3(L_1-L_3)L_1L_3I_{c2}I_{s1}+6I_{c1}I_{s1}(L_1L_2L_3-L_2L_3^2/2)}{6L_3I_{c1}I_{c2}+6(L_1-L_3)I_{c2}I_{s1}+6L_2I_{c1}I_{s1}} \tag{5-15}$$

$$M_{B0}=L_3(L_1-L_3/2)-\frac{L_3^3I_{c1}I_{c2}+3(L_1-L_3)L_1L_3I_{c2}I_{s1}+6I_{c1}I_{s1}(L_1L_2L_3-L_2L_3^2/2)}{6L_3I_{c1}I_{c2}+6(L_1-L_3)I_{c2}I_{s1}+6L_2I_{c1}I_{s1}} \tag{5-16}$$

$$M_{C0}=\frac{L_3^3I_{c1}I_{c2}+3(L_1-L_3)L_1L_3I_{c2}I_{s1}+6I_{c1}I_{s1}(L_1L_2L_3-L_2L_3^2/2)}{6L_3I_{c1}I_{c2}+6(L_1-L_3)I_{c2}I_{s1}+6L_2I_{c1}I_{s1}}-\frac{L_3^2}{2} \tag{5-17}$$

其中，$I_{c1}=ht_1^3/12$，$I_{c2}=ht_2^3/12$。结构弯矩图如图 5-18 所示。

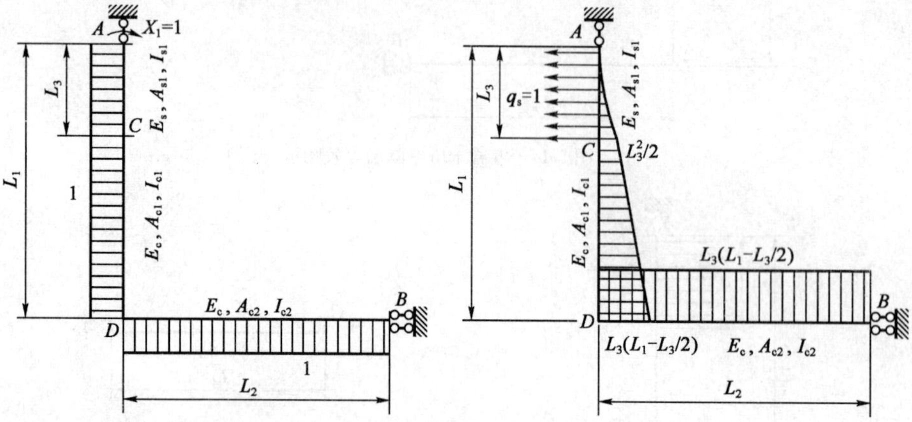

a)　　　　b)

图 5-17　力法求解过程中弯矩图

a)M_1 图；b)M_p 图

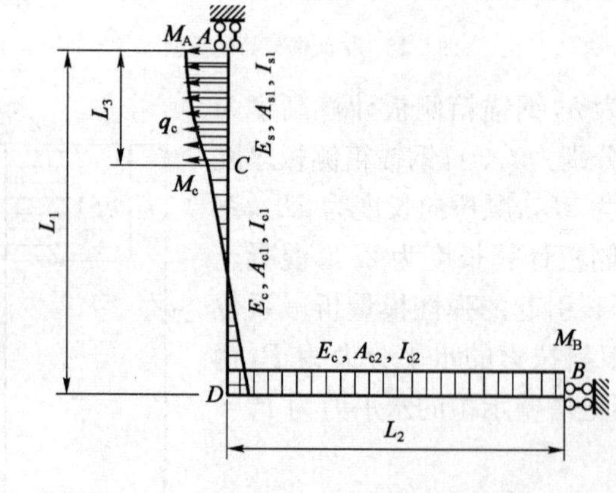

图 5-18　等代四分之一平面框架模型弯矩

再由力法解得在单位均布荷载 $q_s=1$ 的作用下，塔壁混凝土在 C 点的顺桥向位移为：

$$\Delta_{C0}=\frac{3M_{A0}M'_{A0}L_3-(M_{A0}-M_{C0})M'_{A0}L_3}{3\alpha_E E_s I_{s1}}+\frac{(L_1-L_3)(2M'_{A0}M_{C0}+2M_{B0}M'_{B0}-M_{C0}M'_{B0}-M_{B0}M'_{A0})}{6E_cI_{c1}}+$$

$$\frac{M_{B0}M'_{B0}L_2}{\alpha_E E_c I_{c2}}+\frac{L_3L_2}{E_cA_{c2}} \tag{5-18}$$

其中：

$$A_{c2}=ht_2$$

$$M'_{A0}=\frac{(L_1-L_3)^2I_{c2}I_{s1}+2(L_1-L_3)L_2I_{c1}I_{s1}}{6L_3I_{c1}I_{c2}+6(L_1-L_3)I_{c2}I_{s1}+6L_2I_{c1}I_{s1}}$$

$$M'_{B0}=(L_1-L_3)-\frac{(L_1-L_3)^2I_{c2}I_{s1}+2(L_1-L_3)L_2I_{c1}I_{s1}}{6L_3I_{c1}I_{c2}+6(L_1-L_3)I_{c2}I_{s1}+6L_2I_{c1}I_{s1}}$$

M'_{A0}与M'_{B0}为简化模型C点在单位集中力作用下所得到的A点与B点的弯矩，计算方法与上相似，在此不再赘述。

由图5-16计算图示，钢锚箱侧板的计算截面积为$A_{s2}=h't_3$，在水平拉力合力$P_s=L_3$作用下，C点的顺桥向位移为：

$$\Delta_{s0}=\frac{L_4L_3}{E_sA_{s2}} \tag{5-19}$$

混凝土塔壁和钢锚箱的抗拉刚度分别为：

$$K_c=\frac{1}{\Delta_{c0}} \tag{5-20}$$

$$K_s=\frac{1}{\Delta_{s0}} \tag{5-21}$$

在水平分项索力P作用下，混凝土塔壁和钢锚箱承担的拉力分别为：

$$P_c=\frac{K_c}{K_c+K_s}P=\beta_cP \tag{5-22}$$

$$P_s=\frac{K_s}{K_c+K_s}P=\beta_sP \tag{5-23}$$

其中：β_c——混凝土承担的总水平力的比例，称为混凝土塔壁水平力分配系数，$\beta_c=\dfrac{K_c}{K_c+K_s}$；

β_s——钢锚箱承担的总水平力的比例，称为钢锚箱水平力分配系数，$\beta_s=\dfrac{K_s}{K_c+K_s}$。

混凝土塔壁中B、C点的弯矩分别为：

$$M_B=M_{B0}P_c \tag{5-24}$$

$$M_C=M_{C0}P_c \tag{5-25}$$

塔壁B、C点混凝土应力为：

$$\sigma_B=\frac{P_c}{A_{c2}}\pm\frac{M_B}{I_{c2}}\cdot\frac{t_2}{2} \tag{5-26}$$

$$\sigma_C=\pm\frac{M_C}{I_{c1}}\cdot\frac{t_1}{2} \tag{5-27}$$

5.5 锚固区水平承载力简化计算

公路桥梁应进行两类极限状态设计，即正常使用极限状态和承载能力极限状态。对于锚箱式索塔锚固区结构，正常使用极限状态应进行塔壁裂缝宽度验算。可按《公路钢筋混凝土及预应力混凝土桥涵设计规范》(JTG D62—2004)第4.2.1条、第6.4.3条和第6.4.4条计算裂缝宽度。

用简化框架模型分析，在斜拉索水平分力作用下，端塔壁处于弯曲受力状态，侧塔壁处于偏心受拉状态，钢锚箱侧板受拉。混凝土塔壁受力最不利的位置有两处：一处是端塔壁中间位置即A点，另一处是侧塔壁中间位置即B点。不考虑钢锚箱的局部应力集中，索塔锚固区的水平承载能力主要由A、B两位置截面以及钢锚箱侧板的承载能力决定。

斜拉索水平力较小时，混凝土未开裂，钢板也没有屈服，索塔锚固区处于弹性状态。随着荷载增加，塔壁受拉混凝土出现裂缝，混凝土塔壁进入带裂缝工作状态。斜拉索水平力继续增大，则混凝土塔壁某截面达到极限承载力，或钢锚箱侧板屈服，此后索塔锚固区受力体系发生转变。最后，混凝土塔壁A、B两控制截面均达到极限承载力，或者承担水平力的钢锚箱侧板和侧塔壁均达到其极限承载力。

为方便讨论，先定义两个临界状态。混凝土塔壁某截面达到极限承载力，或钢锚箱侧板屈服时的状态称为索塔锚固区受力体系转变临界状态。混凝土塔壁 A、B 两控制截面均达到极限承载力，或者承担水平力的钢锚箱侧板和侧塔壁均达到其极限承载力，这个状态称为承载能力极限状态。

5.5.1 索塔锚固区受力体系转变临界状态

当结构内力均小于相应截面的极限承载力值时，分析方法同前节的简化框架模型。混凝土开裂之前，结构处于弹性受力状态，混凝土刚度不折减，即考虑混凝土开裂引起的刚度折减系数 $\alpha=1$。混凝土开裂后，刚度减小，$\alpha<1$。

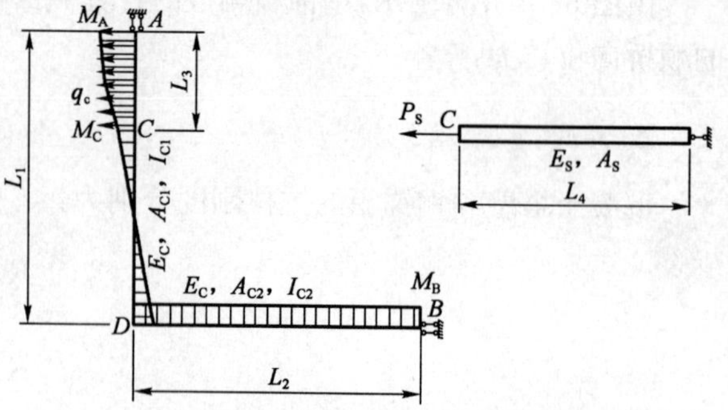

图 5-19 受力体系转变临界状态计算模型

索塔锚固区受力体系转变临界状态的计算模型见图 5-19。设此时斜拉索水平力为 P_1，由前节中的推导可知，混凝土承担的拉力 P_{c1} 和钢锚箱承担的拉力 P_{s1} 分别为：

$$P_{c1}=\frac{K_c}{K_c+K_s}P_1$$

$$P_{s1}=\frac{K_s}{K_c}P_{c1}=k_1P_{c1}$$

混凝土塔壁中 A 点的弯矩、B 点的弯矩和轴力分别为：

$$M_{A1}=M_{A0}P_{c1}=k_2P_{c1}$$

$$M_{B1}=M_{B0}P_{c1}=k_3P_{c1}$$

$$N_{B1}=P_{c1}$$

其中，$k_1=\dfrac{K_s}{K_c}$，$k_2=M_{A0}$，$k_3=M_{B0}$，只和结构尺寸和截面刚度有关。

B 点截面为偏心受拉，轴向力对截面重心轴的偏心距为：

$$e_0=\frac{M_{B1}}{N_{B1}}=\frac{k_3P_{c1}}{P_{c1}}=k_3$$

设 A 点截面抗弯承载力为 M_{Au}；B 点截面在偏心距为 e_0 时偏心受拉的极限承载力为 $N_{Bu}(e_0)$，若截面尺寸和配筋一定，则 $N_{Bu}(e_0)$ 是 e_0 的函数；钢锚箱侧板屈服时，侧板承受的拉力为 $P_{su}=\sigma_yA_4=\sigma_yh't_3$，其中 σ_y 为钢材的屈服强度。

令

$$(M_{A1})_1=M_{Au}$$

则

$$(N_{B1})_1=P_{c1}=\frac{1}{k_2}M_{Au},(P_{s1})_1=k_1P_{c1}=\frac{k_1}{k_2}M_{Au}$$

令

$$(N_{B1})_2=N_{Bu}(k_3)$$

则

$$(M_{A1})_2=k_2P_{c1}=k_2\cdot N_{Bu}(k_3),(P_{s1})_2=k_1P_{c1}=K_1\cdot N_{Bu}(k_3)$$

令

$$(P_{s1})_3=P_{su}$$

则

$$(M_{A1})_3=k_2P_{c1}=\frac{k_2}{k_1}P_{su},(N_{B1})_3=P_{c1}=\frac{1}{k_1}P_{su}$$

索塔锚固区受力体系转变临界状态主要有三种可能情况。比较 $(M_{A1})_1$、$(M_{A1})_2$ 和 $(M_{A1})_3$ 三者大小，若 $(M_{A1})_1$ 最小，则端塔壁中心位置受力最不利，A 点截面弯矩先达到其抗弯极限承载力；若 $(M_{A1})_2$

最小，则侧塔壁中心位置受力最不利，B 点截面弯矩先达到其极限承载力；若$(M_{A1})_3$最小，则钢锚箱侧板受力最不利，钢锚箱侧板先屈服。

不同的受力体系转变临界状态，新形成的受力体系形式也不同。下面分别讨论各种情况下，索塔锚固区水平承载能力的计算方法。

5.5.2　钢锚箱侧板受力最不利

钢锚箱侧板屈服后，继续增加的斜拉索水平力全部由混凝土塔壁承担。混凝土塔壁内力不断增大，最终，A 点或 B 点截面达到极限状态，索塔锚固区结构达到水平承载能力极限状态。

如果$(M_{A1})_1<(M_{A1})_2$，混凝土塔壁 A 点截面内力达到极限状态时，B 点内力仍小于其极限承载力。索塔锚固区结构达到水平承载能力极限状态时，钢锚箱和混凝土塔壁承担的拉力分别为：

$$P_s = P_{su}, P_c = \frac{1}{k_2}M_{Au}$$

索塔锚固区的水平承载能力为：

$$P_u = P_s + P_c = P_{su} + \frac{1}{k_2}M_{Au}$$

如果$(M_{A1})_1 \geqslant (M_{A1})_2$，混凝土塔壁 B 点截面内力达到极限状态时，A 点弯矩不大于其极限弯矩。索塔锚固区结构达到水平承载能力极限状态时，钢锚箱和混凝土塔壁承担的拉力分别为：

$$P_s = P_{su}, P_c = N_{Bu}(k_3)$$

索塔锚固区的水平承载能力为：

$$P_u = P_s + P_c = P_{su} + N_{Bu}(k_3)$$

5.5.3　端塔壁中心位置受力最不利

端塔壁中心位置 A 点受力最不利，即索塔锚固区结构达到受力体系变化临界状态时，$M_{A1}=M_{Au}$，钢锚箱侧板未屈服，侧塔壁中心位置 B 点内力小于其承载能力。此时斜拉索水平分力为：

$$P_1 = P_{c1} + P_{s1} = \frac{1+k_1}{k_2}M_{Au}$$

若混凝土塔壁为适筋构件，则端塔壁中心位置 A 点弯矩达到极限弯矩后，能够在极限弯矩保持不变的情况下产生一定的相对转角。索塔锚固区结构达到承载能力极限状态时，A 点弯矩等于此截面的抗弯极限承载力。承载能力极限状态时等代四分之一结构的内力分解如图 5-20 所示。索塔锚固区水平极限承载力 P_u可以分为两部分：结构达到受力体系变化临界状态时，单根斜拉索水平分力为 P_1，P_1由初始受力体系承担；之后继续增加的索力(P_u-P_1)则由变化后受力体系承担。

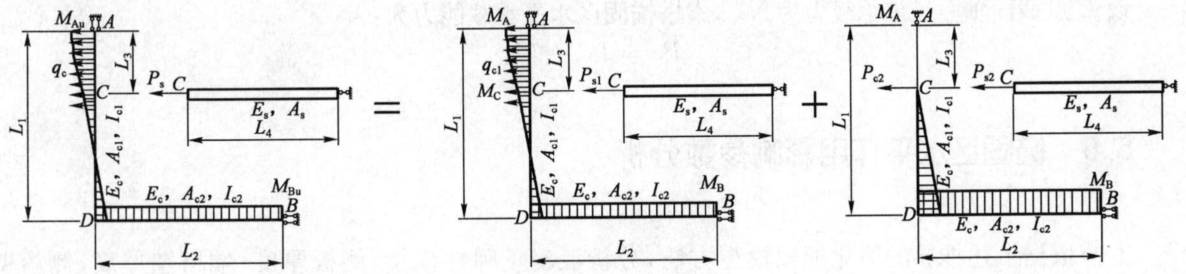

图 5-20　承载能力极限状态结构内力分解

图中各项内力间的关系如下：

$$P_u = P_1 + P_2 = P_s + P_c$$

$$P_1 = P_{c1} + P_{s1} = \frac{1+k_1}{k_2}M_{Au}, P_2 = P_{c2} + P_{s2}$$

$$P_s = P_{s1} + P_{s2}, P_c = P_{c1} + P_{c2}$$

$$P_{s1}=\frac{k_1}{k_2}M_{Au},P_{c1}=\frac{1}{k_2}M_{Au}$$

混凝土塔壁 B 点的弯矩和轴力分别为：

$$N_B=P_c=P_{c1}+P_{c2}=\frac{1}{k_2}M_{Au}+\frac{1}{k'_1}P_{s2}$$

$$M_B=M_{B1}+M_{B2}=\frac{k_3}{k_2}M_{Au}+\frac{k'_3}{k'_1}P_{s2}$$

令 $P_s=P_{su}$，则 $P_{s2}=P_{su}-P_{s1}=P_{su}-\frac{k_1}{k_2}M_{Au}$。

如果 B 点内力满足该截面偏心受拉极限承载力要求，则钢锚箱侧板先屈服，索塔锚固区水平承载能力为：

$$P_u=P_s+P_c=P_{su}+\frac{1}{k_2}M_{Au}+\frac{1}{k'_1}\left(P_{su}-\frac{k_1}{k_2}M_{Au}\right)=\frac{1+k'_1}{k'_1}P_{su}+\frac{k'_1-k_1}{k'_1k_2}M_{Au}$$

如果 B 点内力不满足该截面偏心受拉极限承载力要求，则 B 处截面破坏时，钢锚箱侧板没有屈服。根据 B 点内力等于该截面偏心受拉承载力，可以求出 P_{s2}。索塔锚固区水平承载能力为：

$$P_u=P_s+P_c=\frac{k_1}{k_2}M_{Au}+P_{s2}+\frac{1}{k_2}M_{Au}+\frac{1}{k'_1}P_{s2}=\frac{1+k'_1}{k'_1}P_{s2}+\frac{1+k_1}{k_2}M_{Au}$$

5.5.4 侧塔壁中心位置受力最不利

侧塔壁中心位置 B 点受力最不利，即索塔锚固区结构达到受力体系变化临界状态时，$N_{B1}=N_{Bu}(k_3)$，混凝土塔壁 A 点弯矩小于其抗弯承载力，钢锚箱侧板未屈服。

B 点截面为偏心受拉，轴向力对截面中性轴的偏心距 $e_0=k_3$。如果轴向拉力的作用点在截面两侧的钢筋之间，B 点截面为小偏心受拉；如果轴向拉力的作用点在截面两侧的钢筋之外，B 点截面为大偏心受拉。

若 B 点截面为小偏心受拉，达到极限状态时，截面混凝土开裂退出工作，靠近轴力侧钢筋拉应力达到屈服强度，另一侧钢筋也受拉，但应力小于屈服强度。如果斜拉索索力继续增加，B 点截面靠近轴力侧钢筋应力不变，另一侧钢筋拉应力增加，B 点轴力增加，弯矩减小。最终，B 点截面两侧钢筋均受拉屈服，截面内力达到轴心受拉极限承载力，钢锚箱侧板屈服，索塔锚固区结构达到水平承载能力极限状态。

若 B 点截面为大偏心受拉，达到极限状态时，受拉侧钢筋屈服，另一侧钢筋受压。如果斜拉索索力继续增加，B 点截面受拉侧钢筋应力不变，另一侧钢筋压应力减小并转化为受拉，B 点轴力增加，弯矩减小。和小偏心受拉情况一样，最终，B 点截面两侧钢筋均受拉屈服，截面内力达到轴心受拉极限承载力，钢锚箱侧板屈服，索塔锚固区结构达到水平承载能力极限状态。

设 B 点截面轴心受拉承载力为 N_{Bu}，索塔锚固区水平承载能力为：

$$P_u=P_{su}+N_{Bu}$$

5.6 锚固区水平作用影响参数分析

本节依据上述推导的简化框架模型方法，分析混凝土弹性模量、侧板厚度、端塔壁厚度、侧塔壁厚度等参数变化对斜拉桥索塔锚固区水平力分配和控制点应力的影响。选取苏通大桥锚固区第 33 节钢锚箱所在节段作为算例，当讨论某参数对索塔锚固区水平受力的影响时，仅改变与相应参数相关的数据。

5.6.1 混凝土弹性模量

混凝土弹性模量对水平力分配的影响见图 5-21，对塔壁控制点应力的影响见图 5-22。由图可以看出，混凝土弹性模量越大，混凝土承担的水平力比例越大，钢锚箱所承担水平力的比例越小，端塔壁外侧的拉应力越大，计入收缩效应时其变化趋势一致。混凝土弹性模量对水平力分配和混凝土塔壁控制点应力的影响较大。

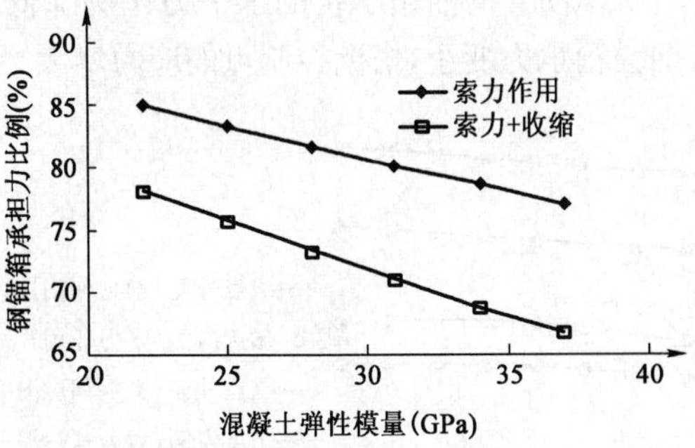

图 5-21　混凝土弹性模量对水平力分配的影响

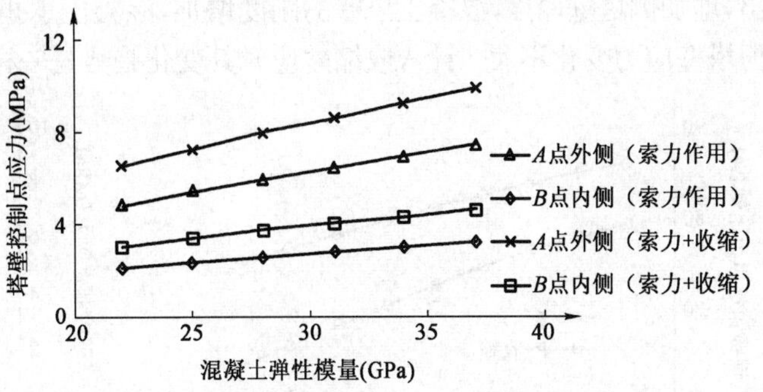

图 5-22　混凝土弹性模量对塔壁控制点应力的影响

5.6.2　钢锚箱侧板厚度的影响

侧板厚度的取值对水平力分配的影响见图 5-23，对塔壁控制点应力的影响见图 5-24。由图可以看出，增加侧板厚度，可以明显增加钢锚箱承担的水平力比例，减小混凝土承担的水平力比例，从而减小混凝土端塔壁外侧控制点的拉应力。计入收缩效应时其变化趋势一致。

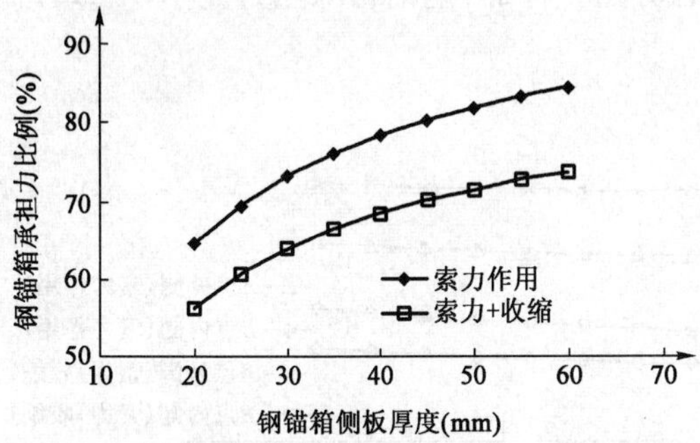

图 5-23　侧板厚度对水平力分配的影响

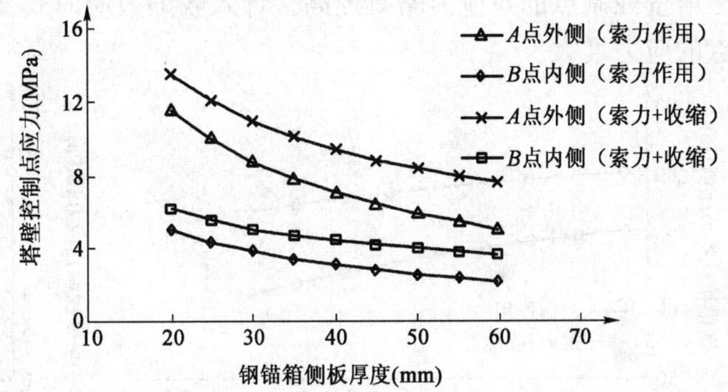

图 5-24　侧板厚度对混凝土塔壁控制点应力的影响

5.6.3　混凝土端塔壁厚度的影响

端塔壁厚度的取值对水平力分配的影响见图 5-25，对塔壁控制点应力的影响见图 5-26。由图可以看出，增加端塔壁厚度，混凝土塔壁的刚度增加，混凝土承担的水平力增加，钢锚箱承担的水平力比例减小，但塔壁的应力变化不大。计入收缩效应时其变化趋势一致，钢锚箱承力变小，塔壁控制点的应力增大。

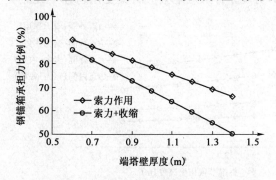

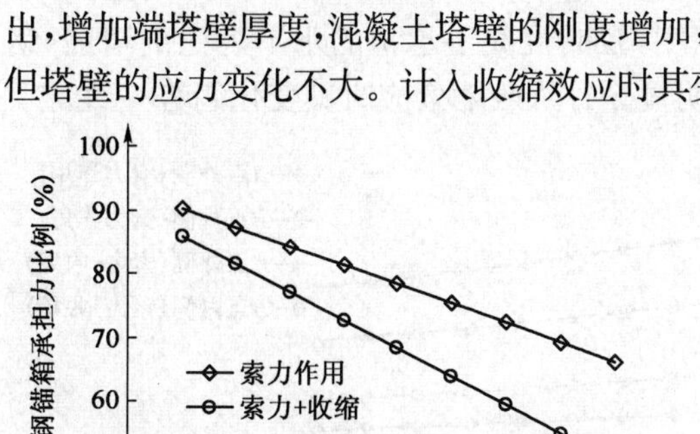

图 5-25　端塔壁厚度对水平力分配的影响

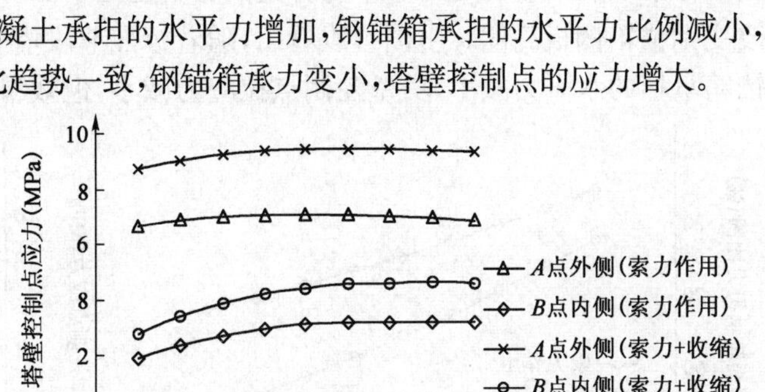

图 5-26　端塔壁厚度对塔壁控制点应力的影响

5.6.4 混凝土侧塔壁厚度的影响

侧塔壁厚度的取值对水平力分配的影响见图5-27，对塔壁控制点应力的影响见图5-28。由图可以看出，增加侧塔壁厚度，混凝土塔壁的刚度增加，混凝土承担的水平力增加，钢锚箱承担的水平力比例降低，但塔壁应力变化不大。计入收缩效应时其变化趋势是一样的，钢锚箱承力变小，塔壁控制点的应力增大。

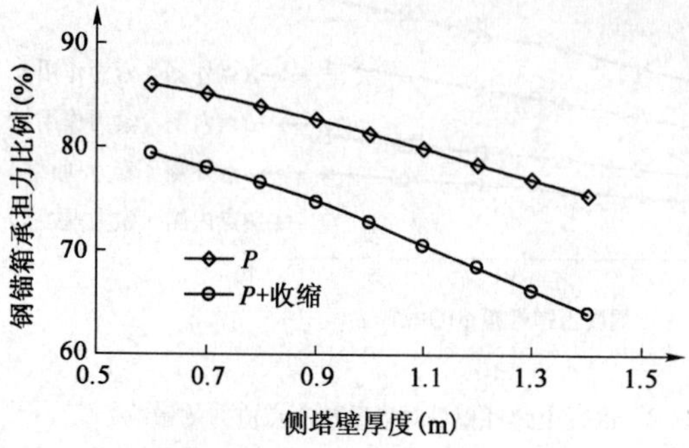

图5-27 侧塔壁厚度对水平力分配的影响

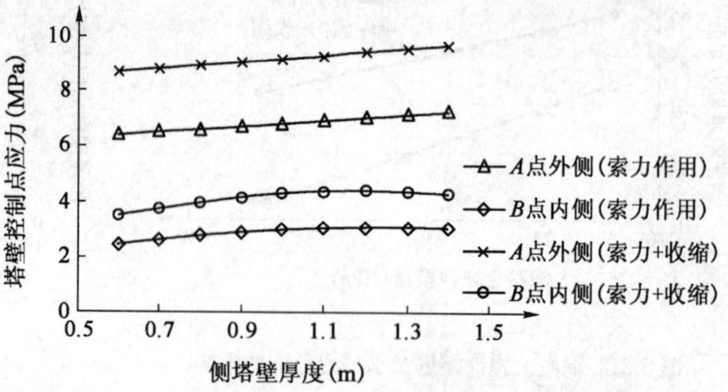

图5-28 侧塔壁厚度对塔壁控制点应力的影响

5.6.5 钢锚箱侧板间距的影响

侧板间距的取值对水平力分配的影响见图5-29，其对塔壁控制点应力的影响见图5-30。从图中可以看出，增大侧板间距，钢锚箱承担的水平力比例会有所降低，混凝土承担的水平力比例有所提高，混凝土塔壁控制点的拉应力略有提高。计入收缩效应时其变化趋势是一样的，钢锚箱承担力变小，塔壁控制点的应力增大。

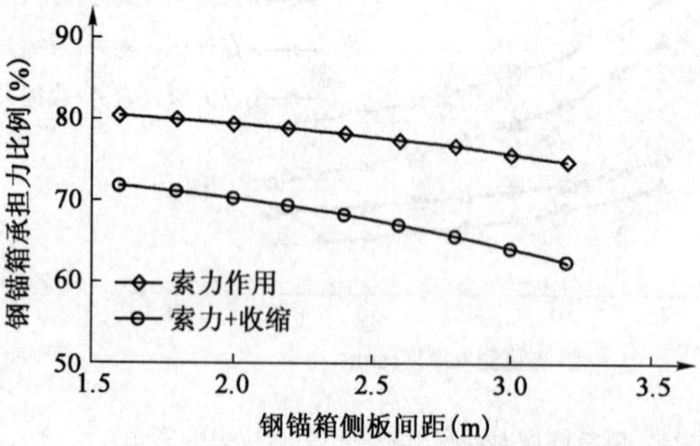

图5-29 侧板间距对水平力分配的影响

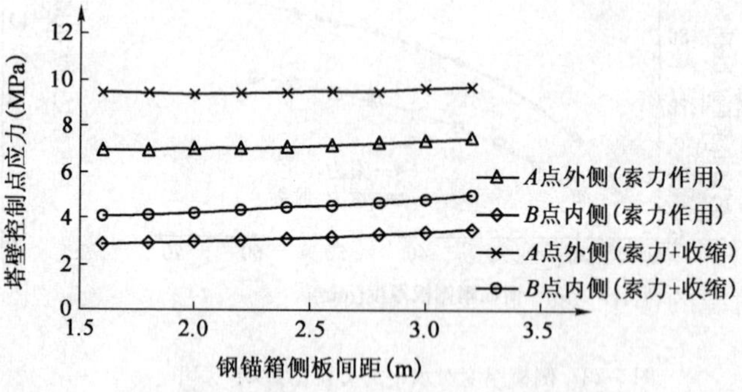

图5-30 侧板间距对塔壁控制点应力的影响

5.6.6 标准节段塔壁高度的影响

标准节段塔壁高度对水平力分配的影响见图5-31，对塔壁控制点应力的影响见图5-32。计算中不改变钢锚箱侧板高度。由图可以看出，随着标准节段塔壁高度增加，混凝土承担的水平力比例增加，钢锚箱承担的水平力减小，塔壁控制点拉应力减小，但效果不明显。计入收缩效应时其变化趋势一致。

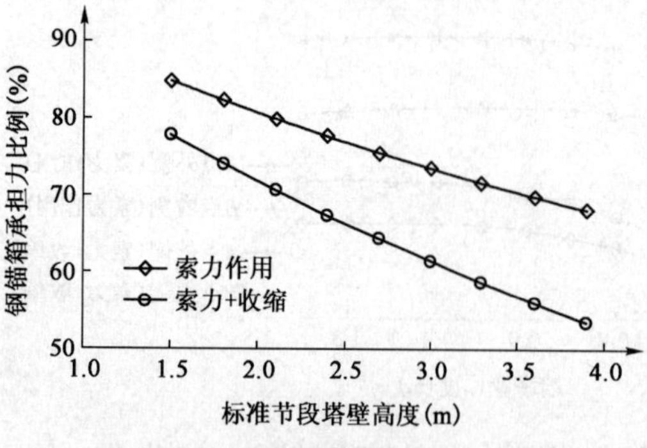

图5-31 钢锚箱标准节段塔壁高度对水平力分配的影响

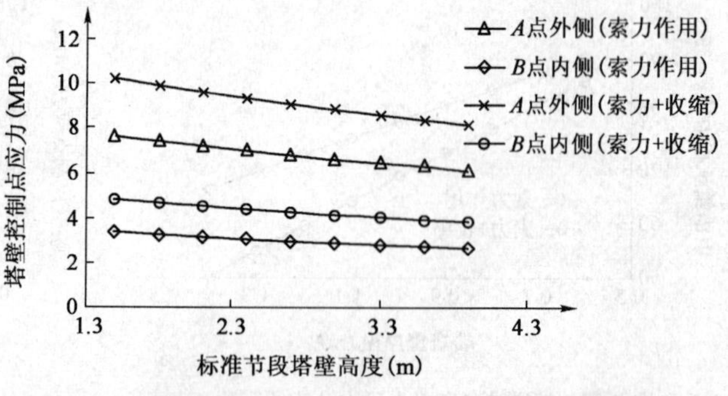

图5-32 钢锚箱标准节段塔壁高度对塔壁控制点应力的影响

5.6.7　参数影响结果汇总

本节就混凝土强度等级、塔壁厚度、钢锚箱侧板厚等参数变化对锚固区水平力分配及塔壁控制点应力的影响作了计算，如表 5-1 所示。其中带有“略”字的表示参数变化的影响很不明显。依据表中显示，为降低端塔壁控制点拉应力，只有增加钢锚箱侧板厚度较为有效，改变混凝土塔壁的影响有限。

各参数对锚固区受力的影响　　表 5-1

参数变化	侧塔壁中点内侧拉应力	端塔壁中点外侧拉应力	钢锚箱拉力分配比例
增加混凝土强度	增	增	减
增加端塔壁厚度	略增	略增	减
增加侧塔壁厚度	略增	略增	减
增加钢锚箱侧板厚度	减	减	增
增加钢锚箱宽度	略增	略增	减
增加标准节段塔壁高度	略减	略减	减
混凝土收缩作用	增	增	减

5.7　锚固区竖向作用简化计算方法

5.7.1　简化计算模型

竖向荷载主要是索塔自重和斜拉索的竖向分力，通过焊钉、塔壁摩阻和钢锚箱基底支撑由钢锚箱传递到混凝土塔壁。其中摩阻力在设计中考虑为结构的安全储备，结构分析中不计入，同时暂不考虑不平衡水平索力的影响，主要分析竖向索力在钢锚箱、连接件和混凝土塔柱之间的传递关系。

取一个索塔锚固节段为隔离体，分析其竖向传力受力关系如图 5-33 所示。在竖向索力和自重的作用下，混凝土塔柱及钢锚箱均传递一部分竖向力，而连接件则在钢锚箱与混凝土之间起到一个传递竖向荷载的作用，承受混凝土塔柱上下端点轴力不平衡的部分，并减去该节段混凝土自重。

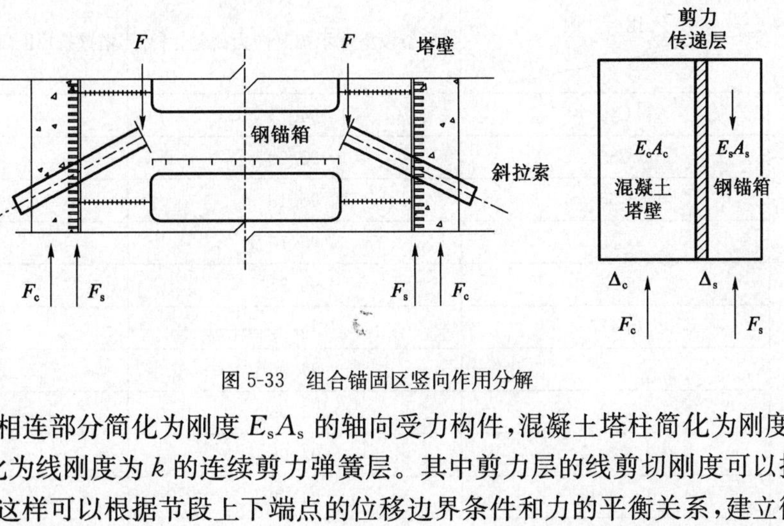

图 5-33　组合锚固区竖向作用分解

可以将钢锚箱相连部分简化为刚度 E_sA_s 的轴向受力构件，混凝土塔柱简化为刚度 E_cA_c 的轴向受力构件，连接件简化为线刚度为 k 的连续剪力弹簧层。其中剪力层的线剪切刚度可以按单个连接件刚度除以间距计算。这样可以根据节段上下端点的位移边界条件和力的平衡关系，建立微分方程求得组合锚固区竖向力的分配。

但以上方法需建立多元一阶微分方程，用于多个节段需编程计算较为繁琐。根据以往研究，可以进一步对模型进行简化。

简化模型的方法是将钢锚箱和塔壁简化成两根受压杆件，利用弹簧单元模拟塔壁和钢锚箱之间的焊钉，锚固区底部采用固结约束形式，如图 5-34 所示。弹簧元的刚度取为一节段所有焊钉数量乘以单个焊钉抗剪刚度。在钢锚箱每节段中部施加满布活载工况下拉索的竖向分力，混凝土收缩按整体降温 15℃计算。

将简化计算所得各节段混凝土分担竖向力的比例与全锚固区实体有限元模型计算结果进行对比，如图 5-35 所示。

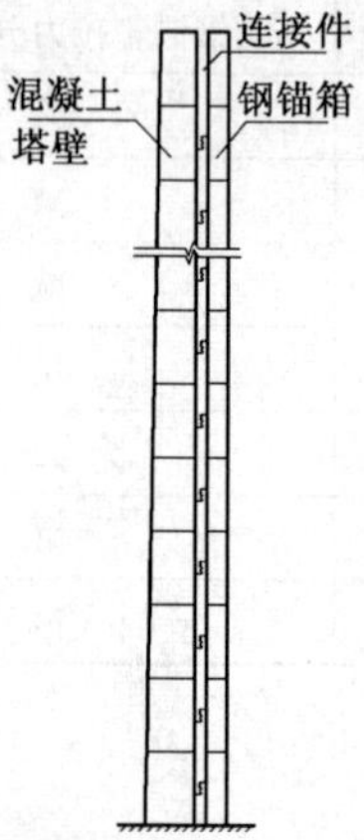

图 5-34　锚固区竖向作用简化计算模型

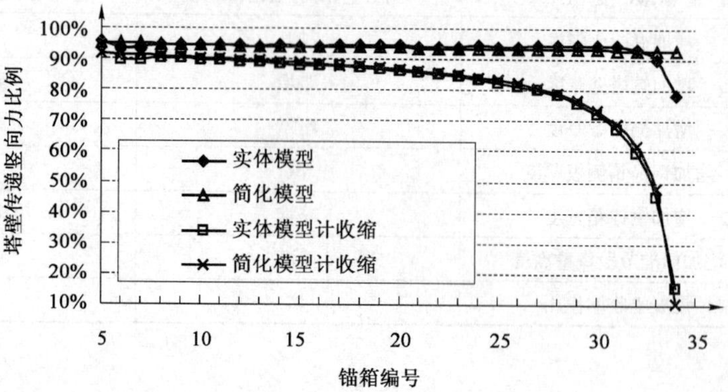

图 5-35　塔壁传递竖向力比例

从图中可以看出，简化模型与实体模型竖向力的分配基本一致。在锚固区顶部几个节段有所差异，是由于实体中模拟连接件的弹簧元分布在全节段高度，其剪力分布不均匀，传力效果低于一个集中的弹簧元。在竖向力分配方面，简化计算方法可以用于初步分析索塔的竖向传力途径。

5.7.2　竖向传力参数变化分析

采用简化模型方法计算速度快，便于进行参数变化比较，为此进行了混凝土弹性模量、钢锚箱横截面面积、连接件数量变化分析，如表 5-2 所示。计算结果表明，锚固区竖向力在钢锚箱与混凝土塔壁间的分配，主要取决于两者竖向抗压刚度比，连接件的数量对竖向力的分配影响很小。

参数变化对竖向传力的影响　　表 5-2

参数	比例	底节段塔壁承担竖向力比例(%)	塔壁抗压刚度占总抗压刚度比例(%)
混凝土强度等级	C40	94.71	94.70
	C50	95.00	94.99
	C55	95.13	95.13
	C60	95.19	95.19
钢锚箱截面积(m^2)	0.3	96.35	96.35
	0.417	95.00	94.99
	0.5	94.06	94.06
	0.6	92.95	92.95
连接件布置	1/5 数量	94.98	94.99
	1/2 数量	94.99	94.99
	实际布置	95.00	94.99

因此，可以认为钢锚箱式索塔锚固结构的竖向力按照钢锚箱和混凝土塔壁轴向刚度进行分配，则钢锚箱和混凝土承担的竖向力比例可以用下述公式计算。式中 ρ_c 表示混凝土分担竖向力比例，ρ_s 表示钢

锚箱竖向板件分担竖向力比例，并引入一个传力修正参数 k_c 表达实际工程应用中，受到截面受力不均匀、连接件剪切刚度、钢锚箱及混凝土施工质量等对混凝土塔壁的影响。根据有限元计算 k_c 可取 0.9～1，越靠近锚固区顶部 k_c 取值越小。

$$\rho_c = k_c \frac{E_c A_c}{E_c A_c + E_s A_s}$$

$$\rho_s = 1 - \rho_c$$

5.7.3 连接件布置确定方法

简化模型方法计算表明，连接件数量减少造成连接件传力和混凝土轴力略有降低，钢锚箱轴力略上升，对竖向力的分配影响很小。连接件所需数量的控制因素主要为连接件自身的抗剪承载能力。

如图 5-36 所示为有限元计算连接件剪力与索力竖向分力的关系。从图中可以看出，每节段连接件剪力之和略低于索力竖向分力，除顶底特殊节段部外，其变化规划也基本和索力竖向分力一致。因此连接件所需数量可按一个钢锚箱节段受到的索力竖向分力，除以单个连接件允许承载力进行计算，然后再确定连接件的布置。

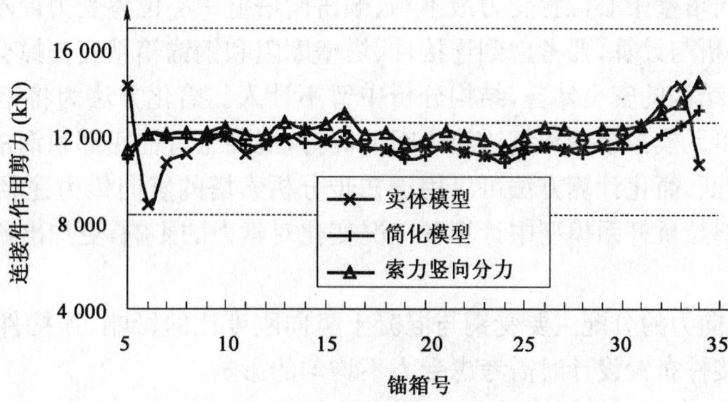

图 5-36 连接件作用剪力与索力竖向分力的关系

图 5-37 为内置式钢锚箱组合锚固结构连接件的剪力分布特点。从图中可以看出，连接件受力在纵向和横向都不均匀，其中横向不均匀比较突出。剪力分布不均是由钢锚箱构造和结构受力特点造成的，剪力集中在侧板和支撑板处，索力通过这些板件传递到端板和连接件。为此，设计时还需考虑连接件受力的不均匀。

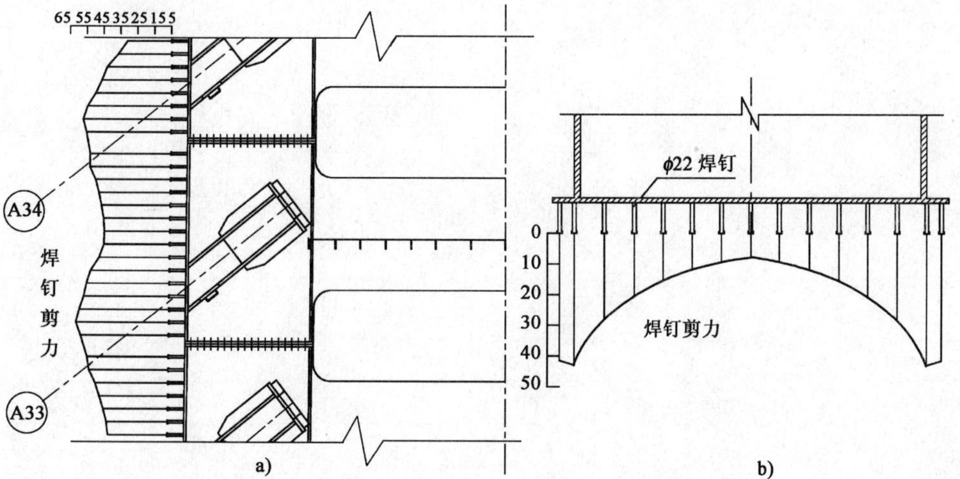

图 5-37 连接件剪力的不均匀分布

a)剪力竖向分布；b)剪力横向分布

5.8 本章小结

索塔锚固区设计验算方法在水平向和竖向两个方向上有所不同。对于水平受力的分析计算，可以截取出某个索塔锚固区节段，把索塔锚固区节段简化为框架结构，钢锚箱简化为拉杆结构。进一步根据对称原则取四分之一结构进行分析，把平面框架作一次超静定结构，应用力法原理求解出各截面的弯矩。

把横桥向塔壁作为矩形受弯构件，顺桥向塔壁作为矩形偏心受拉构件，按照《公路钢筋混凝土及预应力混凝土桥涵设计规范》(JTG D62—2004)中相应的规定与公式进行裂缝宽度的验算。另外，通过改变参数进一步分析，可得出混凝土弹性模量、侧板厚度、混凝土塔壁厚度以及钢锚箱节段长度对水平受力性能均有不同程度的影响。

根据正常使用极限状态和承载能力极限状态，可以确定水平承载力的计算方法。考虑到索塔锚固区结构达到受力体系变化临界状态后，索塔锚固区受力体系发生变化，受力体系变化临界状态主要有钢锚箱侧板先屈服、横桥向塔壁中心位置受力最不利、顺桥向塔壁中心位置受力最不利三种可能情况。

对于竖向受力的分析与计算，要考虑到连接件、塔壁摩阻和钢锚箱基底支撑会相互发生作用。其中摩阻力在设计中考虑为结构的安全储备，结构分析中暂不计入。简化方法为将钢锚箱和塔壁简化成两根受压杆件，利用弹簧单元模拟塔壁和钢锚箱之间的焊钉，混凝土塔柱底部和钢锚箱底部采用固结约束形式。在竖向力分配方面，简化计算方法可以用于初步分析索塔的竖向传力途径，并且，由于此种方法单元数少，可以用于全斜拉桥杆系模型中计算各工况变化对索力的影响，更加准确地模拟索塔锚固区受力和变形行为。

组合索塔锚固区竖向力的分配主要受钢与混凝土竖向刚度比的影响，连接件数量的控制设计因素是其自身的承载力，连接件布置设计时需考虑受力不均匀的影响。

第 6 章　组合索塔锚固区的细部构造设计方法

6.1　概述

索塔钢锚箱锚固方式的力学原理，是塔柱两侧斜拉索的水平分力大部分通过锚箱的侧板来平衡，部分水平力由混凝土塔柱承受，拉索竖向分力主要通过锚箱端部竖直钢板的连接件传递到塔柱混凝土中。其设计思路主要表现在以下方面：

(1)钢锚箱和混凝土作为组合构件共同受力，通过连接件和界面黏结摩擦相互作用。设计时应保证连接处混凝土浇筑能顺利进行，连接件布置按传力需要选取，降低结合处应力集中。

(2)在不考虑混凝土塔柱共同作用情况下，钢锚箱自身应可以承受斜拉索的全部水平分力；斜拉索竖向分力主要通过钢锚箱端部与混凝土塔柱连接的连接件由塔柱承受，钢锚箱底部的支撑构造分担少量的竖向力。

(3)为提高锚索区整体刚度并保证索塔的耐久性，避免索塔出现开裂，在索塔混凝土中可以考虑设置预应力筋、添加钢纤维等多种措施。

(4)钢锚箱在工厂预制完成，在考虑锚箱节段连接方式时尽量减少现场工作量。

6.2　钢锚箱锚固形式的比较

前面已经介绍，根据钢锚箱和混凝土塔壁的相对位置，可以把钢锚箱的锚固形式分为两类，即内置式和外露式，如图 6-1 所示。

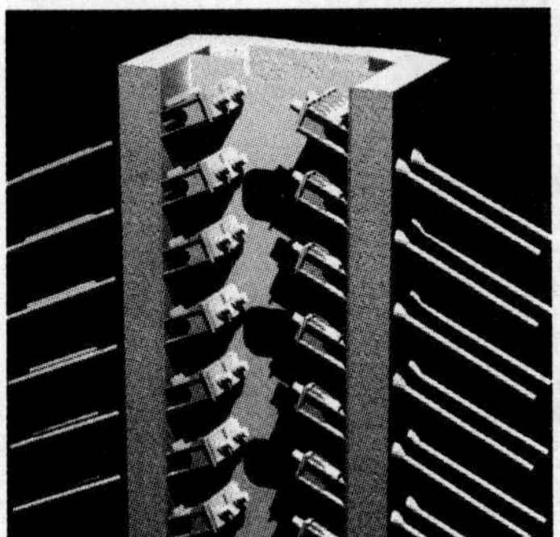

a)

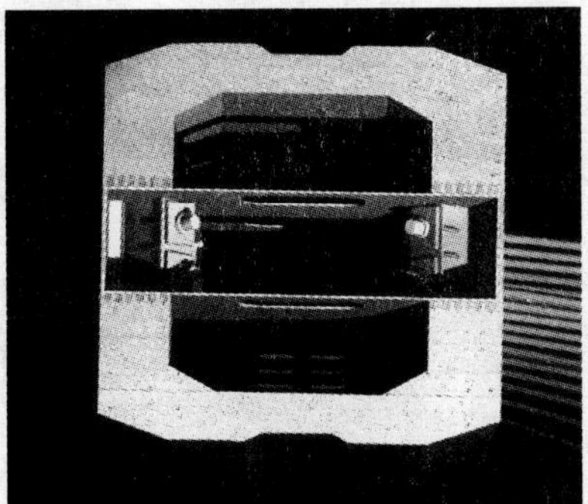

b)

图 6-1　钢锚箱锚固形式的分类

a)内置式；b)外露式

根据有限元计算和节段锚固区试验分析，采用两种钢锚箱锚固方案，钢锚箱自身应力水平相差不大。控制因素在于混凝土塔壁的受力状态和钢与混凝土连接处的可靠性。

两种钢锚箱锚固方案的比较如表 6-1 所示。内置式锚固结构塔壁为完整箱形截面，可设置普通钢筋控制强度及裂缝或施加少量预应力限制开裂。外露式锚固的钢锚箱嵌入混凝土塔壁，一方面其顺桥向伸长量较大；另一方面钢锚箱在拉伸变形的同时横向还有收缩变形，将在钢锚箱和混凝土连接段使混凝土出现较大的局部拉应力。为保证钢锚箱侧壁与混凝土塔壁的抗剪效果及抵抗索塔的拉应力，必须在塔壁施加预应力，而且预应力度要求比较高。不施加预应力或允许塔壁为部分预应力构件，则意味着焊钉在剪切面要承担索塔的拉应力。

钢锚箱锚固方案比较

表 6-1

项　目	内　置　式	外　露　式
塔柱受力	上塔柱为完整的箱形结构，整体性好，具有较大的抗扭刚度，对全桥的结构受力较为有利	上塔柱被钢锚箱分离，自身抗扭性能不如内置式，但环向预应力能够克服扭转剪应力
混凝土应力	在索管出口处、塔壁拐角及侧壁内侧有较大的拉应力	钢锚箱与混凝土结合面有较大的拉应力和应力集中现象，塔壁拐角处也有拉应力
张拉空间	张拉空间较小	张拉空间较大
竖向剪力	通过锚箱两端钢板的连接件传递，拉索水平力增加锚箱与塔壁的压力，对提高连接件抗剪作用有益	通过锚箱两侧钢板的连接件传递，连接件易受拉，需设置预应力加强剪力传递效果
施工要求	吊装重量较小，但在混凝土塔壁施工时需进行斜拉索管道的预埋定位	吊装重量较大，但有关斜拉索锚固的全部构造均在工厂完成，现场操作简单
养护难易	钢结构在索塔内部，养护较为方便	锚箱部分钢结构在塔外侧，养护有一定难度
环境影响	钢结构在索塔内部，环境较稳定	部分钢结构暴露在外，更易受环境侵蚀

组合锚固区的设计流程可分为选定总体结构→拟定尺寸→简化计算→详细分析→优化细部结构→完成设计图，如图 6-2 所示。

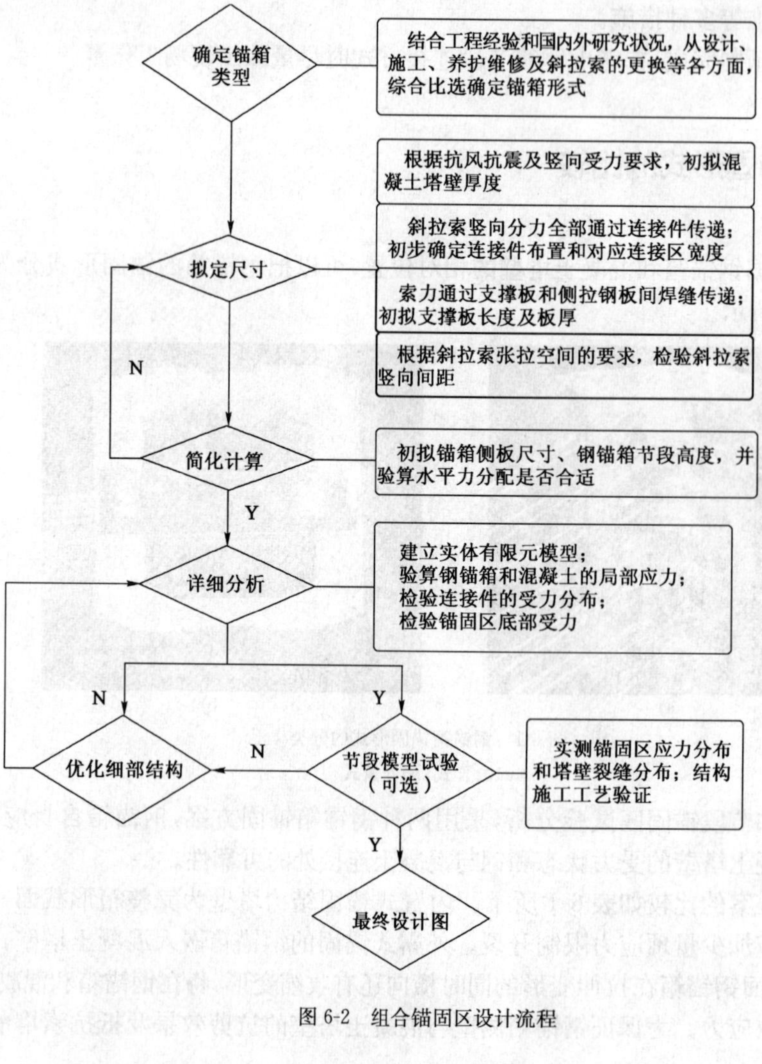

图 6-2　组合锚固区设计流程

6.3 混凝土塔壁抗裂措施

6.3.1 无预应力时索塔受力特点

钢锚箱锚固方案是钢与混凝土组合结构，但从受力原理上分析，与一般的组合梁有很大的区别，主要表现在混凝土索塔相对于钢锚箱而言刚度较大，仍然受到较大拉力和弯矩。主要由两方面原因引起：其一是斜拉索直接的外力作用，锚箱与索塔共同发生变形，虽然钢锚箱弹性模量较大，但由于截面面积较小，钢锚箱总体刚度不大，因此索塔仍然有较大的拉应力；其二是混凝土的收缩作用，钢锚箱阻碍混凝土收缩，也使得混凝土塔壁产生一定的拉应力。

参考第4章索塔节段足尺实验的结果，混凝土结构的拉应力分布共有三个部位较大：第一处为端塔壁索孔出口处，第二处为内侧拐角，第三处为侧塔壁内侧。为满足正常使用极限状态的要求，索塔必须进行裂缝宽度的控制。构件裂缝控制等级的划分，主要从结构的功能和环境的影响来考虑，各种规范对于裂缝宽度的限制值如表6-2所示。考虑索塔施工难度较大，为了保证索塔有足够的耐久性，避免钢筋锈蚀，最好的方案是索塔没有裂缝或采取措施封闭裂缝。

最大裂缝宽度限制值(mm)　　　　表6-2

规范与工程实例 / 控制条件	公路桥规(JTG D62—2004)	新公路桥规(送审稿)	英国 BS 5400	厄勒海峡大桥	昂船洲大桥
一般环境	0.20	0.20	—	0.20	0.25
侵蚀性环境	0.10	0.15	—		
严重暴露	—	—	0.20		
海水作用	—	—	0.10		

一般来说，受弯较大的钢筋混凝土构件往往均采用预应力，偏心受拉构件即使采用，一般也使用在次要构件上，对于索塔锚固这样的关键受力构件，从结构的安全考虑，宜设一些预应力来限制索塔的裂缝。对于全桥的抗风性能及保证索塔抗扭性能、限制索塔参数共振也都是有利的。从全桥的整体刚度及索塔自身受力、耐久性要求看，条件许可时，也可考虑设置一定的预应力来限制索塔开裂。

6.3.2 预应力布置形式

采取施加预应力限制混凝土裂缝发生的设计方案时，为保证预应力效应的可靠性和方便施工，可以在钢锚箱方案中考虑两种直线形预应力布置方式。图6-3所示为直线形钢绞线方案和预应力粗钢筋方案的平面构造。

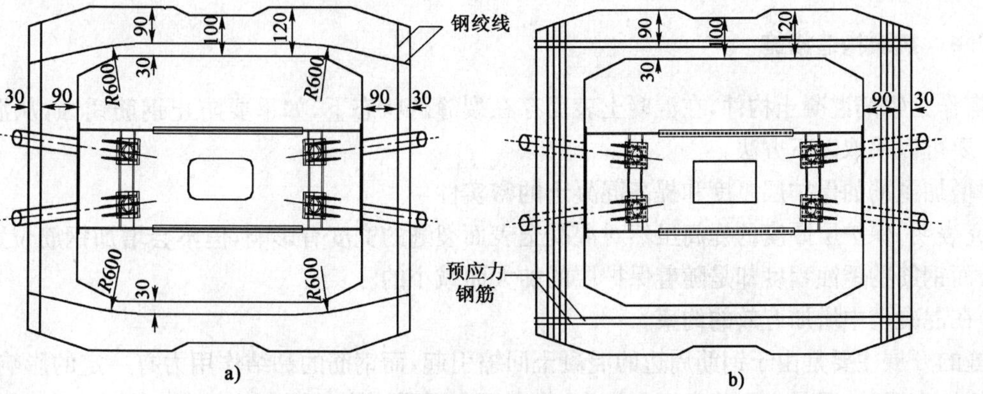

图6-3　索塔预应力筋布置形式比较(尺寸单位:cm)

a)钢绞线方案；b)粗钢筋方案

在方案对比计算中，设粗钢筋的屈服强度为930MPa、直径为ϕ32mm，每段锚箱在竖向布置5层粗钢筋；钢绞线方案采用19ϕ15.24钢绞线，每段锚箱在竖向横桥向布置4层，竖向纵桥向布置2层。计算结果表明，两种布置方式结构受力没有太大的区别。但钢锚箱锚固方案设计的原则，是配置普通钢筋可以满足结构极限承载力和正常采用状态要求，设置预应力的目的仅为了消除索塔的裂缝。如果采用强度较低的预应力粗钢筋，再加上普通钢筋数量较多，必然使得索塔混凝土中的钢筋数量过多而使施工不便，采用预应力钢绞线则可以避免这个问题。

6.3.3 预应力作用的比较

由于设置了预应力筋之后，将会限制钢锚箱能力的发挥。因此，设置预应力的原则是在满足限制裂缝的要求下，尽量减小预应力度，或者不加预应力。以设置预应力钢绞线为例，设计中考虑了三种预应力形式，对不同条件下钢板和混凝土的应力状态作了比较分析，即：

(1)不设预应力；

(2)运营状态下为部分预应力A类构件；

(3)运营状态下为全预应力构件。

以苏通大桥计算模型为例，各种情况下的索塔应力计算结果如表6-3所示，并考虑混凝土收缩作用。

预应力作用下索塔应力　　表6-3

索塔应力	无预应力	19ϕ15.24	27ϕ15.24
侧塔壁内侧拉应力(MPa)	3.11～4.15	0.67～1.18	−1.69～−0.55
端塔壁外侧拉应力(MPa)	6.88～5.17	2.00～2.33	−1.19～−0.22
钢锚箱侧板应力(MPa)	36～96	25～74	27～53
钢锚箱承担水平力比例(%)	66	40	27

由表6-3中数字可见，如果不设预应力，混凝土索塔会出现裂缝，索塔的刚度会有一定程度的降低，钢锚箱承担斜拉索的水平分力比例为66%；在设置预应力后，无论是设置19ϕ15.24还是27ϕ15.24钢绞线，混凝土索塔的拉应力均小于开裂应力，混凝土索塔的刚度基本不降低，如果再计入预应力及混凝土收缩作用的影响，则钢锚箱承受的拉力较小，分担拉索水平力的比例仅为30%。因此，虽然设预应力有利于索塔的刚度及耐久性，但会使钢锚箱的受拉性能得不到充分发挥，甚至可能成为只用于扩散局部应力的钢构件，失去了钢锚箱作为主要受力构件存在的意义。从施工看，除了有钢锚箱施工的难度外，还增加了预应力施工的难度，而且在索塔施工过程中由于张拉预应力，锚箱钢板会存在一定程度的压应力，须考虑构造措施防止钢板受压失稳。因此，在钢锚箱方案中是选择采用普通钢筋限制裂缝宽度但允许裂缝发生，还是采用预应力避免裂缝发生，还需从各方面要求综合考虑后确定。

6.3.4 抗裂构造措施

索塔作为钢筋混凝土构件，在混凝土表面存在裂缝的状态下，如果要防止钢筋锈蚀，从混凝土本身来说，主要可以采取以下方法。

(1)增加主筋的保护层厚度和提高混凝土的密实性

研究表明，保护层厚度的提高虽然对混凝土表面裂缝的宽度有影响，但不会增加钢筋位置处混凝土的裂缝，而钢筋的锈蚀程度却是随着保护层的加大而减小的。

(2)在混凝土中增加有效的约束

裂缝的开展主要是由于钢筋周边的混凝土回缩引起，而钢筋的黏结作用力有一定的影响范围，在钢筋的有效约束区外，混凝土裂缝宽度会加大，仅利用水平受力主筋限制裂缝是不够的，应在主筋外侧增加防裂钢筋网，在主筋内侧混凝土受拉区域增加直径较小的水平分布钢筋。为增加防裂钢筋网的耐久性，条件允许时，也可采用不锈钢防裂钢筋网。

(3)增加混凝土的抗拉性能

主要是采用纤维混凝土，如掺入钢纤维、聚丙烯纤维等。目前这种混凝土的实际采用效果和施工工艺还在研究当中，且索塔对景观要求较高，采用这种混凝土往往会影响混凝土的表面色彩，对施工工艺要求也很高。

(4)在外侧混凝土开裂之后采用一些能够封闭裂缝的优质涂料

这种方法在国内外部分桥梁施工中已采用，但采用效果还有待时间检验，而且也只能是一种保护性措施。

(5)上塔柱索塔外表面碳纤维包裹

碳纤维强度及弹性模量均较高，可以起到加固和封闭作用，通过表面涂装使表面色彩保持统一，但其采用寿命只有 30 年左右，后期维护工作量较大，费用较高。

(6)上塔柱索塔外包钢板

混凝土采取抗裂措施后，可以在一定程度上减少裂缝的宽度，防止一些构造裂缝的出现，但不能避免裂缝的发生。如果要避免裂缝出现和有效封闭裂缝，可以在混凝土内外表面布置钢板，这样可以完全避免钢筋的锈蚀，并能适当改善结构的刚度。

在索塔锚索区位置，混凝土塔壁的内外侧均布置钢板，并通过一定数量的焊钉与混凝土连接，如图 6-4 所示。布置钢板主要不是考虑参与结构受力，而钢筋混凝土索塔仍主要承担竖向力、水平力，并将裂缝限制在规范允许的范围里。

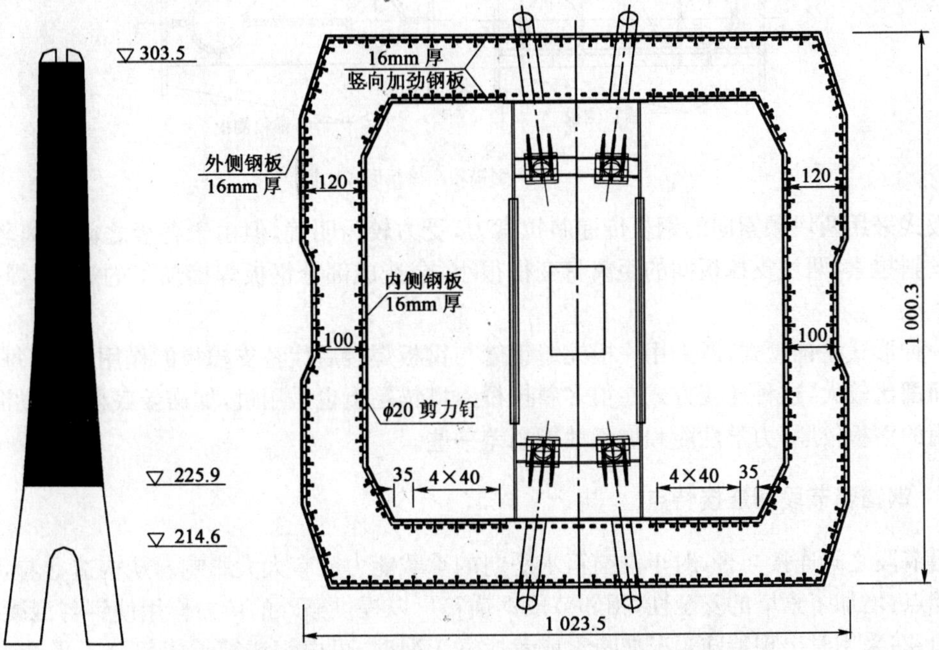

图 6-4　钢锚箱方案上塔柱外包钢板示意(尺寸单位:cm)

采用外包钢板有以下几个优点：可以封闭混凝土裂缝；只要保证钢板的防腐涂装有效，混凝土内的钢筋就不会因为混凝土开裂的原因锈蚀；钢板是可以检查和维护的；如果考虑部分钢板与混凝土共同作用，则混凝土裂缝宽度也有一定程度的减小；在施工时作为模板采用，由于索塔为变截面形式，模板构造也比较复杂，采用外包钢板后，模板所用的钢板均可以在工厂精确定做。

但采用外包钢板，不利因素有以下几点：由于只能采用先安装钢板的方法施工，增加了钢筋绑扎及混凝土浇筑的难度；如果由于施工经验不足，可能会增加工期；施工难度、材料费用和后期维护工作量都有所增加。

(7)分阶段浇筑索塔混凝土

日本新西门桥为了减小拉索施加作用力时，混凝土塔壁水平向的拉应力，塔壁混凝土分两次浇筑，即在吊装钢锚箱、浇筑侧面中央预留部以外的混凝土、施加拉索作用力后，再浇筑侧面预留部的混凝土。由于此桥是一个低塔斜拉桥，这一方法是可行的，但对于大跨径桥梁的超高索塔则还需要作大量论证。

6.4 组合索塔钢锚箱细部设计

6.4.1 钢锚箱总体布置

在钢锚箱总体布置中，可以将靠近索塔顶部的绝大多数的斜拉索锚固在钢锚箱上，而下部的斜拉索可以直接锚固在混凝土塔壁，或采用较小尺寸的钢锚固结构，半埋入塔壁底座。钢板与混凝土底座同时施工，并采用焊钉锚固在混凝土中，钢板上开一定数量的振捣孔和混凝土通气孔。

6.4.2 拉索支撑构造形式

钢锚箱拉索支撑构造是将斜拉索力传递给锚箱受拉侧板的构件，可分为支撑板式和锚管式，如图6-5所示。

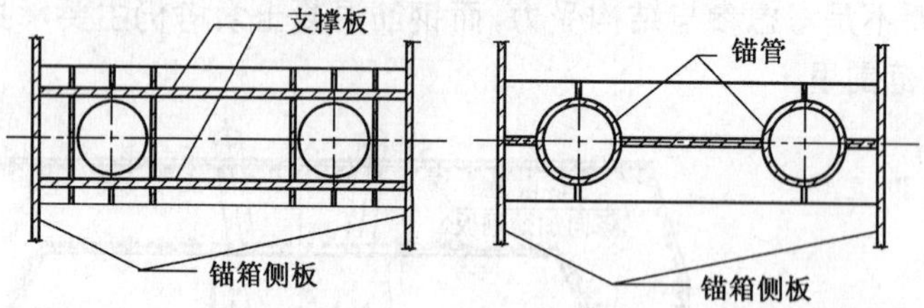

图 6-5 不同钢锚箱支撑板形式比较

支撑板式采用两块顺索向的钢板传递斜拉索力，受力较为明确，但由于各板之间距离较小，如果采用平行钢丝斜拉索，两块支撑板间的距离将变得很小，会造成部分钢板焊接加工的难度，焊接质量不易保证。

另外一种形式是锚管式，即采用一根无缝钢管与钢板焊接后代替支撑板的作用，这样每块钢板的焊接操作空间都比较大，这种连接方式在很多斜拉桥索塔锚箱上也采用过，如诺曼底桥、厄勒海峡大桥等。锚管式采用的钢板较厚，力学性能和加工性能稍差一些。

6.4.3 钢锚箱节段间连接特点

钢锚箱节段之间连接与否，对于钢锚箱水平向的承载能力没有太大影响。从构造上看，节段之间连接有几个优点：增加了索塔的安全性；相邻节段钢锚箱可以提供额外的传力作用使钢与混凝土结合面传力更加均匀；在采用时出现特殊工况如断索或者换索工况时，可由钢锚箱承担部分不平衡索力，而由混凝土直接承担的就比较少。

从施工方面看，节段之间连接有利于钢锚箱的定位安装，并可以加快施工速度，方便施工，保证施工期安全。

但从加工工艺方面讲，钢锚箱上下连接对其外形尺寸加工提出了很高的要求。而且如果上下相连，钢锚箱受混凝土收缩徐变作用，底部竖向压力随时间的延长越来越大，需进行板件局部稳定分析。

从钢与混凝土连接角度来说，如果焊钉连接件要产生作用，钢锚箱端板与混凝土塔柱内壁要产生相对滑移变形。对钢锚箱节段连接与否比较分析，可知各节段间剪力的作用变化不大，但连接后由于焊钉和混凝土的变形，有部分斜拉索竖向力由底部支撑力承担，每个钢锚箱端部的焊钉剪力作用有所减少。如果各节段之间不连接，则每段钢锚箱承担的剪力与斜拉索的竖向分力相同。

6.4.4　钢锚箱节段间连接方式

钢锚箱在工地连接主要有焊接和栓接两种方式，两种不同连接方式的比较见表6-4。

钢锚箱节段间连接件比较　　表6-4

	栓　接	焊　接
优点	(1)现场施工简单； (2)现场施工周期短	(1)可以按锚箱钢板等强度焊接； (2)安装定位余地大，调整高程容易； (3)构造简单，为受压焊缝
缺点	(1)安装精度要求高，增加工厂制作难度； (2)需按结构受力验算连接处承载能力； (3)增设连接板	(1)需设临时支架和防风设施； (2)现场施工周期较长； (3)无需连接板

焊接连接具有刚度大、密闭性好、抗锈蚀性能强等特点，但由于钢锚箱采用厚钢板，全断面焊接产生的附加应力较大，施工周期较长，要保证焊接质量，必须采用CO_2气体保护焊，在锚箱外侧增加保护措施，搭设临时施工支架，一定程度上会增加施工难度和每个钢锚箱的焊接探伤时间。

栓接连接方式受环境影响小，可以提高现场施工速度，减少高空作业的施工风险，但对钢锚箱拼装的精度要求很高。如果在工厂先采用多节段预拼进行精度控制，则对现场测量定位要求较低，且可以减少现场施工难度，施工速度也比较迅速。

6.4.5　钢锚箱材料和板厚

钢锚箱是以受拉为主的结构，除了局部应力外，整体应力并不是很大；钢材强度的大小，对锚箱刚度没有影响，而且锚箱的应力幅也较小，疲劳问题不突出。因此，决定钢板厚度的是混凝土应力的大小，板厚的增加会减少钢板变形和拉应力，减少混凝土的拉应力，但厚钢板会带来一系列的问题，如焊接性能变差、强度降低、吊装重量增加等。

6.5　本章小结

斜拉桥采用钢锚箱与混凝土塔壁组合索塔锚固形式，利用钢锚箱来承受较大的拉索力，可以充分发挥两种材料的优点，满足索塔的受力要求，是一种较合理的结构形式。

钢锚箱与混凝土塔壁的组合形式有外露式和内置式两种。

对于内置式，上塔柱为完整的箱形结构，整体性好；在拉索出口处有较大的拉应力，通过设置普通钢筋或施加部分预应力，可以限制裂缝或减少拉应力，吊装重量较小，但在混凝土塔壁施工时需进行斜拉索管道的预埋定位；钢结构暴露部分在塔内，养护较为方便。

对于外露式，上塔柱被钢锚箱分离，自身抗扭性能不如内置式；在锚箱与混凝土结合面有较大的拉应力和应力集中现象，需再设置预应力加强剪力传递效果；锚固构造均在工厂完成，但吊装重量较大，索塔预应力施工要求较高；锚箱部分钢结构在塔外侧，养护有一定难度。在具体设计中，应根据对塔柱受力影响、混凝土应力状态、竖向剪力的传递效果、施工要求等选择合适的组合形式。

在确定合适的组合形式后，应决定锚固区整体设计。可以将靠近索塔顶部的绝大多数对的斜拉索锚固在钢锚箱上，而靠近主梁的部分斜拉索直接锚固在混凝土上。

设计中应对钢锚箱细部构造及是否设预应力给予进一步考虑。在钢锚箱细部构造选取中，通常钢板本身应力不控制设计，控制设计的是索塔混凝土裂缝宽度。可以采用简化方法先确定最大索力节段受拉钢板厚度，其余节段根据结构受力的大小进行调整。在满足不出现裂缝的情况下，尽量减少混凝土塔壁的厚度，以增加钢锚箱承担的拉力，且可以增大塔内的张拉空间。

初步确定组合构件基本尺寸以后，应对结构进行详细的有限元计算分析，包括索塔钢锚箱和混凝土塔壁之间的传力途径和方式、锚固区混凝土局部应力分布及验算塔壁裂缝宽度等。

采用新型高性能连接件对提高锚固区施工期的安全性、改善锚固区施工时的混凝土浇筑性能也是很重要的。应根据实际情况，选用合理的连接件形式，并确定横向和竖向分布形式。采用合理的新型连接件，能使钢与混凝土结合面的受力更加均匀，减少应力集中的情况等。

第 7 章 组合索塔锚固区现场监测与反演分析

7.1 概述

苏通大桥主桥采用的组合索塔锚固结构的形式比较新颖,国内外可供参考的事例及其研究成果很少。特别是焊钉的受力与传统的以受弯为主的组合梁有较大的差异,在群钉效应影响下,焊钉连接件的实际抗剪剪切刚度以及水平和竖向荷载作用传递的比例等问题都缺乏实测数据。本章以原型现场实测为基础,将实测数据用于反演和反馈分析,侧重查清:

(1)钢锚箱所承担的竖向分力的传递与分配;

(2)实际工况条件下,焊钉连接件实际的平均剪切刚度;

(3)钢锚箱传递的竖向分力在塔壁混凝土内的分布规律;

(4)索力水平向分力的传递与分配。

为达到以上目的,以苏通大桥北索塔锚固区为研究对象,采用以下方法进行探讨。

(1)在首节钢锚箱底座、底部锚固区、中部锚固区、顶部锚固区、首节钢锚箱侧拉板、中部和顶部侧拉板作为重点部位,共布置高精度应力监测点 165 个,得到在索塔浇筑、钢箱梁吊装、主跨合龙、通车等工况下,各监测部位的应力增量分布及各测点时间—应力增量变化曲线。

(2)由于数值反演所用到的应力增量数据只包括施工荷载所产生的应力增量,并不能够模拟由于环境因素如日照辐射、季节温度、风荷载所产生的应力增量。为此对于原始数据将结合气象观测资料,根据不同时段各噪声强度的差异,采用基于时段尺度的小波分层去噪方法逐级分离日照辐射等气象因素对锚固区应力的影响,得到了仅与施工荷载相对应的锚固区应力增量。

(3)对剥离噪声后的数据进行分时分段归类,选出适合反演的监测点及监测时段,将此类数据用于反演和反馈计算,得到实际工况条件下,焊钉实际的平均剪切刚度、钢锚箱和混凝土的荷载作用分担比例。

7.2 锚固区传力机理原型监测技术

7.2.1 监测传感器和数据采集系统

钢锚箱传力机理监测共采用两种型号的振弦式应力应变传感器,即美国基康公司生产的 4200 型混凝土应变计和 4000 型钢结构表面应变计。传感器检验、安装、调试和定期人工观测采用美国基康公司的 GK-403 便携式振弦频率读数仪。连续跟踪观测采用瑞士 GeoMonitor 自动采集仪、澳大利亚 Datataker 智能可编程数据采集仪和美国基康公司的 MICRO40 自动化数据采集单元。

其中,4200 型混凝土应变计的技术参数为:传感器长 153mm,端部法兰板直径为 22.2mm,量程为 3 000$\mu\varepsilon$(微应变),分辨率为 1$\mu\varepsilon$,精度为±0.1% F.S.,非线性<0.5% F.S.,工作温度为－20～＋80℃。采用四芯完全屏蔽土工电缆,可同时观测混凝土的应变和温度,根据混凝土的变形模量,可换算混凝土的应力、蠕变以及混凝土中反作用的影响等。

4000 型振弦式表面应变计的技术参数为:传感器长 150mm,量程为 3 000$\mu\varepsilon$,分辨率为 1$\mu\varepsilon$,精度为

±0.1%F.S.，非线性<0.5%F.S.，工作温度为−20～+80℃。采用四芯完全屏蔽土工电缆，可同时观测钢结构的应变和环境温度，可根据钢构件的变形模量，换算其应力。

7.2.2 监测传感器安装埋设的技术要求

1)混凝土应变计的安装埋设方法

对于钢筋混凝土结构，由于钢筋的变形模量比混凝土的大得多(约为7倍)，在应变协调的前提下，钢筋的应力相应地比混凝土大得多。所以，钢筋通常采用应力计测试技术，而混凝土则采用应变计测试技术。布置混凝土应变计的目的是为了监测锚固区混凝土的应变，从而可换算其应力。显然，准确控制混凝土应变计的埋设状态至关重要，同时还需尽量避免钢筋的影响。

混凝土应变计的安装埋设可采用多种方法，可不少于3种。不同的埋设环境、不同的监测对象、不同的施工方法，需要采用不同的、合适的安装和埋设方法。安装和埋设方法选择的原则是：

(1)安装工作必须在混凝土浇筑前完成，并尽可能减少对索塔施工的影响；

(2)以实现监测目标为宗旨，尽可能采用可有效控制埋设状态的安装方式；

(3)必须重视并克服钢筋以及侧向约束的影响；

(4)需要充分考虑钢筋绑扎以及混凝土浇筑等各个施工环节的影响，选择最有利于混凝土应变计和电缆保护的安装方式；

(5)同一类测点应采用相同的安装和埋设方法，以保证观测结果的可比性；

(6)必须根据索塔锚固区施工流程及其特点，制订切实可行的实施细则；

(7)对于首节钢锚箱底座的应力测点，应考虑钢锚箱吊装和后压浆的影响；

(8)对于锚固区的应力测点，应尽可能在钢锚箱吊装和索塔钢筋接长后安装、调试传感器，以确保传感器与焊钉以及钢锚箱竖向承载板(端板)的相对位置。

混凝土应变计的监测对象是锚固区混凝土，它不需要与钢筋建立联系，而且还需避免钢筋对观测值的影响。混凝土应变计通常可采用3种安装和埋设方式，如图7-1所示。为此，绝大部分的混凝土应变计采用预制块绑扎在单根主筋的方法，这种安装方式需要提前1d在室内将混凝土应变计安装、调试好，即将应变杆装入线圈组件，并用喉箍锁紧，根据测点位置的受力特点，选择合适的初始值，并将安装调试好的混凝土应变计浇入预制块(直径为40mm、长度为150mm)。待锚固区钢筋制作完成后，根据测点位置，将浇有混凝土应变计的预制块采用不锈钢卡箍固定于主筋。值得说明的是，必须确保混凝土应变计两端的法兰盘暴露于预制块表面。为了克服主筋和不锈钢卡箍对观测结果的影响，即主要是因为主筋和不锈钢卡箍增大了预制块的侧向约束，从而使观测值偏大，安装预制块时，需在卡箍与预制块之间预制块与主筋之间夹垫厚度约1mm的软玻璃。

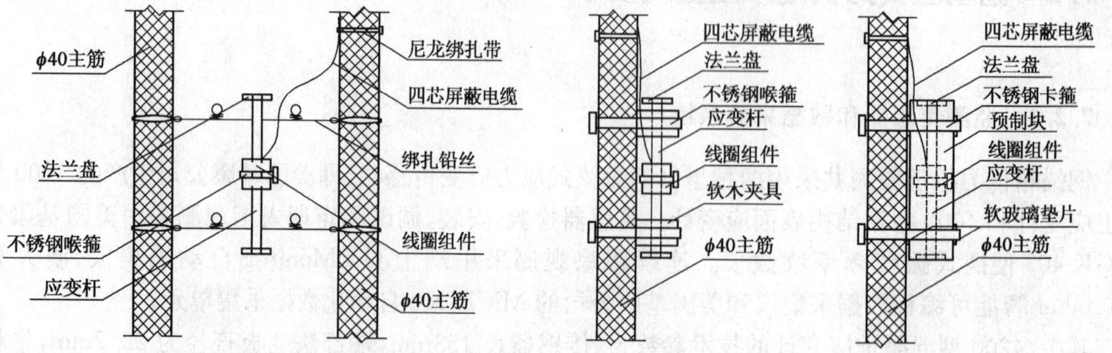

图7-1 混凝土应变计安装方式

采用预制块方式安装混凝土应变计，虽然增加了安装环节和安装工作量，但实践表明，它可以有效克服锚固区混凝土应变计安装和埋设中存在的问题。虽然混凝土应变计距离主筋较近，但由于有软玻璃的隔离作用，所以观测结果能够客观反映锚固区混凝土的受力特点。虽然将混凝土应变计提前置于预制块中，但由于混凝土应变计的传感部件是两端的法兰盘，而法兰盘是暴露在预制块表面的，所以，预制块对观测结果的影响甚微。这种安装埋设方法的优点可概括为：

(1)可以准确固定混凝土应变计的埋设状态，使之不受混凝土浇筑和振捣的影响，观测结果能够客观反映锚固区混凝土的受力特点；

(2)重要的安装环节（应变杆与线圈组件组装）和调试工作在锚固区钢筋制作前即已完成，时间较为充裕，故基本不影响锚固区钢筋的制作，而且这些重要的、细致的工作是在室内完成的，可以确保安装和调试的质量；

(3)采用该方法安装埋设的混凝土应变计，其成活率达到100%。

2)钢结构表面应变计的安装方法

布置表面应变计的目的是为了监测钢结构的应力应变。对于钢构件，位置和传感器布设方向的误差对观测结果存在重要影响。所以，准确确定传感器的安装位置和布设方向至关重要，同时还需尽量避免钢结构表面防锈涂装层的影响，确保表面应变计与钢结构可靠耦合。其安装方法选择的原则是：

(1)应采用可靠方式使传感器与被测构件牢固耦合；

(2)应充分重视焊接对传感器，尤其是对应变杆性能的影响；

(3)应采用可靠方式确保传感器的布设方向；

(4)各测点尽可能采用相同的安装方法，以保证观测结果的可比性；

(5)必须根据主体工程施工的流程及其特点，制订切实可行的实施细则。

为此，4000型振弦式钢结构表面应变计采用最可靠的焊接安装方式，安装定位采用特制的可确保准确定位和姿态控制的模拟安装杆和安装模具集成方案，调试方法采用耦合—调试—耦合的分步调试方案。钢结构表面应变计的安装步骤为：

按设计方案确定点位→破除被测构件的防锈涂装层→采用安装杆准确标示锚固块的焊接位置→采用安装杆准确焊接耦合锚固块→拆除安装杆→将应变杆装入→对锚固块之其一安装激励线圈→采用不锈钢卡箍将线圈准确锁紧于应变杆→将安装有线圈的应变杆插入另一锚固块→锁紧应变杆一端的耦合顶针→根据被测部位的受力特点调试初读数→锁紧应变杆另一端的耦合顶针→采集安装后的初参数→敷设电缆至数据采集站。

采用耦合—调试—耦合的分步调试方案，虽然增加了安装环节和安装工作量，但实践表明，它可以确保表面应变计的安装质量和工作性能，并使其成活率达到100%。

7.2.3 锚固区应力监测点的安装与埋设

首节钢锚箱和底部锚固区采用的施工方案为：底座混凝土垫层钢筋安装，1号、2号和3号索的锚垫板安装，首节钢锚箱支撑和调位支座安装→首节钢锚箱吊装和精确调位→钢锚箱底座压浆→J6～J8号钢锚箱吊装和精确调位→索塔第51节段钢筋接长和安装→索塔第51节段混凝土模板拼装→索塔第51节段混凝土浇筑。为此，传感器安装埋设流程如图7-2所示。

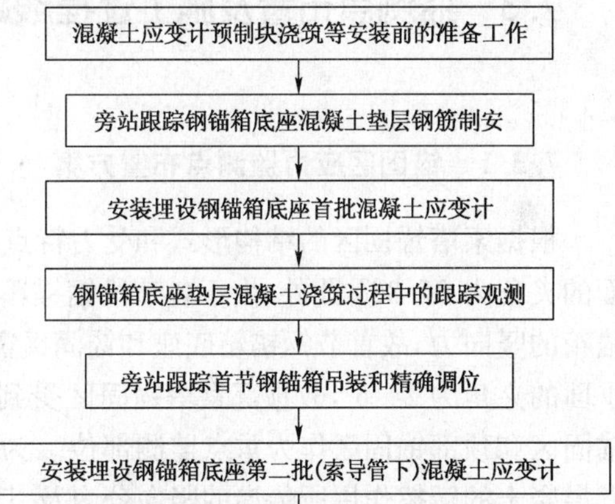

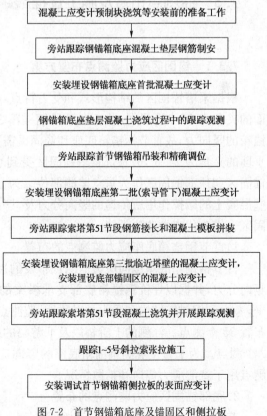

混凝土应变计预制块浇筑等安装前的准备工作

安装埋设钢锚箱底座第二批(索导管下)混凝土应变计

跟踪1~5号斜拉索张拉施工

图7-2 首节钢锚箱底座及锚固区和侧拉板应力监测传感器安装埋设流程

中部锚固区施工方案为:索塔第 57 节段混凝土浇筑完成→J18 号和 J19 号钢锚箱吊装和精确调位→索塔第 58 节段混凝土浇筑完成→索塔第 59 节段钢筋接长和安装→索塔第 59 节段混凝土模板拼装→索塔第 59 节段混凝土浇筑。为此,传感器安装埋设流程如图 7-3 所示。

顶部锚固区的施工方案为:索塔第 65 节段混凝土浇筑完成→J32 号和 J34 号钢锚箱吊装和精确调位→索塔第 66 节段钢筋接长和安装→索塔第 66 节段混凝土模板拼装→索塔第 66 节段混凝土浇筑。为此,传感器安装埋设流程如图 7-4 所示。

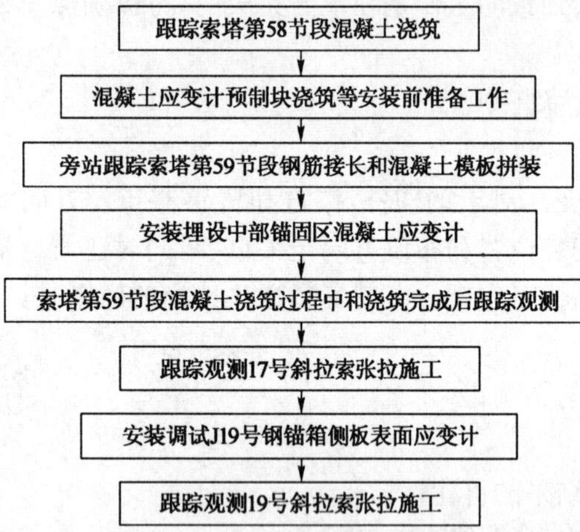

图 7-3 中部锚固区和 J19 号钢锚箱侧拉板应力监测传感器安装埋设流程

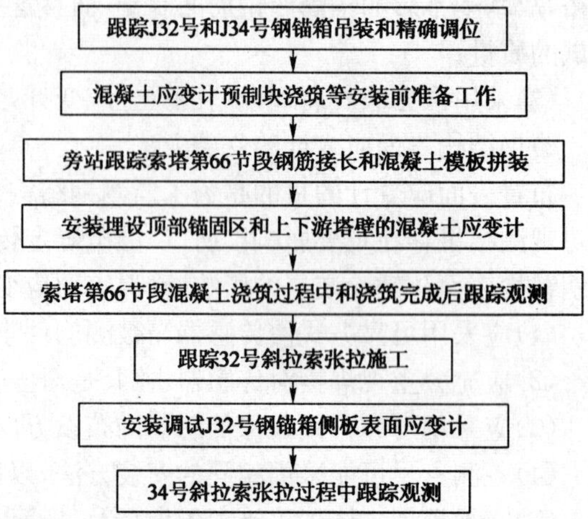

图 7-4 顶部锚固区和 J33 号钢锚箱侧拉板应力监测传感器安装埋设流程

7.3 监测点布置及施工过程跟踪观测

7.3.1 锚固区应力监测点布置方案

根据索塔锚固区的结构形式和受力特点,底部斜拉索与水平面的夹角最大,即 J5 号斜拉索与水平面的夹角为 66.36°;此外,由于各节段钢锚箱之间竖向连接在一起,首节钢锚箱还承受了一部分上覆钢锚箱的竖向力,故首节钢锚箱底座和锚固区需要承受较大的竖向力,而顶部斜拉索的索力最大及其与水平面的夹角为 24.6°,故顶部索塔锚固区受到水平方向的拉力最大。据此,选择首节钢锚箱底座、底部锚固区和顶部锚固区作为重点监测部位。为了查清由焊钉、索导管以及钢锚箱端板(N2 承载板)与塔壁混凝土的摩擦作用所传递的竖向分力及其分布,验证焊钉沿塔高方向分担力的状况和大小,将中部锚固区也作为代表性监测部位。

1)首节钢锚箱底座应力监测点的布置

首节钢锚箱底座竖向应力监测点布设的目的,是查清组合索塔锚固结构由钢锚箱直接向下传递的竖向分力,并据以评价钢锚箱底部支承横梁的受力特点。首节钢锚箱底座应力测试共布置监测点 40 个,考虑到钢锚箱结构和受力的对称性,监测点的布置集中于江侧下游半幅,监测点按网格形式布置,共布置 35 个测点。江侧的上游幅以及下游幅的岸侧仅按对称原则布置少量对比测点,即分别布置 3 个和 2 个测点。为了直接观测钢锚箱底座的竖向应力,共有 23 个监测点紧贴钢锚箱底面布置。其余 17 个测点用于查清应力传递和扩散情况。

2)底部锚固区应力监测点的布置

首节钢锚箱 5 号索锚固区应力监测点布设的目的,是查清组合索塔锚固结构底部锚固区由焊钉、索导管以及钢锚箱端板与塔壁混凝土的摩擦作用所传递的竖向分力及其分布,确认多排焊钉的工作状态和承载能力以及索导管所分担的竖向分力。监测点按剖面和应变花形式布置，并利用了钢锚箱结构和受力的对称性，而集中布置于江侧下游半幅，共布置应力测点 43 个。其中，平行钢锚箱端板的观测剖面，即上下游方向的水平剖面 7 条，垂直于钢锚箱端板的观测剖面，即南北方向的水平剖面 4 条，应变花 2 个。

3)首节钢锚箱侧拉板应力监测点的布置

首节钢锚箱侧拉板水平向应力监测点布设的目的，是查清索塔锚固结构底部钢锚箱所承担的水平分力及其分布，但不作为监测的重点。监测点按观测线形式布置，每个侧拉板均布置 1 条观测线，每条观测线均布置 2 个应力测点，共布置 4 个侧拉板水平向应力测点。

4)中部锚固区应力监测点的布置

中部锚固区应力监测点布设的目的，是查清组合索塔锚固结构中部锚固区由焊钉、索导管以及钢锚箱端板与塔壁混凝土的摩擦作用所传递的竖向分力及其分布，验证焊钉沿塔高方向分担竖向力的状况和大小。监测点按剖面形式布置，并利用了钢锚箱结构和受力的对称性，而集中布置于江侧下游半幅，共布置 18 个测点，江侧上游幅仅按对称原则布置 2 个对比测点。故中部锚固区共布置 20 个混凝土应力应变测点。其中，平行钢锚箱端板的观测剖面，即上下游方向的水平剖面 2 条，垂直于钢锚箱端板的观测剖面，即南北方向的水平剖面 2 条。

5)中部 J19 号钢锚箱侧拉板应力监测点的布置

J19 号钢锚箱侧拉板应力监测点布设的目的，是查清组合索塔锚固结构中部钢锚箱所承担的水平分力及其分布。监测点按观测线形式布置，每个侧拉板均布置 1 条观测线，每条观测线均布置 3 个应力测点，共布置 6 个侧拉板水平向应力测点。

6)顶部锚固区应力监测点的布置

顶部锚固区应力监测点布设的目的，是查清组合索塔锚固结构顶部锚固区由焊钉、索导管以及钢锚箱端板与塔壁混凝土的摩擦作用所传递的竖向分力及其分布，确认多排焊钉的工作状态和承载能力以及索导管所分担的竖向分力。监测点按剖面和应变花形式布置，并利用了钢锚箱结构和受力的对称性，而集中布置于江侧下游半幅，共布置 30 个测点。江侧上游幅仅按对称原则布置 2 个对比测点，顶部锚固区共布置 32 个混凝土应力应变测点。其中，平行钢锚箱端板的观测剖面，即上下游方向的水平剖面 2 条，垂直于钢锚箱端板的观测剖面，即南北方向的水平剖面 2 条，其中包含索塔塔壁水平向应力测点 2 个，应变花 3 个。

7)顶部 J33 号钢锚箱侧拉板应力监测点的布置

J33 号钢锚箱侧拉板应力监测点布设的目的，是查清组合索塔锚固结构由顶部钢锚箱所承担的水平分力及其分布。监测点按观测线形式布置，每个侧拉板均布置 1 条观测线，每条观测线均布置 5 个应力测点，共布置 10 个侧拉板水平向应力测点。

8)索塔顶部侧壁水平向应力监测点的布置

根据索塔锚固区斜拉索的索力分布情况可知，J33 和 J34 的索力及其水平向分力最大，考虑到 J34 号钢锚箱的侧拉板只在单侧开槽，且索塔封顶结构对塔壁混凝土应力存在一定的影响，故选择 J33 号钢锚箱所对应的索塔上、下游壁布置塔壁混凝土水平向应力监测点，其目的是查清索塔上、下游塔壁钢筋混凝土所分摊的水平分力。监测点按观测线形式布置，每侧塔壁均布置 1 条观测线，每条观测线均布置 5 个水平向应力测点，共布置 10 个混凝土应力应变测点。

7.3.2　锚固区应力的跟踪观测

1)钢锚箱吊装和上塔柱施工过程中的跟踪观测

苏通大桥主桥采用倒 Y 形索塔，中下部设置下横梁。下塔柱和中塔柱的上、下游塔肢与水平面的夹角约为 82.81°。北索塔混凝土于 2005 年 5 月 16 日上午 10:30 浇筑，并于 2006 年 9 月 19 日 20:00 封顶。

上塔柱底部交汇段混凝土的浇筑时间分别为：第 48 节为 2006 年 4 月 22 日 11:30～23 日 3:40；第 49 节为 2006 年 5 月 2 日 23:00～3 日 12:30；第 50 节为 2006 年 5 月 17 日 10:30～18 日 1:00。交汇段以上的上塔柱共分为 18 个节段浇筑。索塔锚固区共布置 30 节钢锚箱：首节钢锚箱，即 J5 号钢锚箱的吊装时间为 2006 年 5 月 23 日晚间；最后 3 节钢锚箱，即 J32～J34 号钢锚箱的吊装时间为 2006 年 9 月 2 日。各节段钢锚箱的吊装施工时间如表 7-1 所示，表中时间均为 2006 年。

北索塔上塔柱和钢锚箱施工时间汇总表

表 7-1

节段	节段高 (m)	高程 (m)	钢锚箱安装	混凝土浇筑时间	方量 (m^3)
48	4.5	216.9		4 月 22 日 11:30～23 日 3:40	573
49	4.5	221.4		5 月 2 日 23:00～3 日 12:30	544
50	4.5	225.9		5 月 17 日 10:30～18 日 1:00	565
51	4.5	230.4	5 月 24 日～28 日 J5 安装	6 月 6 日 17:30～00:20	270
52	4.5	234.9	5 月 28 日～30 日 J6～J8 安装	6 月 12 日 10:20～16:00	205
53	4.5	239.4	6 月 16 日～19 日 J9～J11 安装	6 月 24 日 1:00～7:00	200
54	4.5	243.9		6 月 28 日 15:30～20:30	193
55	4.5	248.4	6 月 29 日 J12～J15 安装	7 月 3 日 22:00～4 日 3:30	183
56	4.5	252.9		7 月 8 日 20:00～9 日 1:15	177
57	4.5	257.4	7 月 8 日～9 日 J16～J17 安装	7 月 13 日 23:30～14 日 4:20	174
58	4.5	261.9	7 月 16 日 J18～J19 安装	7 月 20 日 6:30～11:15	168
59	4.5	266.4	7 月 27 日 J20～J23 安装	7 月 31 日 0:00～8 月 1 日 5:00	165
60	4.5	270.9		8 月 4 日 3:00～4 日 7:30	166
61	4.5	275.4	8 月 5 日 J24～J27 安装	8 月 8 日 2:20～8 日 7:30	170
62	4.5	279.9		8 月 12 日 0:00～5:30	163
63	4.5	284.4	8 月 18 日 J28～J31 安装	8 月 20 日 23:30～21 日 3:40	158
64	4.5	288.9		8 月 24 日 2:00～6:40	155
65	4.5	293.4		8 月 28 日 1:00～4:30	142
66	4.5	297.9	9 月 2 日 J32～J34 安装	9 月 5 日 4:30～9:30	149
67	4.1	302		9 月 9 日 17:00～21:00	137
68	1.5	303.5		9 月 15 日 9:00～13:20	92
	2.5	306		9 月 19 日 16:30～20:00	70

2）钢箱梁吊装和桥面铺装施工过程中的跟踪观测

为了降低施工风险，苏通大桥主桥钢箱梁吊装施工采用先合龙边跨的方案。故北边跨的 NA11-1～NA34 梁段和南边跨的 SA11-1～SA34 梁段首先吊装，但吊装后的大块梁段搁置于辅助墩及其墩旁支架和临时墩，其荷载暂时不作用于索塔锚固区。主跨标准梁段的施工方案为：运梁船停靠辅助墩→采用桥面吊机吊装→钢箱梁精确调位→打码→环缝和 U 肋焊接→塔端挂索→斜拉索一次张拉→桥面吊机前移→斜拉索二次张拉。

北主跨索塔区非标准梁段的吊装时间分别为：NA1～NA2 梁段 2006 年 8 月 22 日、NT0 梁段 8 月 23 日、NJ1～NJ2 梁段 8 月 25 日；北边跨 NA3～NA10 标准梁段的吊装施工时间为 2006 年 11 月 9 日～2007 年 1 月 7 日；边跨合龙时间为 2007 年 1 月 11 日；北主跨 NJ3～NJ34 标准梁段的吊装施工时间为 2006 年 11 月 10 日～2007 年 5 月 29 日；主跨合龙时间为 2007 年 6 月 9 日。边跨合龙后，北主跨各标准梁段的施工时间如表 7-2 所示，表中时间均为 2007 年。

主桥钢箱梁桥面铺装开始于 2007 年 8 月 23 日，并于 2007 年 10 月 2 日完成。

边跨合龙后北主跨钢箱梁施工时间汇总表　　表 7-2

梁 段	吊 装	一 张	吊机前移	二 张
NJ12号	1月26日(12h)	1月29日(4h)	1月30日(3h)	1月30日(1h)
NJ13号	1月31日(2.5h)	2月3日(6h)	2月4日(3h)	2月4日(1h)
NJ14号	2月5日(3h)	2月8日([illegible])	2月9日(3h)	2月9日(2h)
NJ15号	2月10日11:00~14:30	2月12日20:00~4:00	2月13日14:00~17:00	2月13日18:30~20:30
NJ16号	2月15日11:00~13:00	2月19日19:00~9:00	2月20日11:30~14:30	2月20日19:00~21:00
NJ17号	2月22日11:00~13:00	2月24日20:00~9:00	2月25日14:00~17:00	2月26日19:00~21:00
NJ18号	2月27日11:00~12:30	3月1日19:00~4:00	3月2日14:00~15:00	3月3日19:00~21:00
NJ19号	3月4日10:00~11:30	3月7日19:00~3:00	3月8日9:00~11:30	3月7日19:00~20:30
NJ20号	3月9日10:00~12:00	3月11日19:00~2:00	3月13日8:00~11:30	3月13日19:00~21:00
NJ21号	3月15日10:30~12:00	3月21日17:00~17:30	3月21日19:30~22:00	3月22日6:00~6:30
NJ22号	3月24日11:00~12:30	3月26日19:00~22:00	3月27日16:00~18:30	3月27日18:30~19:00
NJ23号	3月29日10:00~11:30	3月31日19:00~22:00	4月1日14:00~15:00	4月1日18:30~20:00
NJ24号	4月3日10:30~11:30	4月5日18:00~21:00	4月6日14:30~17:00	4月6日19:00~19:30
NJ25号	4月8日11:00~14:00	4月10日18:00~22:00	4月11日15:00~18:00	4月11日19:00~20:00
NJ26号	4月13日10:00~11:30	4月15日19:00~6:00	4月16日14:00~17:00	4月16日19:00~21:00
NJ27号	4月18日10:00~11:30	4月20日19:00~6:00	4月21日18:00~20:30	4月21日21:00~22:00
NJ28号	4月23日11:00~12:30	4月25日19:00~4:00	4月26日15:30~17:30	4月26日19:00~20:00
NJ29号	4月29日11:00~12:30	5月2日8:00~17:00	5月3日15:30~18:30	5月3日23:00~00:00
NJ30号	5月5日10:00~11:30	7日19:00~9日6:00	5月9日17:00~19:00	5月9日20:30~22:00
NJ31号	5月11日12:00~15:00	5月13日19:00~9:00	5月15日13:00~15:30	5月16日1:00~3:00
NJ32号	5月17日10:30~13:30	5月19日19:00~9:00	5月20日7:30~10:00	5月20日20:00~22:30
NJ33号	5月23日12:00~3:00	5月25日19:00~10:00	5月26日16:00~18:00	5月27日20:00~22:00
NJ34号	5月29日10:00~11:30	6月1日13:00~22:30	6月3日23:00~2:00	6月5日9:00~11:00
JH	6月9日12:00~6:00			

观测结果表明，日照辐射、环境温度变化、风荷载等对锚固区应力存在重要影响，有必要根据长时间的连续跟踪观测结果，采用信噪分离方法，剥离其影响。为此，对传力机理的深入分析有待信噪分离结果再作阐述。

7.4 原型实测数据的信噪分离技术

7.4.1 观测数据中的噪声

设计时，钢锚箱与索塔之间的竖向剪力主要依靠端板上的焊钉传递，焊钉的直径为 22mm，长 200mm，竖向间距为 15cm，水平方向间距为 20cm，其两端为 15cm，索塔塔壁为 C50 混凝土。显然，钢锚箱与混凝土塔壁之间约束作用的大小，与其正应力以及焊钉的抗剪刚度、强度和间距有直接关系。此外，钢锚箱与混凝土塔壁连续黏结面积很大（宽度为 2.7m，竖向长度达到 73.6m），混凝土由荷载、干燥收缩、日照辐射等引起的变形受到钢锚箱的约束作用，应力响应较复杂。

事实上，钢锚箱与索塔之间竖向剪力的传递途径有：通过焊钉和索导管传给塔壁；通过钢锚箱端板与塔壁的摩擦作用传给塔壁；由钢锚箱逐节向下传递至底座。此外，设计时钢锚箱承受的水平力是由其两侧的拉板承担的。但事实上必然有一部分水平力由索塔钢筋混凝土分摊。为此，在底部、中部和顶部锚固区分别布置了 87 个、26 个和 52 个应力传感器，每个传感器同时还观测混凝土的温度，并在钢锚箱安装、上塔柱混凝土浇筑、钢箱梁吊装和桥面铺装过程中进行连续在线监测。采样的时间间隔因工况而异，范围是 5min～6h。无论哪种采样频度，获取的应力数据都包含有强烈的噪声。有偶然的噪声，但更多的是由气象因素产生的具有规律性的噪声。强烈的噪声严重干扰了对锚固区应力增长和分布规律的判断。显然，在利用应力数据进行反演和反馈分析之前，必须分离这些噪声。

观测数据表明，施工过程中锚固区的应力除随施工荷载的变化有相应的变化外，还受到日照辐射、风以及各种偶然噪声，如信号采集和传输设备的热、磁、电效应以及人为干扰等的影响。对比气象观测资料可知，温度是影响锚固区应力的主要因素，而且由于锚固区位于高塔上，所以温度的影响很复杂，影响的方式是多样的。已经发现的影响方式有 3 种，即日照辐射、周期性气温变化和季节性气温变化。其中，日照辐射既可导致温度应力的变化，也使索塔产生倾斜变形，并在锚固区派生弯应力，这对锚固区的应力状态有很大影响，而且即使日照辐射较弱，锚固区应力仍表现出对日照辐射的敏感性。对于底部的南侧锚固区，索塔外壁的混凝土温度对日照辐射很敏感，压应力与温度呈正相关性，而索塔内壁和塔壁中部的压应力则与温度呈负相关性。

此外，对比结果显示，多种不同的温度变化引起的应力响应的形式和幅度存在一定差异，且大尺度时段的温度变化存在多变性，而小尺度时段的温度变化则具有规律性。因各温度影响并不是单一地作用在锚固区，故需要结合同步气象观测资料，针对不同时段各噪声强度的差异，采用分层去噪技术逐级分离日照辐射、周期性温度变化等因素产生的噪声，从而基本剥离温度对锚固区应力的影响，为钢锚箱传力机理的研究提供更准确可靠的实测数据。

在实际工程中，传感器采集到的信号多为非平稳信号，采用传统消噪方法不能有效地将信号高频和由噪声引起的高频干扰加以区分。小波分析是一种新的变换分析方法，它克服了窗口大小不随频率变化的缺陷，通过伸缩和平移等运算功能对函数或信号进行多分辨率的细化分析，是时间和频率的局部变换。利用小波的这种时频分析方法，尤其是它所具有的多分辨分析的特点，对实测的锚固区的非平稳含噪信号进行多层小波分析，可以很好地刻画信号的非平稳特征，充分突出某些方面的问题特性，如首节钢锚箱吊装时其底座应力的增长过程(边缘)、上覆钢锚箱吊装和索塔混凝土浇筑产生的应力突变(断点)、不利荷载组合产生的应力极值(尖峰)等，有利于保护锚固区应力在施工过程中的关键点、分离点等特征段数据，这样就可有效达到滤除噪声和保留信号高频信息的目的。

显然，温度对锚固区应力的这几种影响是交织在一起的，而且各种影响产生的噪声频率是不同的。相对而言，偶然的噪声容易分离。为了避免在分离规律性噪声时导致信号失真，有必要采用分时段的分层剥离法。其中，日照辐射产生的噪声具有高频特性，需首先分离。第二步分离的是周期性气温变化产生的噪声。对于季节性气温变化产生的低频噪声，目前还没有找到好的方法进行分离，其原因是：中国的长江口在每年的 6 月中下旬即进入台风多发季节，故钢箱梁架设通常安排在春季进行，对于季节性气温变化而言，这期间气温处于总体上升过程。所以很难采用小波去噪的方法进行分离。此外，从锚固区应力与风速度的对比来看，由于风速的随机性较大，项目数据没有得出应力和风速之间的完整关联性。

分层剥离法是建立在小波消噪技术基础上的，其实施还需结合同步的气象观测资料。与小波去噪方法不同的是，分层剥离法没有完全按照光滑性和相似性原则直接对应力观测数据进行消噪，而是根据详细和准确的施工时间表以及气候条件分时段进行信噪分离。对于温度源噪声，可选用 db4 小波对数据进行多层去噪。当然实施时需要结合噪声的特点，选择不同的分解尺度。数据时段越长，噪声的频率越低，需要的分解层数也就越多。

7.4.2 小波分层去噪技术

在工程实践中，许多现象或过程都具有多尺度、多分辨率的特征，故对它们的观测及分析往往也是在不同尺度上进行的，故用多尺度理论来描述、分析这些现象或过程能很好地表现其本质特征。多分辨率分析是小波分析的核心内容之一，1989 年 S. Mallat 巧妙地将计算机视觉领域内的多分辨率分析的思想引入到小波变换的分解及重构，从空间的概念上形象地说明了小波的多分辨率特性，提出了多分辨率分析概念，统一了在此之前的各种构造小波的方法，使得小波变换具有更好的实用性。

信号和噪声的小波系数在不同尺度下有不同的变化规律，且在同一尺度上有不同的特点，小波分层去噪正是利用小波的这种多尺度特性，基于 Mallat 小波分解与重构算法，在不同的尺度上选择合适的阈值进行小波变换，其实质就是用不同中心频率的带通滤波器对信号进行滤波，把那些主要反映噪声频率的尺度小的小波变换去掉，即可得到质量较好的有用信号。同时，根据被滤除的噪声信号，可以评定噪声的大小。从而达到去除噪声的目的。

实验表明，该方法自适应能力强，对信号先验知识依赖少，且能够完全进行信号重构，有效地提高了信号的信噪比和信号的分辨率，而且很好地保留了信号的细节信息，可以有效地运用于实测信号的去噪。

小波分层去噪通常采用 Mallat 算法对含噪信号进行多尺度分解、高频系数的阈值选择与量化、采用 Mallat 重构算法进行小波逆变换三个步骤进行。

1)采用 Mallat 算法对含噪信号进行多尺度分解

选择合适的小波，确定相应的分解滤波器 h、g 和分解层数 J。将信号 S 进行小波分解至 J 层，得到每层的小波分解系数。

小波变换不像傅里叶变换是由正弦函数唯一决定的，小波基可以有很多种，不同的小波适合不同的信号去噪，对于确定的信号，如果小波选择不当，去噪结果可能相差很远，还有可能丢失有用的信息。Haar 在 1910 年提出了第一个正交小波基，Daubechies 构造了具有紧支集的小波正交基，先后出现了 Mexican hat 小波、Molet 小波等。面对各种小波，到底选择哪一种来处理各种数据信号才能满足需要，必须经过大量的仿真研究结果来进行筛选。

小波分解层数的确定也非常重要，分解层次不同，去噪效果也不同，有时差别非常大。分解层数越多，被滤掉的噪声越多，越有利于噪声分离，但由于在小波重构时，信号需要置零越多，丢掉的细节层次越多，信号失真也越大。所以必须选择一个合适的去噪层数。一般信噪比如果较大，说明观测值中信号量级比噪声量级大许多，或者说信号相对于噪声而言较强，这样只需取较少的层数就可滤掉噪声，突出信号特性。通常情况下，层数的确定还需要考虑数据量的长短，数据量越长，分解层数如果越多，去噪效果将会越好。

实测数据一般信噪比不能事先知道，所以一般只能估计，可以通过逐渐增加层数，然后根据均方根误差(RMSE)值的变化是否趋于稳定来确定分解层数，原始信号与去噪后的估计信号之间的均方根误差(RMSE)定义为：

$$\mathrm{RMSE}=\sqrt{\frac{1}{n}\sum_{\mathrm{n}}\left[f(n)-\hat{f}(n)\right]^2} \tag{7-1}$$

当分解层数分别取 k 为 1,2,3,…时，分别得到：

$$\mathrm{RMSE}(k)=\sqrt{\frac{1}{n}\sum_{\mathrm{n}}\left[f(n)-\hat{f}(n)\right]^2} \tag{7-2}$$

由以上两式得到：

$$r_{\mathrm{k}+1}=\frac{\mathrm{RMSE}(k+1)}{\mathrm{RMSE}(k)},k=1,2,3,4,\cdots \tag{7-3}$$

一般，总有 $r>1$，可认为 $r\leqslant 1.1$ 时，则噪声已基本上去除，则这时可取的最佳分解层数为 $J=k$ 或$J=k+1$。

2)高频系数的阈值选择与量化

对于从第一层到第 J 层的每一层，选择一个阈值 λ_j，并且对高频系数用阈值收缩处理。这种方法的原则是将受噪声污染的小波变化系数尽量压缩至零，同时兼顾细节。

1994 年，Donoho 等人首次提出了小波阈值这个概念，小波阈值是一种非线性的方法，它是在小波域内通过设定阈值将较小的噪声系数清除来达到去噪目的。

一般来说，对不同的噪声信号、不同的噪声强度，阈值的选取是不同的，且对于不同的分解层次（尺度或分辨率），阈值的选取往往是与层次相关的，这样才能更好地降低噪声的影响，使重建信号能保留原始信号的尖锐和陡峭变化的部分。

用小波系数进行信号去噪时，阈值的选取是整个算法中的关键，阈值选取得合适与否，直接影响信号去噪的效果和重构信号的失真程度。如果阈值选取过大，虽然能够减少重构信号中残留的噪声部分，但会使信号有较大的失真，因为大的阈值同样抑制了有效信号中较小的小波系数。反之，减低阈值能减小重构信号的失真，但恢复的信号中残留的噪声也增多了。因而阈值的选取不仅关键，通常也存在一定的难度。在实际应用中，阈值的确定方法还有很多种，应具体问题具体分析。

常用的阈值的选取方法是由 Donoho 和 Johnstone 提出的统一阈值。由于信号和噪声在小波变换域中随尺度变化有不同的变化规律，故在小波分层去噪过程中，采用对每一层都设定不同阈值的软阈值处理技术，确定阈值的方法为：

$$\lambda_j = \sigma_j \sqrt{2\lg N} \tag{7-4}$$

式中：N——信号长度；

σ_j——噪声的标准差。

其中 σ_j 的求解是关键，因为它是各层下的噪声的标准差，而在各尺度下噪声是不能确定的，故 σ_j 也就无法求得，通常采用的是一种近似算法，取各尺度下的细节部分，以其标准差作为噪声标准差 σ_j 的估计值。

3）采用 Mallat 重构算法进行小波逆变换

在每一尺度上都做第 2）步的处理后，对信号按 Mallat 合成算法进行重构。选择分解时使用的小波函数，确定相应的重构滤波器 h_1、g_1 和重构层次 J。读入小波变换后的估计系数，它包含两部分：最后一次分解的小波估计系数（第 J 层的低频系数）中的平滑逼近部分和各层细节部（第一层到第 J 层的经过修改的高频系数），由此逐层重构，直至重构算法结束。最后一次重构后即得到要恢复的信号，即去噪后的信号。

7.4.3 锚固区实测数据的分层去噪处理

1）气象因素对观测数据的影响

苏通大桥索塔高 300.4m，在塔的不同高度，气象条件和应力响应存在差异。观测数据取自高度为 220.9～224.4m 处的底部南侧锚固区的 311、313 和 344 测点（依次用 a、b 和 c 表示），位置如图 7-5 所示，测点与索塔外壁的距离分别为 89cm、44cm、14cm。图 7-6 为 2006 年 12 月 2 日 15:32 到 2007 年 2 月 8 日 9:32 的观测数据，采样时间间隔为6h。

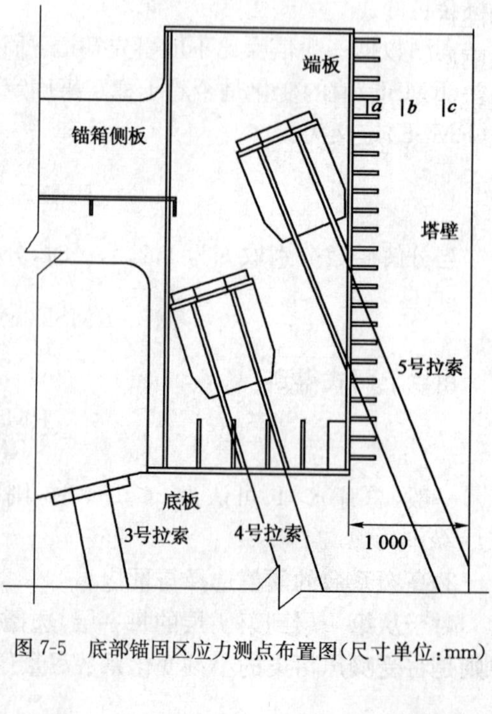

图 7-5 底部锚固区应力测点布置图（尺寸单位：mm）

从图 7-6 中可看出：即使数据时间间隔长达 6h，锚固区应力仍然存在较大的波动，但小尺度时段的应力变化遵循一定的规律。结合同步的气象观测资料，选择日照辐射较弱，而风速变化较大（0.6～16.8m/s）的 2006 年 12 月 12 日 3:32 到 2006 年 12 月 28 日 21:32 的观测数据，在这个时段内恒载维持不变。如图 7-7 所示，图中数据作了标准化处理。从图 7-7 中可以看出：对于南侧锚固区，索塔外壁的混凝土温度对日照辐射很敏感，而索塔内壁则迟钝；即使日照辐射较弱，锚固区应力仍表现出对日照辐射的敏感性。其中，外壁 c 测点的压应力与温度呈正相关性，这反映了日照辐射产生的温度应力。

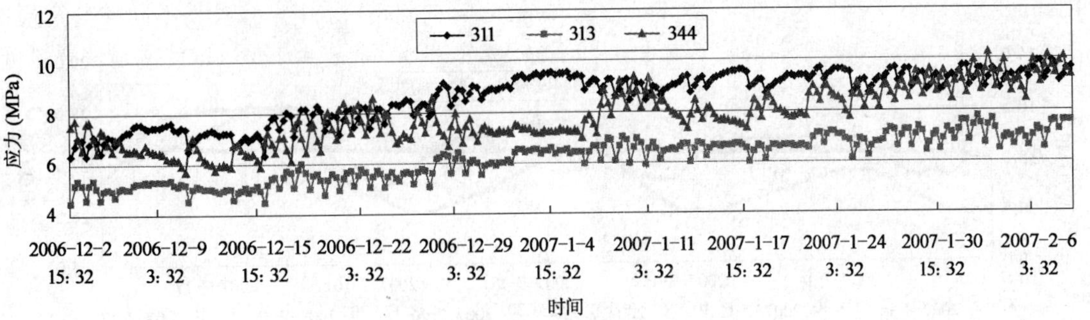

图 7-6 底部锚固区应力时程曲线

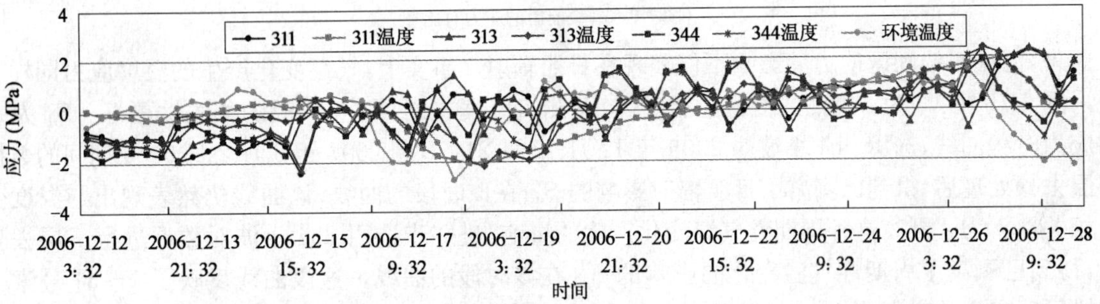

图 7-7 锚固区应力与温度的变化关系

内壁 a 测点和内部 b 测点的压应力与温度呈负相关性，这反映了高塔因日照辐射而向北倾斜并在南壁产生弯拉作用。对于这一现象，可进一步说明如下：日照辐射在索塔南壁产生的应力由两部分组成，即 $\Delta\sigma_t+\Delta\sigma_b$，$\Delta\sigma_t$ 为温度应力，$\Delta\sigma_b$ 为由弯曲派生的应力。由于规定压应力为正，故当温升时，$\Delta\sigma_t$ 为正值，$\Delta\sigma_b$ 为负值。对于索塔外壁，其温升大，故 $|\Delta\sigma_t|>|\Delta\sigma_b|$，因此压应力与温度呈正相关性。对于索塔内壁，其温升不明显，故 $|\Delta\sigma_t|<|\Delta\sigma_b|$，因此压应力与温度呈负相关性。

图 7-8 中给出了锚固区应力与风速度的相关性，图中数据作了标准化处理。从图中可以看出：风速的随机性较大，无法得出应力和风速之间的完整关联性，即使风速达到 16.8m/s，锚固区应力仍未见明显响应，其他测点的观测结果也是这样的。为此，可认为锚固区应力的波动主要由日照辐射引起，同时也说明索塔的刚度足够大，上塔柱应力变化受风的影响小。

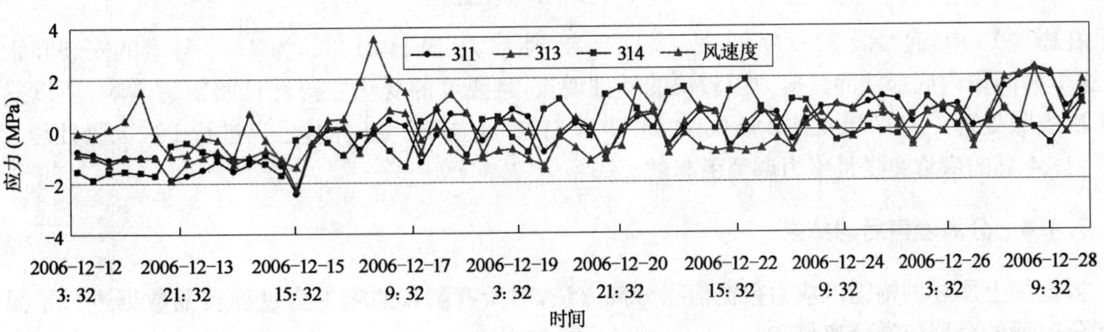

图 7-8 锚固区应力与风速度的变化关系

2)锚固区应力噪声的分离

为了分离日照辐射对锚固区应力的影响，借助 MATLAB 软件，对各种小波函数去噪效果进行了对比，最终选用 db4 小波对数据进行分时段的小波分层去噪处理。图 7-9 所示为 2007 年 7 月 14 日 8:30 到 17 日 11:30 期间的观测数据，采样时间间隔为 30min。在这个时段内，锚固区的恒载不变，且日照辐射较强，应力与温度具有很好的相关性。通过6层去噪处理即可剥离日照辐射的影响，得到去噪后的应力值。同时得到的结果还有，11.4℃的气温差可使距离索塔外壁14cm处的混凝土应力产生0.95MPa的变化。

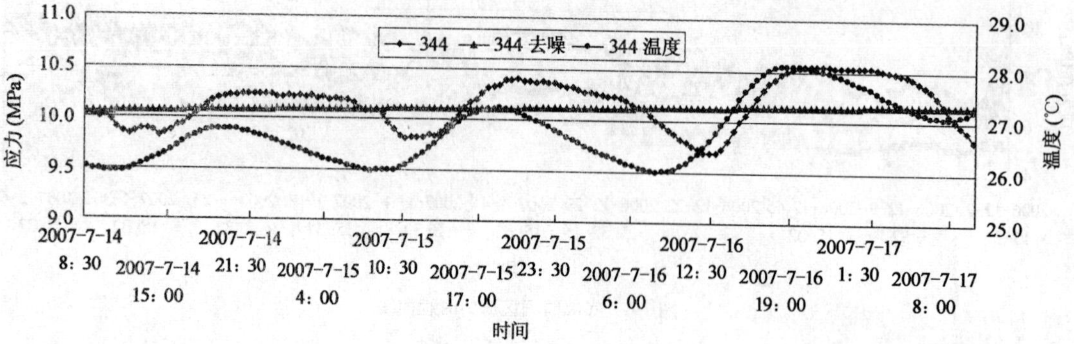

图7-9　去噪前后的应力对比

此外，温度对锚固区应力的影响不仅表现在日照辐射。事实上，气温变化产生的温度应力同样不可忽视。图7-10中T_c为c测点的混凝土温度，与d测点温度相比，T_c与气温的相关性更好。S_d为d测点的应力时程曲线，选用db4小波对2006年12月12日21:32到2007年6月2日0:00期间的数据进行3层去噪处理后，得到已剥离了日照辐射影响的S_{dt1}在该时段的曲线，该曲线仍然表现出与温度变化的负相关性。为了剥离这种周期性气温变化产生的影响，进一步选用db4小波对数据进行7层去噪处理后，得到已剥离了周期性气温变化的影响的S_{dt2}在该时段的曲线。这段曲线反映了7～34号索力在底部锚固区产生的应力响应，遗憾的是它仍然包含频率更低的季节性气温变化产生的温度应力，由于这个时段的气温处于总体上升阶段，所以难以用小波去噪的方法进行分离。

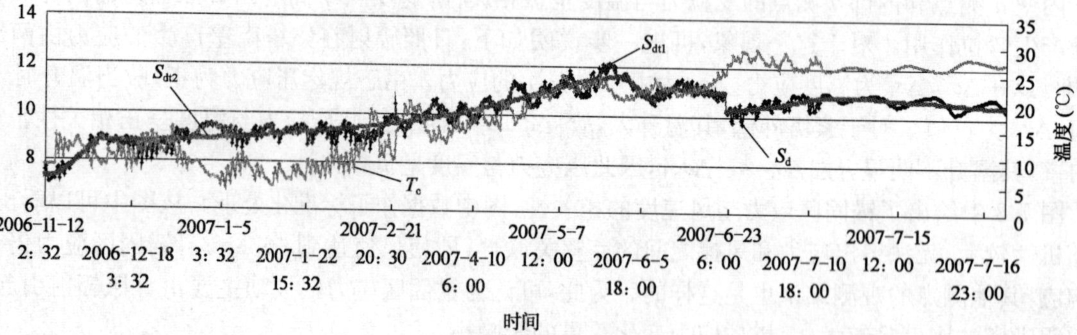

图7-10　分层去噪法去除温度

在图7-10中，起始段2006年11月12日2:32到12月12日21:32，为4～6号索的安装和张拉时间，这个时间段内底部锚固区应力以较快的速度增长，且温度的变化主要受日照辐射影响，所以只需进行1次去噪处理。2007年6月2日0:00到11日6:00为主跨合龙时间，也只进行1次去噪处理。2007年6月24日的应力突变是索力调整引起的。

7.4.4　分离噪声后的结果

根据如上所述的锚固区应力数据信噪分离方法，对所有测点的施工全过程实测数据进行了温度修正和分时段的分层信噪分离研究。

各测点应力的信噪分离结果图包含了实测应力曲线、经过温度修正后的应力曲线、经过日照幅射修正后的应力曲线，为了更好地体现温度变化对应力的影响，在图中增加了测点处混凝土的温度曲线，如图7-11所示。

由图可以看出，季节性温度与实测应力之间有较好的相关性，为了消除季节性的温度变化对实测应力的影响，需将由于季节性温度变化产生的温度应力去除。但利用小波去噪的方法很难单独将季节性温度应力分离出来，因此利用施工间歇期季节性温度与实测应力良好的相关性拟合出温度修正系数，如桥面铺装结束后到动静载试验前，测点的实测应力与实测温度呈负相关性，故根据此时间段实测应力与实测温度拟合出应力的温度修正系数，用这个系数来修正从 2007-8-13 到 2008-2-3 这段时间（这段时间内的温度呈下降趋势）内的实测应力。

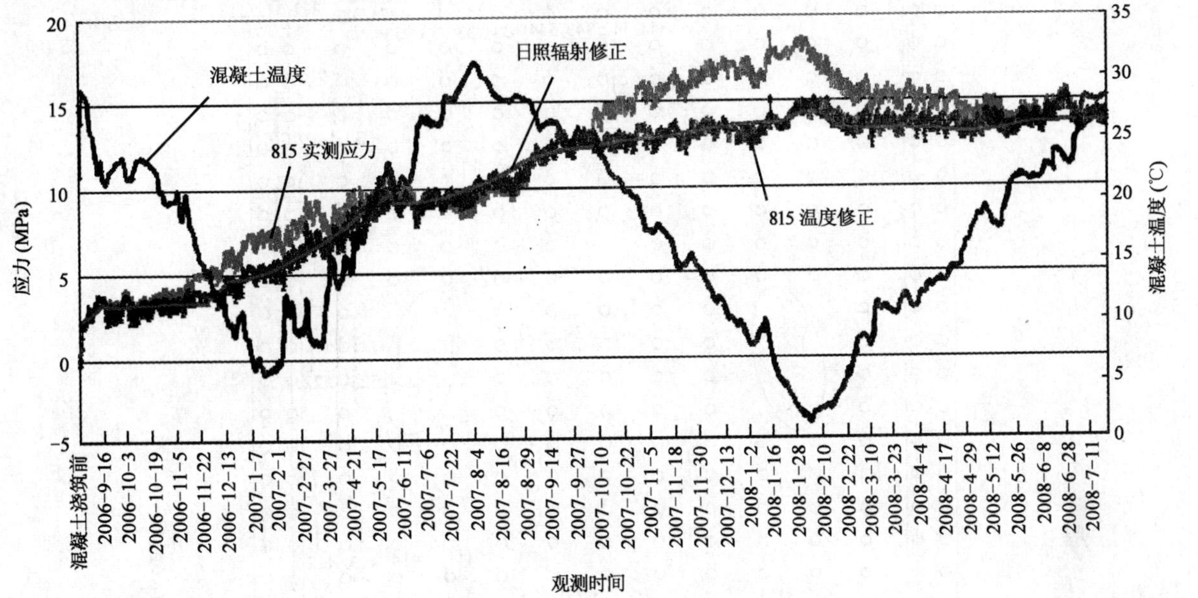

图 7-11　首节钢锚箱底座代表性测点的应力变化过程与信噪分离

同理，可以根据不同施工间歇期来拟合出相应施工工况及相关时段内应力的温度修正系数，而随着结构体系的变化，不同工况条件下的温度修正系数是不同的。经过温度系数修正后的应力曲线在图中标注为“温度修正”，这种修正后的应力，消除了季节性的温度变化对其造成的影响，是对实测数据去噪进行的第一步。另外，周期性的温度变化和日照辐射导致的实测应力产生的周期性波动，仅仅进行温度修正仍不能将其消除，故需借助小波分层去噪的方法，针对不同施工阶段，选取合适的分解层数将其分段去除。

经小波分层去噪后的应力曲线在图中标注为“日照幅射修正”，这种修正后的应力，消除了周期性温度变化和日照辐射的影响。实测数据经过温度修正和小波分层去噪的处理后，消除了气象因素的影响，消噪后的数据反映了只有施工荷载作用下的测点处应力的变化过程，可用于钢锚箱受力的反演反馈分析。

7.5 锚固区传力机理的反演与反馈分析

7.5.1 反演的依据

1）反演参照的监测点

反演参照的监测点有首节钢锚箱底座的 27 个应力监测点，分别是锚箱底板底面之下的 811～815、821～825、831～835 测点，以及锚箱底板以下 45cm 左右的 711～715、721、723、724、725、733、734、735 测点，如图 7-12 所示。

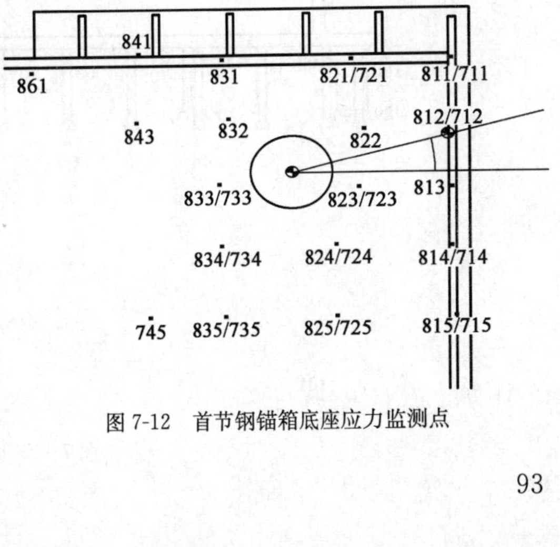

图 7-12　首节钢锚箱底座应力监测点

底部锚固区的 28 个应力监测点，分别为距首节钢锚箱顶部以下 70cm 的 311～313、321、322、331～334、

341～344 测点；5 号索上方的 2、3、6、9、521～525 测点；5 号索下方的 411～415、421～425 测点，如图 7-13 所示。

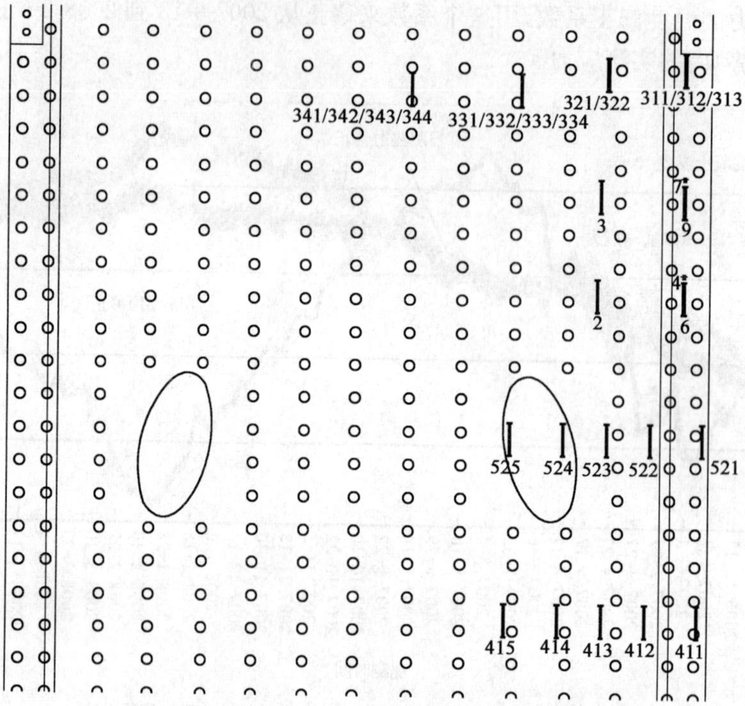

图 7-13　底部锚固区应力监测点

中部锚固区的 18 个应力监测点，分别是在 19 号锚箱底部附近的 02～08、22、33、44、55、66、77、88、34、43、42、32 测点，如图 7-14 所示。顶部锚固区的 19 个应力监测点，分别是在 34 号锚箱底部附近的 02～08、22、33、44、55、66、88、99、97、103、94、101、95 测点，如图 7-15 所示。索塔顶部侧壁的 5 个水平向应力监测点，分别是 02、03、04、4422、7422。

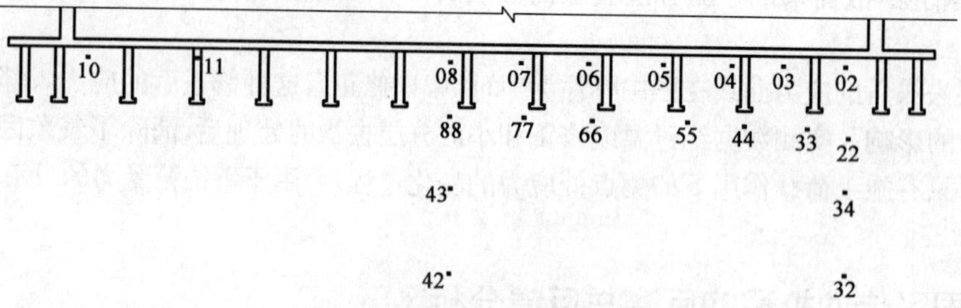

图 7-14　中部锚固区应力监测点

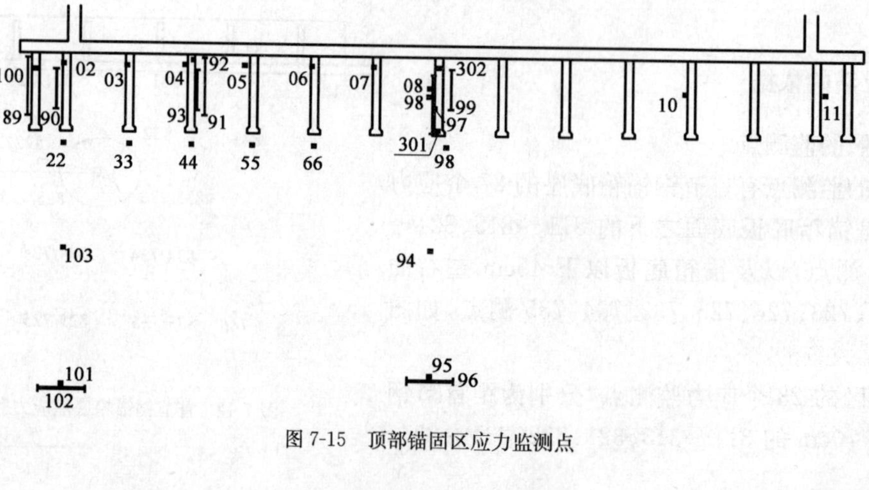

图 7-15　顶部锚固区应力监测点

首节钢锚箱侧拉板 4 个应力监测点，分别为 992、994、993、995，如图 7-16 所示。中部 J19 号钢锚箱侧拉板 6 个应力监测点，分别为 91、92、93、94、95、96，如图 7-17 所示。顶部 J33 号钢锚箱侧拉板 10 个应力监测点，分别为 3401～3405、3406～3410，如图 7-18 所示。

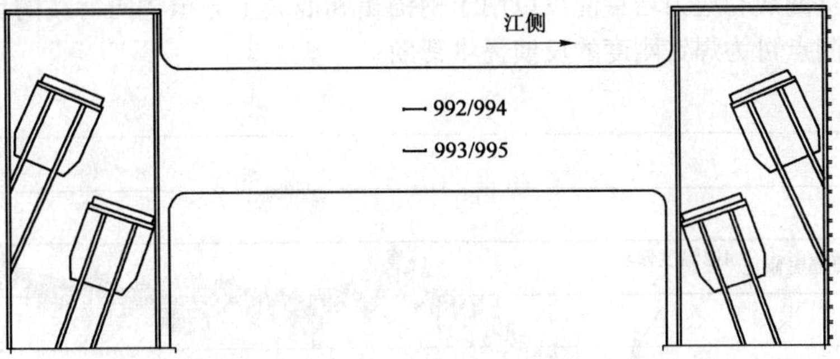

图 7-16 首节侧拉板应力监测点

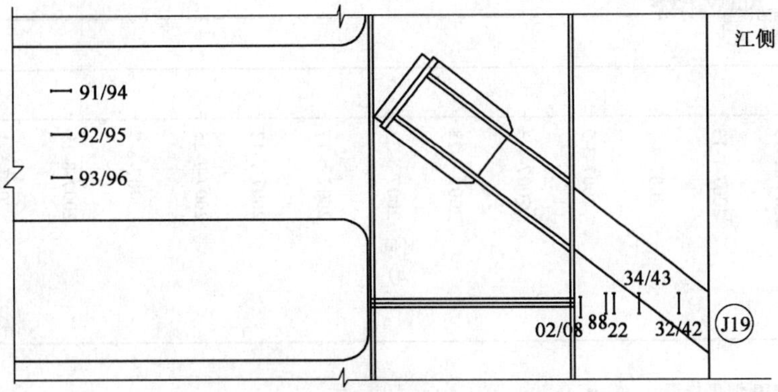

图 7-17 中部 J19 号侧拉板应力监测点

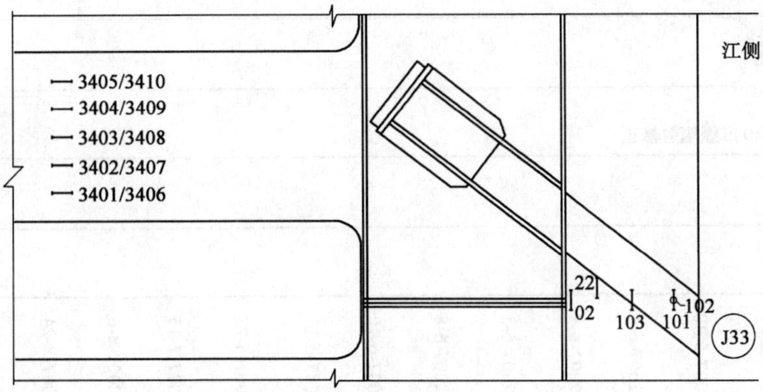

图 7-18 顶部侧拉板应力监测点

2)反演参照的时间和应力增量

反演参照的时间从 2006 年 11 月 10 日 NJ3 钢箱梁吊装开始，到 2007 年 6 月 9 日主跨合龙为止。其所需测点应力增量变化的部分结果如图 7-19 所示。

从锚固区中应力测点图可以看出，在钢箱梁吊装阶段，应力一直处于上升阶段，说明混凝土塔壁承担的荷载是一直增加的。从底座应力测点图可以看出，在 6 号索张拉之后应力增量比较小，说明在 6 号钢箱梁吊装之后，首节锚箱承担的荷载就比较小了。从顶部侧拉板应力增量图可以看出，应力比较大，说明锚箱承担了大量的水平荷载。

各所需测点的在该时期内的应力增量使用日照辐射修正和温度修正后的值，对应的应力增量为从江侧 3 号钢箱梁开始吊装到通车运营的总的应力增量。

利用钢箱梁吊装过程中的全过程跟踪观测结果，清楚地知道每根索的索力在索塔锚固区产生的应力响应及其分布。据此，可以反演得到每根索的索力。侧拉板上的监测点和锚固区纵桥向各监测点的应力增量曲线和应力增量值，可用于钢锚箱和混凝土塔壁水平荷载的分配反演计算；底座上和锚固区竖向监测点的应力增量曲线和应力增量值可以用于钢锚箱和混凝土分担竖向荷载的反演计算；靠近塔壁和焊钉底下的应力测点可为焊钉刚度的反演提供帮助。

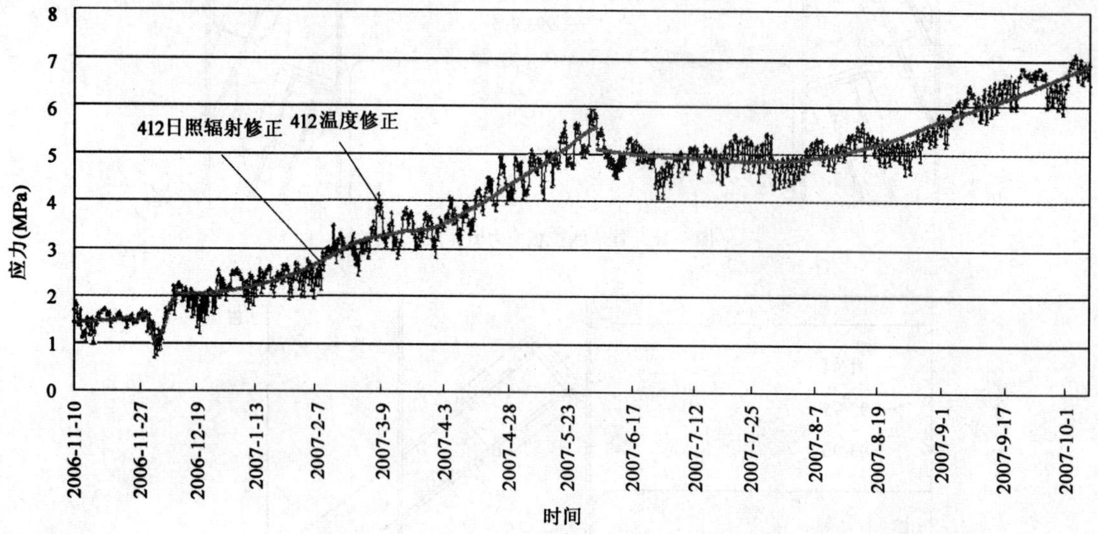

a)

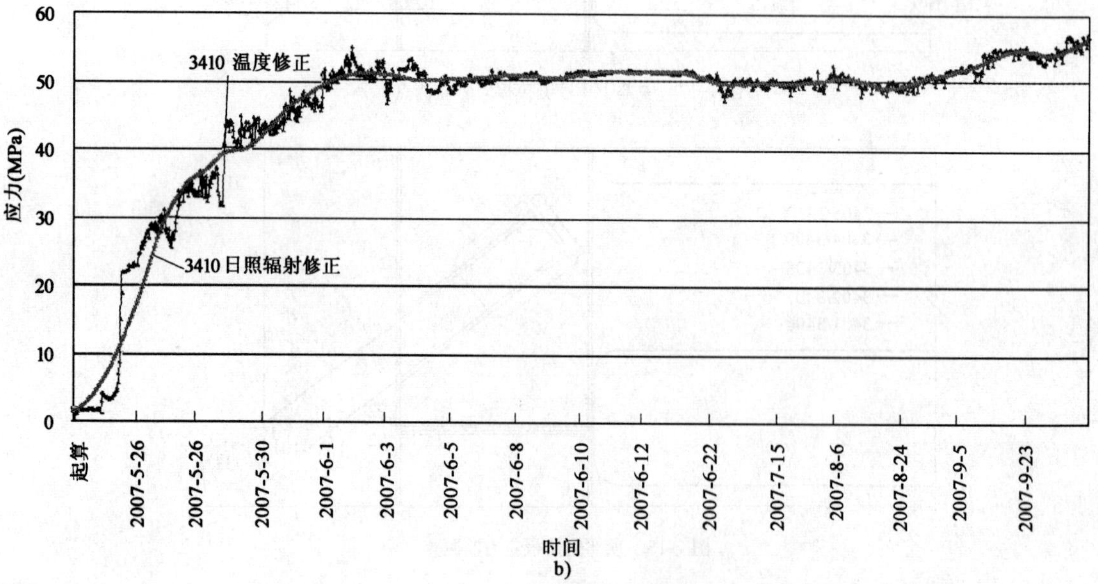

b)

图 7-19 测点应力增量变化图

a)底部锚固区 412 测点应力增量变化图；b)顶部侧拉板应力增量变化图

7.5.2 计算模型

考虑到上塔柱混凝土塔壁和钢锚箱的结构形式以纵桥向中心面对称，且对索塔起控制作用的荷载也以纵桥向中心面对称，因此，计算模型从钢锚箱以上的全部索塔和钢锚箱下部 3m 高的混凝土塔段取出一半用对称结构进行反演和反馈分析。

由于主要研究内容是混凝土塔壁和钢锚箱之间的传力机理，为此，对钢锚箱进行了简化处理，即不考虑钢锚箱中的加劲板件，只考虑钢锚箱的水平拉板、竖向端板和底板。

在有限元建模时，索塔钢筋混凝土采用实体单元 SOLID65 模拟，以主筋面为中心设置分布钢筋区；钢锚箱中的侧拉板、端板和底板用壳单元模拟；焊钉采用三个一组弹簧单元模拟，弹簧单元一端置于混凝土内部；摩擦采用面面接触单元进行模拟。上塔柱实体模型如图 7-20 所示。

为了更真实地反应索塔的受力情况，将反演和反馈分析得到的结果与采用设计参数计算所得到的结果进行了对比。

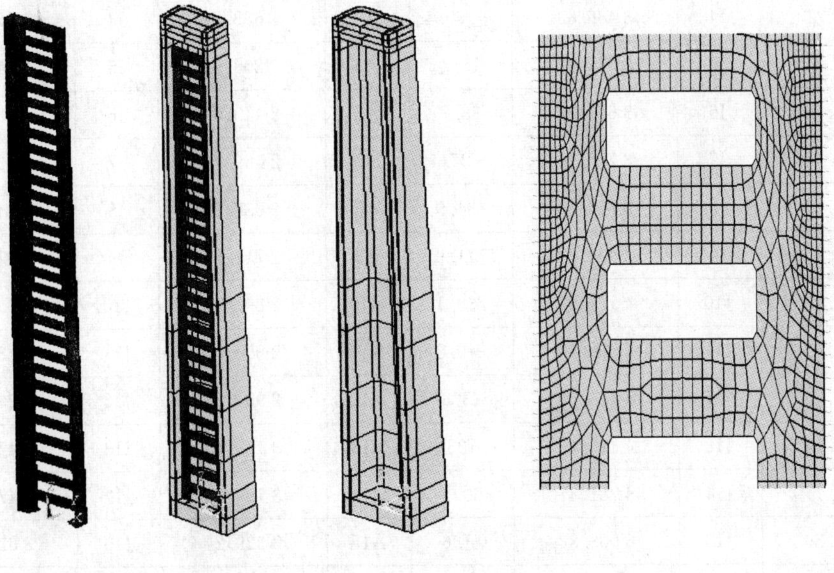

图 7-20 索塔实体有限元模型

7.5.3 材料参数反演

苏通大桥索塔锚固区设计计算时，材料参数的取值如下：塔壁混凝土为 C50，弹性模量 $E=3.5\times10^4$MPa，泊松比 $\upsilon=1/6$，线膨胀系数为 0.000 01；钢锚箱的钢板采用 Q345，弹性模量 $E=2.01\times10^5$MPa，泊松比 $\upsilon=1/3$，线膨胀系数为 0.000 012；弹簧单元的抗剪刚度系数采用 $k=473$MN/m 和 $k=220$MN/m 两种分别进行计算。

反演参数主要集中在钢—混凝土结合面摩擦系数和焊钉的抗剪剪切刚度上，两者在索塔塔壁混凝土内产生的附加应力的分布存在较大差异。为此，可利用钢箱梁吊装过程中各测点的应力增长过程和应力分布分别进行反演。

通过与实测值的对比，得到焊钉弹簧单元采用的抗剪刚度系数采用 $k=110$MN/m，摩擦系数取 0.3，焊钉垂直方向刚度系数为 7×10^5kN/m。

另外，在设计中往往将摩擦力偏保守地不计入传力，只考虑连接件的作用。为此，进行了不计摩擦的反演分析，所得焊钉的抗剪刚度为 $k=160$MN/m。可见，无论是否考虑摩擦，连接件的刚度均比推出试验的结果平均值小，群钉效应比较显著。根据以往研究，群钉抗剪刚度折减系数约为 0.45，与本次反演的结论十分近似。

7.5.4 荷载与边界条件

考虑偏载时的单根索力最大值如表 7-3 所示的“设计荷载”；根据实测应力，反演得到的斜拉索索力如表中的“反演荷载”。反演荷载表明，索塔锚固区整体受力不均匀，反演得到的荷载，江侧略大于岸侧。

斜拉索索力设计值和反演值对比 表 7-3

设计荷载—单根索力最大值(kN)					反演荷载(kN)				
岸侧各索索力		江侧各索索力		岸侧与江侧索力差	岸侧各索索力		江侧各索索力		岸侧与江侧索力差
A1	4 445.91	J1	3 797.96	785	A1	1 957.33	J1	1 835.321	122.01
A2	4 117.93	J2	3 943.74	74.2	A2	1 854.05	J2	1 735.04	119.01
A3	3 803.58	J3	3 578.32	225.2	A3	1 718.25	J3	1 696.24	22.01
A4	3 326.40	J4	3 486.83	−160.4	A4	1 663.21	J4	1 954.68	−291.49
A5	3 327.41	J5	3 308.97	18.4	A5	2 208.92	J5	2 417.79	−208.87
A6	3 649.38	J6	3 610.68	38.7	A6	2 440.39	J6	2 651.67	−211.28
A7	3 750.76	J7	3 778.21	−27.4	A7	2 499.46	J7	2 751.93	−252.47
A8	3 995.20	J8	3 860.33	134.9	A8	2 638.20	J8	2 817.47	−179.27
A9	4 103.10	J9	3 991.22	111.9	A9	2 711.55	J9	2 912.15	−200.60
A10	4 423.10	J10	4 184.97	238.1	A10	2 891.52	J10	3 037.64	−146.12
A11	4 301.68	J11	4 308.46	−6.8	A11	2 853.55	J11	3 133.29	−279.74
A12	4 448.96	J12	4 435.69	13.3	A12	2 951.32	J12	3 231.31	−279.99
A13	4 720.10	J13	4 845.49	−125.4	A13	3 113.86	J13	3 474.66	−360.80
A14	4 841.11	J14	4 781.37	59.7	A14	3 199.43	J14	3 477.81	−278.38
A15	5 050.39	J15	5 008.82	41.6	A15	3 329.24	J15	3 627.12	−297.87
A16	5 282.43	J16	5 480.74	−198.3	A16	3 469.38	J16	3 897.40	−428.02
A17	5 436.18	J17	4 880.49	555.7	A17	3 572.57	J17	3 633.49	−60.93
A18	5 537.18	J18	5 221.09	316.1	A18	3 647.46	J18	3 838.48	−191.02
A19	5 408.47	J19	5 266.88	141.6	A19	3 607.028	J19	3 895.32	−288.30
A20	5 719.69	J20	5 392.25	327.4	A20	3 786.32	J20	3 991.13	−204.81
A21	5 966.19	J21	5 828.11	138.1	A21	3 932.24	J21	4 241.05	−308.82
A22	5 968.48	J22	5 823.42	145.1	A22	3 954.56	J22	4 268.51	−313.96
A23	5 921.28	J23	5 908.94	12.3	A23	3 954.27	J23	4 344.14	−389.87
A24	5 726.17	J24	5 927.13	−201.0	A24	3 876.53	J24	4 381.24	−504.70
A25	6 159.10	J25	6 106.31	52.8	A25	4 115.15	J25	4 501.69	−386.54
A26	6 514.69	J26	6 273.25	241.4	A26	4 312.80	J26	4 612.87	−300.07
A27	6 460.59	J27	6 372.23	88.4	A27	4 306.32	J27	4 691.32	−385.00
A28	6 089.18	J28	6 628.65	−539.5	A28	4 142.03	J28	4 849.92	−707.89
A29	6 246.92	J29	6 908.47	−661.6	A29	4 228.26	J29	5 000.21	−771.95
A30	6 290.94	J30	7 065.12	−774.2	A30	4 269.35	J30	5 105.32	−835.97
A31	6 406.69	J31	7 256.76	−850.1	A31	4 347.12	J31	5 229.04	−881.92
A32	7 047.28	J32	7 436.64	−389.4	A32	4 688.32	J32	5 348.02	−659.70
A33	7 480.13	J33	7 721.58	−241.5	A33	4 913.30	J33	5 502.41	−589.11
A34	8 262.47	J34	8 203.43	59.0	A34	5 323.26	J34	5 770.55	−447.29

关于计算模型的约束形式，约束模型最底部平面内节点的竖向位移，约束该平面内关于横桥向对称中线上节点的纵桥向的水平位移，取索塔和钢锚箱关于纵桥向中心面的对称约束。

根据上述两种不同的材料参数和荷载，本次研究进行了如下四个模型的对比计算分析。

模型一：采用反演参数＋设计荷载(索力)；

模型二：采用反演参数＋反演荷载(索力)；

模型三：采用设计参数＋反演荷载(索力)；

模型四：采用反演参数＋设计荷载(索力)；此模型去除摩擦作用，单独反演焊钉刚度与前三个模型进行对比，为连接件设计提供支持。

7.5.5 反演与反馈分析结果

在设计荷载或反演荷载作用下，钢锚箱侧板的拉力与索力水平分力平均值的比例如图7-21所示。从各模型计算结果来看，钢锚箱具有较大的水平抗拉刚度，在模型一中，钢锚箱平均承担了82.32%的水平荷载；模型二中，钢锚箱平均承担了80.7%的水平荷载；模型三中，钢锚箱平均承担了81.15%的水平荷载；模型四中钢锚箱承担了78.23%的水平荷载。其水平荷载分担的规律是在沿高度方向上两端承担的荷载小，中间承担的荷载大。

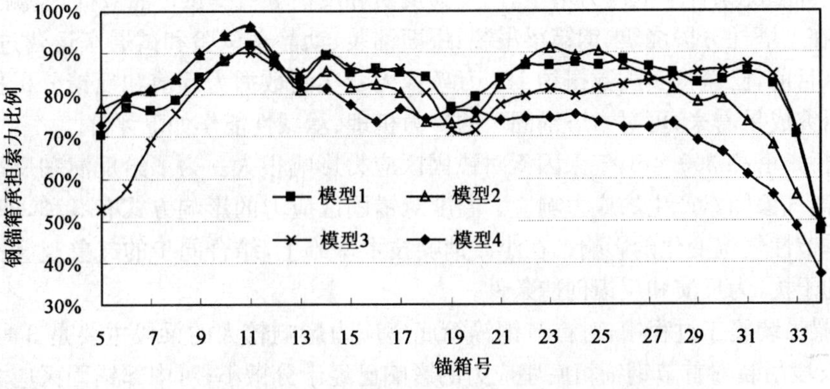

图7-21 各模型中钢锚箱承担索力比较

在表7-4中统计了各模型底锚箱节段顶部截面处、钢锚箱和混凝土受到的竖向力大小和相对比例。除了模型二略小，混凝土塔壁都承担了90%以上的竖向力，可以说混凝土塔壁是承担竖向力的主要部分，连接件的刚度和摩擦系数对竖向力的分配没有显著影响。

锚固区底部截面竖向力统计 表7-4

项目 / 模型	钢锚箱竖向合力(kN)	塔壁竖向合力(kN)	钢锚箱承受竖向力比例	塔壁承受竖向力比例
模型一	15 368	177 132	7.99%	92.01%
模型二	13 774	118 675	10.4%	89.6%
模型三	6 357.6	126 092	4.8%	95.2%
模型四	15 210	187 590	7.5%	92.5%

焊钉的剪力可分为竖向和横向，焊钉竖向剪力的横桥向分布都是外侧焊钉剪力大，中部焊钉剪力小。各模型焊钉横桥向剪力分布如图7-22所示，选取了锚固区中部19号锚箱所在节段第一排焊钉剪力作为代表。从图中可以看出，模型四焊钉横向剪力显著大于其他模型，因为模型四不计钢—混凝土结合面摩擦，全部剪力均由焊钉承担。说明在设计计算中不计摩擦对焊钉布置设计是偏安全的。在模型二中通过反演可知，通过摩擦传递的竖向荷载的比例是25.3%，通过焊钉传递的竖向荷载的比例是74.7%。而图7-22表明横向摩擦承担的剪力更大，与焊钉近似为1∶1。

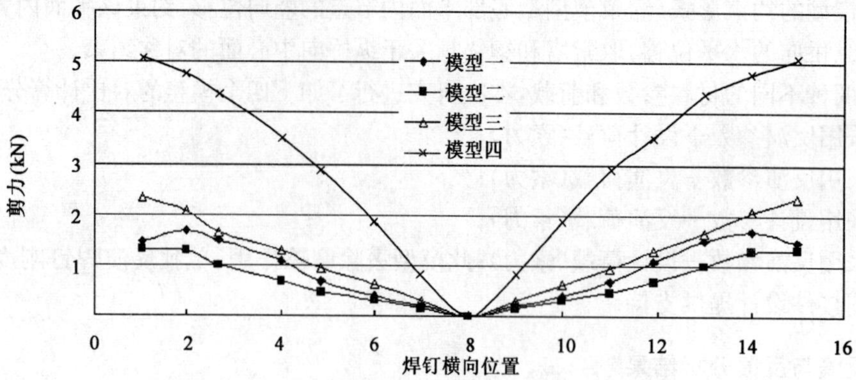

图 7-22 各模型中焊钉横向剪力比较

7.6 本章小结

为了得到实际工况条件下的应力增量，以及为反演和反馈分析提供可靠数据，监测工作起始于首节钢锚箱吊装，并在上塔柱分段浇筑、钢箱梁吊装、桥面铺装、动静载试验和试通车运营过程中，均开展了大量跟踪观测。目前，已获得实测数据约 120 万条。大量实测数据为反演和反馈分析提供了可靠的依据。从现阶段研究成果看来，可对索塔锚固区的传力机理、承载性能作如下评价。

(1)苏通大桥索塔高 300.4m，气象因素对锚固区应力影响很大。为了给反演和反馈分析提供准确的数据，必须分离气象因素产生的应力响应。温度对锚固区应力的影响方式有 3 种，即日照辐射、周期性气温变化和季节性气温变化的影响。在小波消噪技术基础上，结合同步的气象观测资料能够很好地去除环境因素的干扰，为反演和反馈创造条件。

(2)在钢箱梁吊装施工过程中，对首节钢锚箱底座应力影响较大的梁段主要是 3 号、4 号和 5 号梁段，6 号以后的梁段吊装对首节钢锚箱底座应力的影响已经十分微小；对中部锚固区应力影响较大的梁段主要是 19 号和 20 号梁段；对顶部锚固区应力影响较大的梁段主要是 33 号和 34 号梁段。

(3)索塔锚固区整体受力不均匀，反演荷载江侧略大于岸侧，荷载的不均也导致江侧与岸侧焊钉受力的不均匀。

(4)钢锚箱具有强大的水平向抗拉刚度，承担了 80%的斜拉索水平向分力，上塔柱底部、中部和顶部钢筋混凝土分摊的水平向分力分别为 50.35%、26.67%和 23.14%，索塔上、下游壁混凝土水平向(顺桥向)拉应力的最大实测值约 4.4MPa，包含温度应力，位于顶部锚固区上、下游塔壁 1/2 厚度处。通车运营后，上、下游塔壁外侧(外表面)的实测最大拉应力为 0.67MPa，包含温度应力，位于顶部锚固区。

(5)钢锚箱具有良好的竖向传力作用，能够可靠地将斜拉索的竖向分力传递给塔壁钢筋混凝土，竖向分力的 11.5%由钢锚箱直接传递给首节钢锚箱的底座。总体上看，距离塔壁越远，基底应力水平越低，距离塔壁 38cm 处的底座最大竖向应力，包含钢锚箱和上塔柱的自重应力以及 12.7MPa 的温度应力，由索力产生的最大应力增量为 7.3MPa。

(6)钢锚箱与索塔混凝土之间具有较高的黏结强度，通车运营后，25.3%的竖向索力是由钢锚箱与索塔混凝土之间的摩擦作用传递给索塔。而设计上，竖向索力主要由焊钉传递，故索塔锚固区的承载性能具有较大的安全储备。

第 8 章　钢锚箱加工制作技术

8.1　概述

钢锚箱是组合索塔锚固区关键构件之一，其板件构造复杂，操作空间较小，几何尺寸精度要求高，制造难度较大，有必要对钢锚箱的加工工艺和质量检测方法提出合理化方案。

本章简要叙述钢锚箱加工制作及焊接的质量控制要点，介绍钢锚箱板件加工、板件组焊、钢锚箱端面机加工、质量检测等的基本方法，总结实际加工制作过程中发现的问题。

8.2　钢锚箱加工及焊接质量控制

8.2.1　加工质量控制的要点

如图 8-1 所示，钢锚箱的主要构件包括侧板、端板、支撑板、承压板、锚垫板、横隔板、连接板、加劲板、套筒等。各钢板焊接构成锚箱，运至工地现场后各锚箱通过高强螺栓上下连接成为一体。

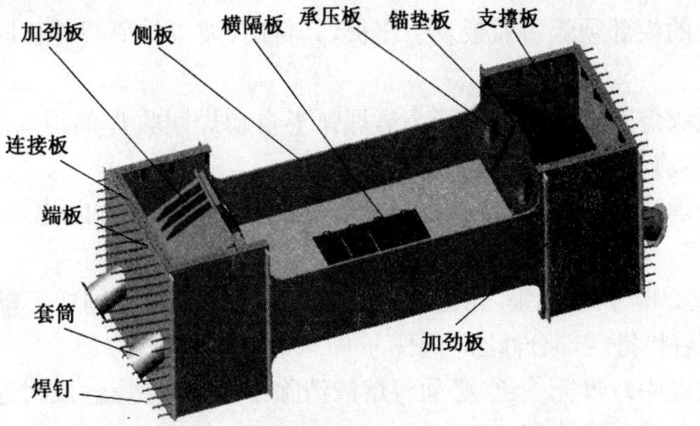

图 8-1　内置式钢锚箱标准节段示意

钢锚箱加工制作是一个系统的工序过程，为了保证成品质量能满足设计要求，需要对整个加工过程的每一个步骤进行质量管理与监控。一方面，要充分把握可能引起误差的因素，制订相应的措施以减少误差；另一方面还要对于积累误差的影响进行分析研究。

根据钢锚箱的加工制作内容，其质量控制管理可重点把握以下几个方面。

(1)钢板是钢锚箱的主要材料，应通过外观检查和机械性能试验确认钢板的质量，通过严格的管理控制，保证锚固节段整体的精度。

(2)应进行必要的焊接试验，制订合理的焊接工艺。

(3)在板块单元的加工中，将切割后的钢材消除应变后再进行焊接，把焊接变形控制在最小限度。

(4)在节段的组装中，采取合理的焊接工艺和顺序来抑制残余变形。

(5)节段划线测量应包括通过三维测量，确认节段形状精度以及通过对比设计中心线确定加工切削线两个环节。

(6)测定节段时，可将温度等外部环境因素的变化控制在容许的范围内，以由三维测量仪自身的精度决定测量结果的精度。

(7)对于端面机加工，应保证切削线与铣床相对位置的正确性，将温度等外部环境因素的变化控制在容许的范围内，以由铣床自身的精度决定切削机加工的精度。

(8)塔柱钢锚箱节段的匹配安装，一般采用与架设实际情况接近的立式匹配，其目的在于确认塔柱节段的垂直度、端面金属接触率、端面板错边量等。

8.2.2 焊接工艺要求

依据钢锚箱构造形式，可将焊接接头形式分为对接焊缝、熔透角焊缝、坡口角焊缝和T形角焊缝4种类型，包含有平、立、仰的三个焊接位置。

一般要求：焊前应检查使用的设备工作状态，仪表工具良好、齐全；清除待焊区铁锈、氧化铁皮、底漆、油污、水分等有害物。焊接工作宜在室内进行，焊接环境温度不得低于5℃，环境湿度不高于80%，环境温度、湿度不能满足时，应采取预热措施后进行焊接。

定位焊的要求：

(1)板件的拼接焊缝与结构焊缝的间距应大于100mm；

(2)有对接接料板件，其接长不得小于1 000mm，宽度不小于200mm；

(3)T形接头交叉焊缝间距不小于200mm；定位焊前，应按图纸及工艺检查焊件的几何尺寸、坡口尺寸、焊接间隙、焊接部位的清理情况，满足要求后，方可定位焊；

(4)定位焊必须距设计焊缝端部30mm以上，且不得有裂纹、夹渣、焊瘤、焊偏、弧坑未填满等缺陷；

(5)定位焊缝长50～100mm，间距400～600mm，焊脚尺寸大于4mm，且小于设计焊脚尺寸的一半；定位焊的焊接材料型号应与焊件材质相匹配。

焊接过程的要求：

(1)埋弧自动焊缝的端部须焊引弧板及引出板，其材质、坡口与所焊件相同，引熄弧应在正式焊缝外80mm以上；

(2)埋弧自动焊回收焊剂距离应不小于1m，埋弧半自动焊回收焊剂距离应不小于0.5m，焊后应待焊缝稍冷却后再敲去熔渣；

(3)焊接时必须按焊接工艺中规定的焊接位置、焊接顺序及焊接方向施焊；顶紧要求的肋板，应从顶紧端开始向另一端施焊；

(4)埋弧自动焊施焊时不应断弧，如出现断弧，则必须将停弧处刨成不陡于1∶5的斜坡，并搭接50mm再继续施焊，焊后将搭接部分修磨匀顺；

(5)多层焊施焊过程中每焊完一道，必须将熔渣清除干净，并将焊缝及附近母材清扫干净，再焊下一道，已完工焊缝亦应按上述要求清理；

(6)圆柱头焊钉采用专用的螺柱焊机焊接；

(7)焊后采用火焰切割方法切掉引板，不得用锤击掉；

(8)焊后必须清理熔渣及飞溅物，图纸要求打磨的焊缝必须打磨平顺；

(9)对于横向对接焊缝，焊后应按相关标准铲磨焊缝余高。

8.3 钢锚箱板件加工制作

8.3.1 钢锚箱板件下料

板件下料流程如图8-2所示。钢锚箱所用钢板下料前均应进行预处理，即通过赶平消除钢板的轧制变形和内应力，尤其是局部硬弯，减小制造中的变形，以保证板件平面度。在钢板的起吊、搬移、堆放过程中，应采用磁力吊，以保持钢板的平整度。钢锚箱所有板件应优先采用精密切割下料，精密切割下料尺寸允许偏差为±1.0mm，切割面质量应满足一定要求。

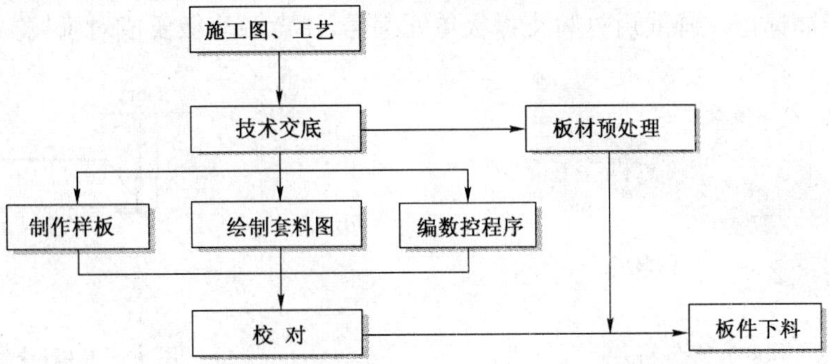

图 8-2 板件下料流程

剪切仅适用于次要板件或剪切后边缘需要进行机加工的板件，剪切边缘应整齐，无毛刺、反口、缺肉等缺陷，并应满足工艺要求。

对于形状复杂的板件，用计算机 1：1 放样确定其几何尺寸，并采用数控切割机精确下料。编程时要根据零件形状复杂程度、尺寸大小、精度要求等确定切入点和退出点，并应适当加入补偿量，消除切割热变形的影响。

下料时应检查钢料的牌号、规格、质量，应使轧制方向与主要受力方向一致，并做好记录，使每个板件具有可追溯性。采用普通切割机下料的板件，应先作样，制作样板、样条、样杆时，应按工艺文件规定留出加工余量和焊接收缩量。对于采用数控切割机下料的板件，应先用机床画线验证程序的正确性。板件下料后，必须经严格检验确认合格后，方可继续下料。

对于下料后需要机加工的板件，其加工尺寸偏差应严格按工艺文件或图纸上注明的尺寸执行，并应标明工单号，必须在明显位置用钢印打上板件号。

8.3.2 钢锚箱板件矫正及栓孔加工

板件可采用冷矫正或热矫正，冷矫正时的环境温度不宜低于−12℃。主要受力板件冷作弯曲时，环境温度不宜低于−5℃，内侧弯曲半径不得小于板厚的 15 倍，小于者必须热煨，热煨温度宜控制在 900～1 000℃之间。冷作弯曲后零件边缘不得产生裂纹。冷矫正后的钢材表面不应有明显的凹痕和其他损伤。

采用热矫时，热矫温度应控制在 600～800℃，严禁过烧。热矫后的板件应缓慢冷却，降至室温以前，不得锤击板件或用水冷却，降至室温后锤击应加垫板。

当采用数控钻床钻孔时，应首先检查钻孔程序，确认无误后方可施钻；钻制的首件必须经过全面检查，合格后方可继续施钻。

当采用样板钻孔时，应首先检查样板的规格尺寸、钻孔套的紧固状态、各钻孔套间距精度、对正线位置等，确认无误后方可施钻。钻孔过程中应经常检查样板钻孔套的紧固状态，如有松动，应及时更换。

当采用多班作业时，每班应安排专人检查样板具体状况，随时更换不合格的样板。高强度螺栓栓孔的加工允许偏差应符合相关要求。

8.3.3 钢锚箱板件的加工

1)钢锚箱侧板

如图 8-3 所示，钢锚箱侧板的加工制作步骤如下。

(1)下料校正：采用数控火焰精密切割，并用赶板机矫平，并保证侧板所用材料有抗层状撕裂。

(2)坡口加工：画线加工两端头坡口。

(3)钢衬垫组焊：画线组装钢衬垫。组装时要预留机加工量 5mm。钢衬垫在坡口侧采用连续焊接，在非坡口侧上、下端及中间三点采用定位焊，焊缝长度为 10～20mm，焊脚尺寸均为 4mm。焊接钢衬垫时要采取必要措施，保证衬垫密贴，如图 8-4 所示。

(4)边缘加工：精确画线加工焊接边缘，画线时以中轴线为基准，将加工边缘线、承压板和支撑板定位线一并画出用样冲标记。画线后打写支撑板单元编号，注意两块板要成对画线。

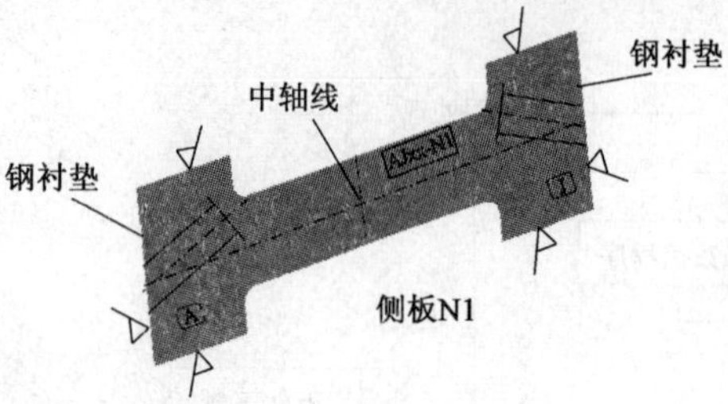

图 8-3 钢锚箱侧板

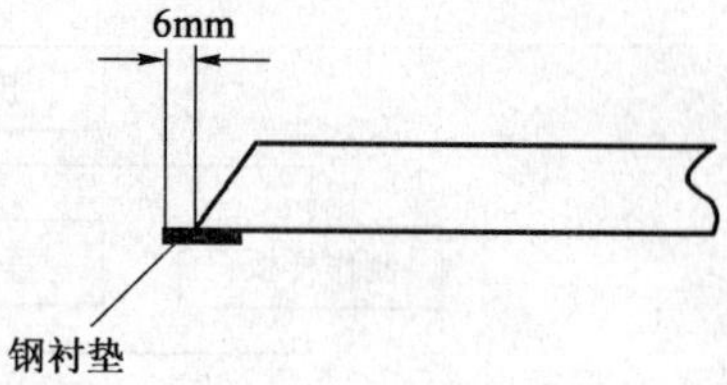

图 8-4 钢锚箱衬垫大样

2)钢锚箱端板

如图 8-5 所示，钢锚箱端板的加工制作步骤如下。

(1)下料矫正：采用火焰精密切割，用赶板机矫平。

(2)边缘加工制孔：精确画出加工边缘线、坡口线和外侧椭圆中心线及连接孔定位线，并将椭圆长轴线延长到钢板边缘用样冲做好标记。画线一定要保证对角线斜方尺寸和外侧椭圆中心线的位置和斜度。卡样钻制下部连接孔后加工边缘及坡口，加工坡口时一定要注意坡口方向在外侧即画线的同侧。端板上部连接孔待整体拼装时用连接板投影钻制。

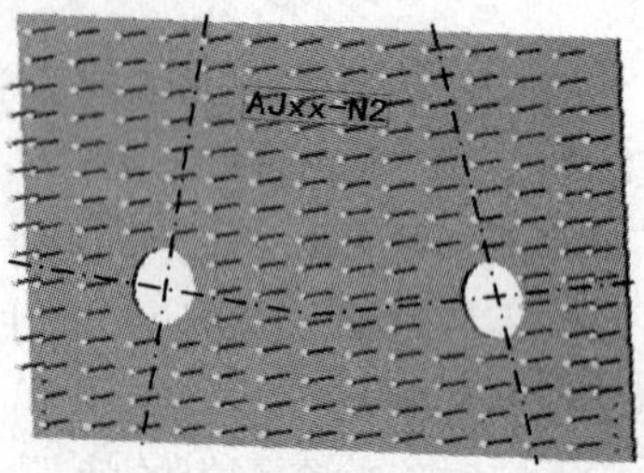

图 8-5 钢锚箱端板

(3)程切椭圆孔：椭圆孔采用数控火焰精密切割，且两个椭圆孔要分别切割，将钢板水平放置在切割台架上，仔细调整椭圆孔长轴中心线与横向走行线平行，其误差值不得大于 1mm，将割具风嘴倾斜 α 角完成椭圆孔的切割。此时应特别注意 α 角的倾斜方向不要搞反。

(4)焊接外侧焊钉：检验合格后，焊接焊钉并矫正，保证端板的平面度要求。注意焊接焊钉时，不要破坏椭圆孔中心线标记。

3)钢锚箱支撑板

如图 8-6 所示，钢锚箱支撑板的加工制作步骤如下。

(1)下料矫正：采用数控火焰精密切割，并用赶板机矫平。

(2)坡口加工：精确画线加工钢衬垫侧坡口。

(3)钢衬垫组装：画线组装钢衬垫。组装时要预留机加工量 5mm。钢衬垫在坡口侧采用连续焊接，在非坡口侧上、下端及中间三点采用定位焊，焊缝长度为 10～20mm，焊脚尺寸均为 4mm。焊接钢衬垫时要采取必要措施，保证衬垫密贴。

(4)边缘加工制孔：画线加工衬垫边缘及上下边缘坡口。检查孔盖板固定丝扣 M12 用样板钻孔后攻制。

4)钢锚箱承压板

如图 8-7 所示，钢锚箱承压板的加工制作步骤如下。

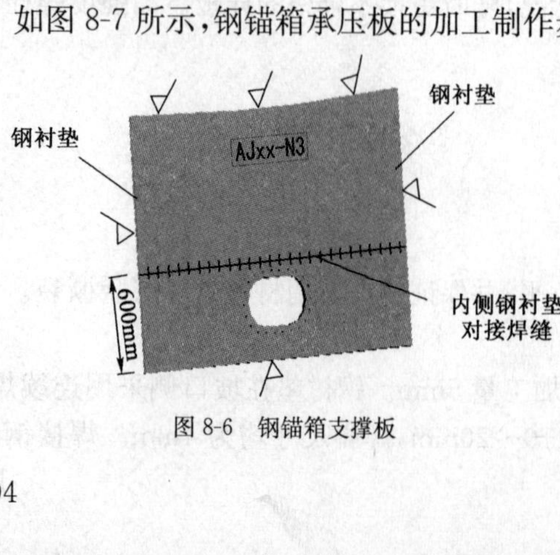

图 8-6 钢锚箱支撑板

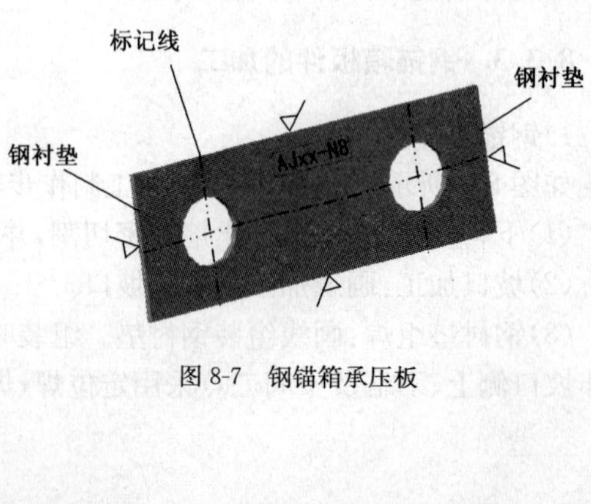

图 8-7 钢锚箱承压板

(1)下料矫正:采用数控火焰精密切割,并用赶板机赶平,且部件要求不平度 0.5mm。孔内壁在单元件组焊后加工下料时应留加工量 5mm。

(2)坡口加工:画线加工钢衬垫侧坡口。

(3)钢衬垫组装:画线组装钢衬垫。组装时要预留机加工量 5mm。钢衬垫在坡口侧采用连续焊接,在非坡口侧上、下端及中间三点采用定位焊,焊缝长度为 10~20mm,焊脚尺寸均为 4mm。焊接钢衬垫时要采取必要措施,保证衬垫密贴。

(4)边缘加工制孔:精确画线加工边缘。机加工一定要保证各部尺寸准确并要考虑焊接间隙和焊接收缩量。标记线要求用样冲标记,供组装定位用。

(5)压弯成型:画线压弯,用内卡样板监测压弯角度,成型后在平台上检测平面度及扭曲。此部件的成型角度至关重要,要严格控制。

5)钢锚箱锚垫板

如图 8-8 所示,钢锚箱锚垫板采用火焰精密切割,并用赶板机矫平,锚垫板在组焊后需整体机加工上平面,锚垫板的下料厚度应较理论厚度大 5~10mm。孔内壁在单元件组焊后加工下料时也应留加工量 5mm。

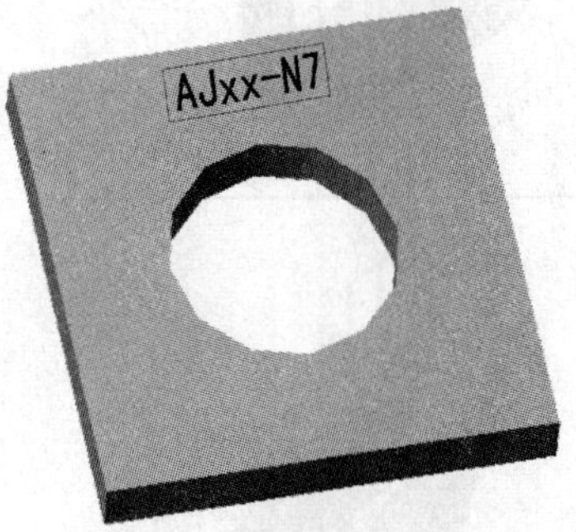

图 8-8 钢锚箱锚垫板

6)钢锚箱加劲板及连接板

肋板如图 8-9 所示,肋板及连接板的制造加工步骤如下。

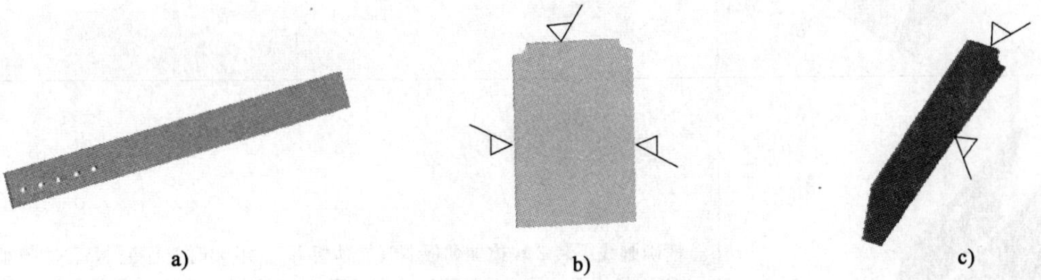

图 8-9 钢锚箱连接及肋板

a)连接板;b)加劲板(N6);c)加劲板(N5)

(1)下料矫正:采用火焰精密切割,并用赶板机矫平,下料时要在明显位置打写锚箱号和零件号。

(2)边缘加工制孔:精确画线加工边缘及坡口。钢锚箱连接板螺栓孔单件不出孔,待整体组焊后画线卡样板钻制下端连接孔,上端连接孔整体预拼装时画线配钻。竖肋两端连接孔的单件出下端孔,上端孔待整体拼装时用连接板孔投钻。

(3)钢衬垫组装:对于有钢衬垫的零件,画线组装钢衬垫。组装时要预留机加工量 5mm。钢衬垫在坡口侧采用连续焊接,在非坡口侧上、下端及中间三点采用定位焊,焊缝长度为 20~30mm,焊脚尺寸均为 4mm。焊接钢衬垫时要采取必要措施,保证衬垫密贴。

8.4 钢锚箱板件单元组焊

8.4.1 钢锚箱支撑板单元

钢锚箱支撑板单元由锚垫板、支撑板、加劲板构成,组拼焊接方法如表 8-1 所示。

钢锚箱支撑板单元组拼焊接方法　　表 8-1

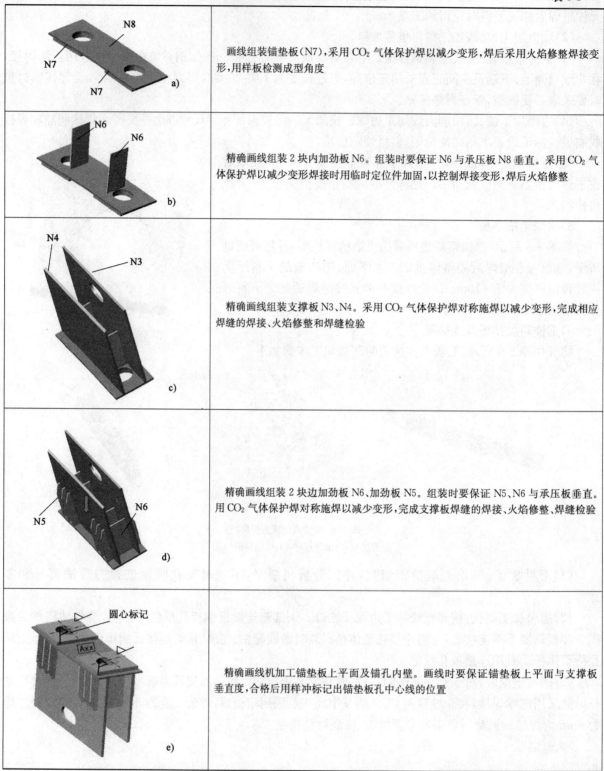

 a)	画线组装锚垫板(N7),采用 CO_2 气体保护焊以减少变形,焊后采用火焰修整焊接变形,用样板检测成型角度
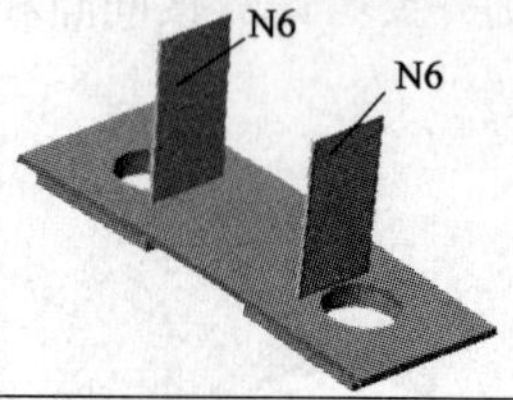 b)	精确画线组装 2 块内加劲板 N6。组装时要保证 N6 与承压板 N8 垂直。采用 CO_2 气体保护焊以减少变形焊接时用临时定位件加固,以控制焊接变形,焊后火焰修整
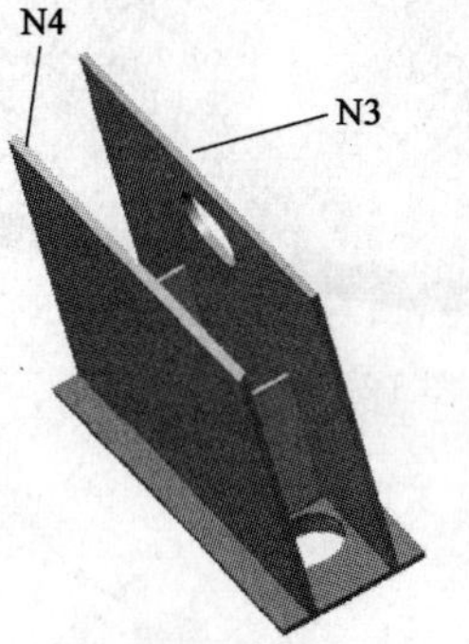 c)	精确画线组装支撑板 N3、N4。采用 CO_2 气体保护焊对称施焊以减少变形,完成相应焊缝的焊接、火焰修整和焊缝检验
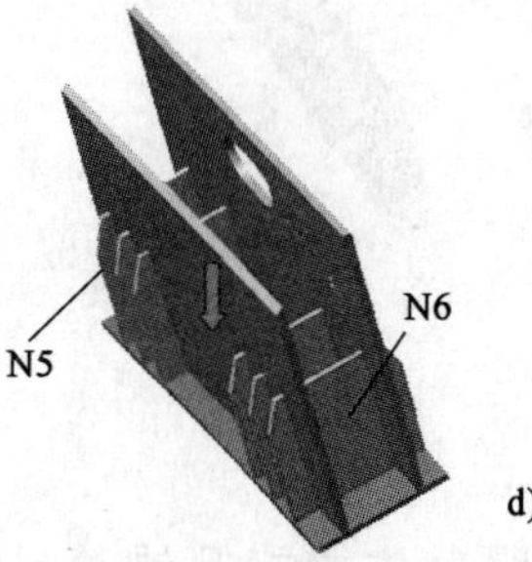 d)	精确画线组装 2 块边加劲板 N6、加劲板 N5。组装时要保证 N5、N6 与承压板垂直。用 CO_2 气体保护焊对称施焊以减少变形,完成支撑板焊缝的焊接、火焰修整、焊缝检验
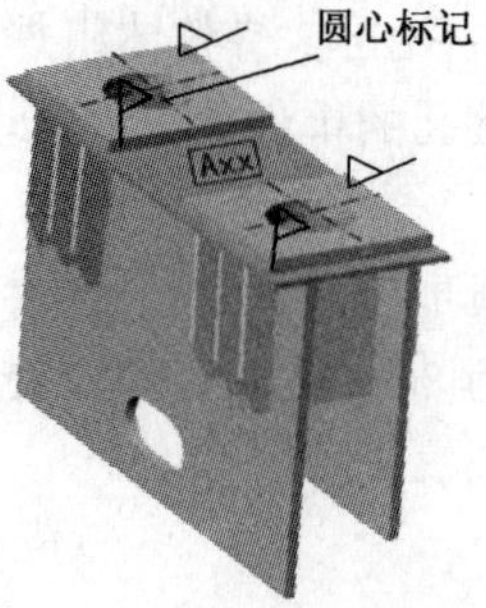 e)	精确画线机加工锚垫板上平面及锚孔内壁。画线时要保证锚垫板上平面与支撑板垂直度,合格后用样冲标记出锚垫板孔中心线的位置

8.4.2　钢锚箱横隔板单元

如图 8-10 所示,钢锚箱横隔板单元下料时,横隔板长度方向预留焊接收缩量、宽度方向以及加劲肋长度方向预留机加工量,首先用反变形胎架组焊横向肋板,修整后组焊纵向肋板,在平台上修整合格后整体画线机加工两边缘,以保证整体尺寸精度。

图 8-10 钢锚箱横隔板单元

8.4.3 钢锚箱套筒单元

如图 8-11 所示，法兰盘采用数控火焰精密切割，并用赶板机矫平。连接孔卡样钻制，套筒采用锯切下料，要保证倾斜角度准确无误。下料后打写零件号，用样冲标记出椭圆长短轴位置线。

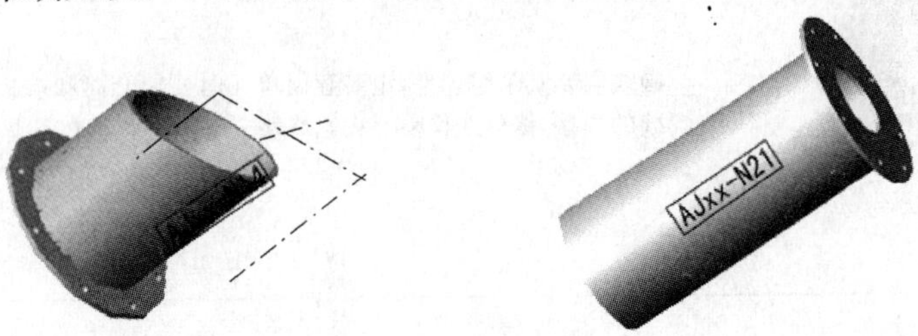

图 8-11 钢锚箱套筒单元

8.4.4 钢锚箱整体组焊

钢锚箱整体组焊工艺流程框图如图 8-12 所示，组焊工艺流程详图如表 8-2 所示。

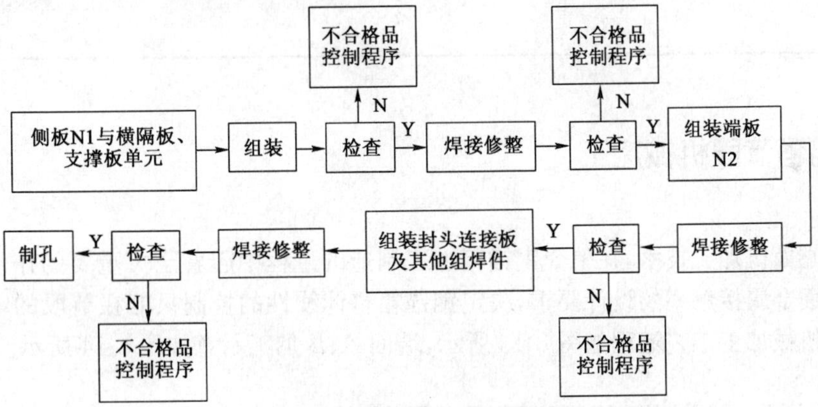

图 8-12 整体组焊工艺流程框图

钢锚箱整体组焊工艺流程详图 表 8-2

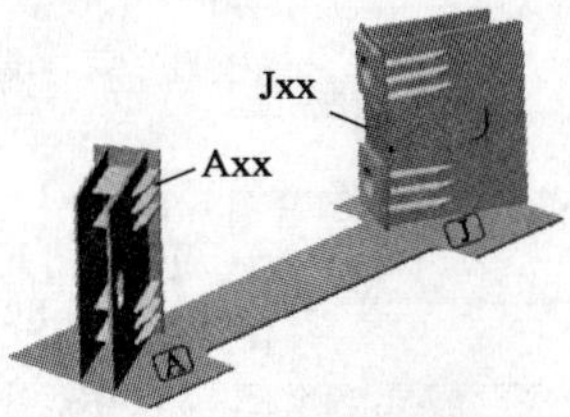 a)	在侧板 N1 上精确画出拉索中心线和支撑板、锚垫板定位线用样冲做好标记。支撑板单元内部及 N1 被支撑板单元遮盖处，组装前应先行进行表面处理和涂装
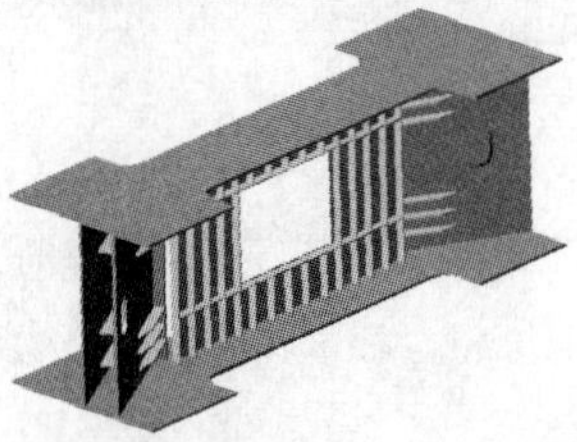 b)	画线组装横隔板，利用定位胎架组装另一侧板，保证两块侧板的相对位置准确

续上表

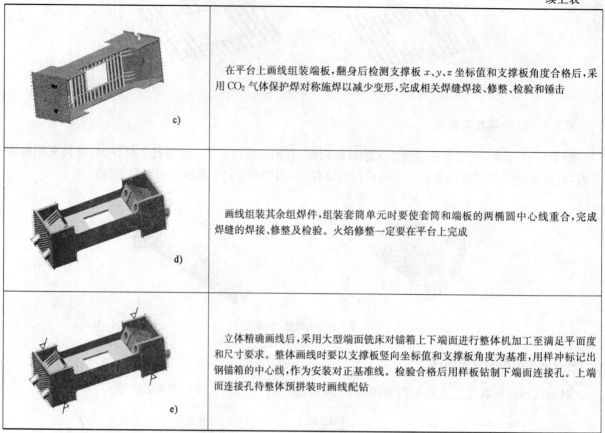

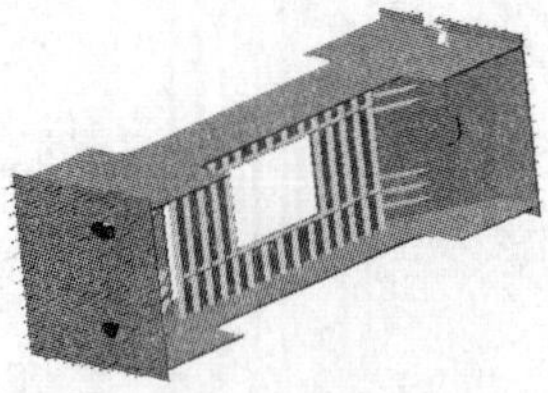 c)	在平台上画线组装端板，翻身后检测支撑板 x、y、z 坐标值和支撑板角度合格后，采用 CO_2 气体保护焊对称施焊以减少变形，完成相关焊缝焊接、修整、检验和锤击
 d)	画线组装其余组焊件，组装套筒单元时要使套筒和端板的两椭圆中心线重合，完成焊缝的焊接、修整及检验。火焰修整一定要在平台上完成
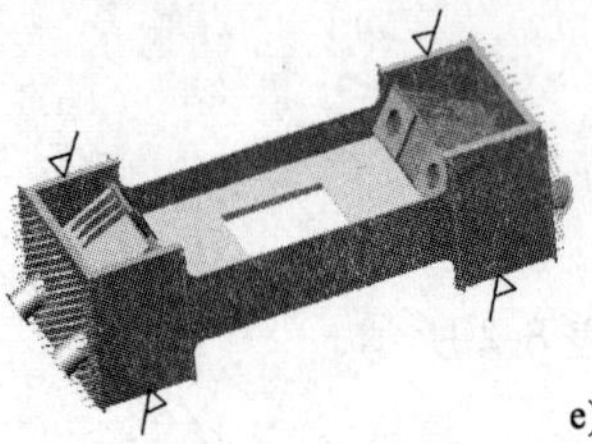 e)	立体精确画线后，采用大型端面铣床对锚箱上下端面进行整体机加工至满足平面度和尺寸要求。整体画线时要以支撑板竖向坐标值和支撑板角度为基准，用样冲标记出钢锚箱的中心线，作为安装对正基准线。检验合格后用样板钻制下端面连接孔。上端面连接孔待整体预拼装时画线配钻

8.5 钢锚箱节段机械加工

钢锚箱节段端面机加工技术，在整个钢锚箱加工制造的过程中起着至关重要的作用。对钢锚箱架设安装时节段端面金属接触率的设计要求，决定钢锚箱整体线性的控制只能在节段的端面机加工过程中进行。钢锚箱机械加工工艺流程如图 8-13 所示，端面 A、B 加工示意如图 8-14 所示。

画正立面、侧立面的中心线及顶底面尺寸的加工线，同时检查锚垫板坐标尺寸

↓

以导轨纵向移动为基准，找正工作台E面

↓

用机床按加工线找正，工件摆放正确后夹固

↓

经质检人员确认后加工A、B面，需要粗铣、半精铣、精加工三道工序

↓

检测平面度、垂直度合格后工件调转方向，加工C、D面

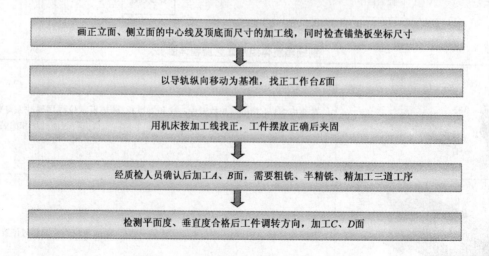

图 8-13 钢锚箱机械加工工艺流程

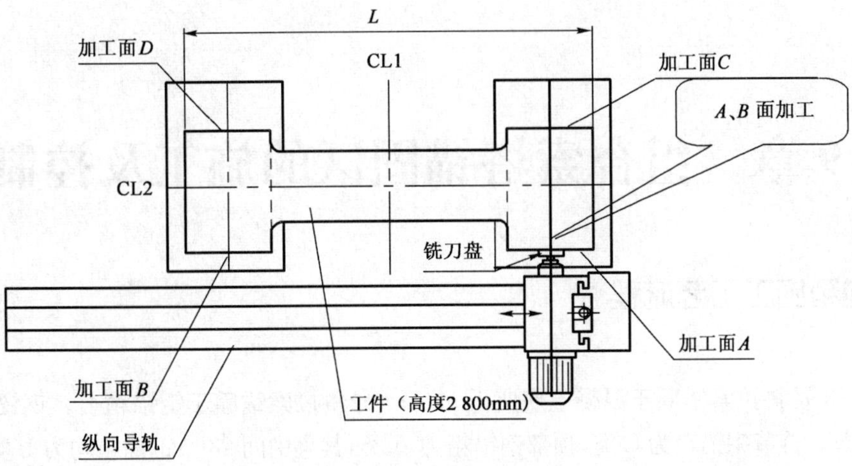

图 8-14　端面 A、B 加工示意图

8.6　本章小结

通过生产实践，在钢锚箱结构设计及制造方面提出几点意见与建议，以供参考。

(1)在受力允许的情况下，尽量减小焊接填充量，建议焊缝接头形式和焊脚尺寸，根据受力情况和受力大小计算确定，没有必要全部等强连接；对于非疲劳控制的角接接头尽可能不要采用全熔透焊接。

(2)建议端板的厚度与侧板相同，一般情况下 T 形熔透焊缝翼缘板厚度应大于或至少等于腹板厚度，这样可有效地减小焊接变形；否则，翼缘板的变形很难修复。从实践生产情况看，端板的刚度与支撑板和侧板相比显得偏小，变形较大。

(3)由于主要焊缝设计均为熔透焊接且板厚度较大，工艺上需要的坡口尺寸很大，造成的焊接变形也较大，焊接收缩量受接头形式、坡口尺寸、焊接方法、焊接线能量、火焰修整次数等诸多因素的影响，预留焊接收缩量准确地定量比较困难。实际制造过程中，制造方应根据实际情况调整焊接收缩预留量。

(4)不是所有焊缝都必须做无损检验。例如横隔板及其肋板、套筒等的连接焊缝，可以不做焊缝无损检验，成熟的焊接工艺能够保证其性能。

(5)套筒材质尽可能采用应用范围较广的 Q235A 和 Q345A 级别的钢材。

(6)上支撑板(N4)与端板(N2)的焊缝接头形式有待研究探讨。

第9章　组合索塔锚固区的施工及控制

9.1　钢锚箱施工工艺流程

苏通大桥1～3号斜拉索锚固于混凝土底座上，4～34号斜拉索锚固于钢锚箱上。钢锚箱分A、B、C三种类型，共30节。首节钢锚箱为C类，顶部钢锚箱为A类，其余中间28节钢锚箱均为B类。为安装方便，1～3号斜拉索套筒分3段制造，4～34号斜拉索套筒分2段制造，预留段在工厂中与钢锚箱焊接，塔柱段在现场采用高强螺栓与预留段连接，外露段在混凝土浇筑拆模后安装。钢锚箱与索塔之间连接的主要构件是焊钉连接件，首节钢锚箱通过承重钢板、调节螺栓进行定位，底板采用锚固螺栓与混凝土底座固定。

索塔钢锚箱总体施工工艺流程如图9-1所示。将钢锚箱施工分为首节(C类)钢锚箱施工和标准节段B类、顶部节段A类钢锚箱施工。其中首节钢锚箱的施工较为复杂，其安装精度对于控制整个锚固区的几何线形极其重要。其他节段钢锚箱安装并与螺栓相连接后，将与预拼装中已经建立起来的几何线形保持一致。钢锚箱的位置及其倾斜度取决于首节段的几何线形。

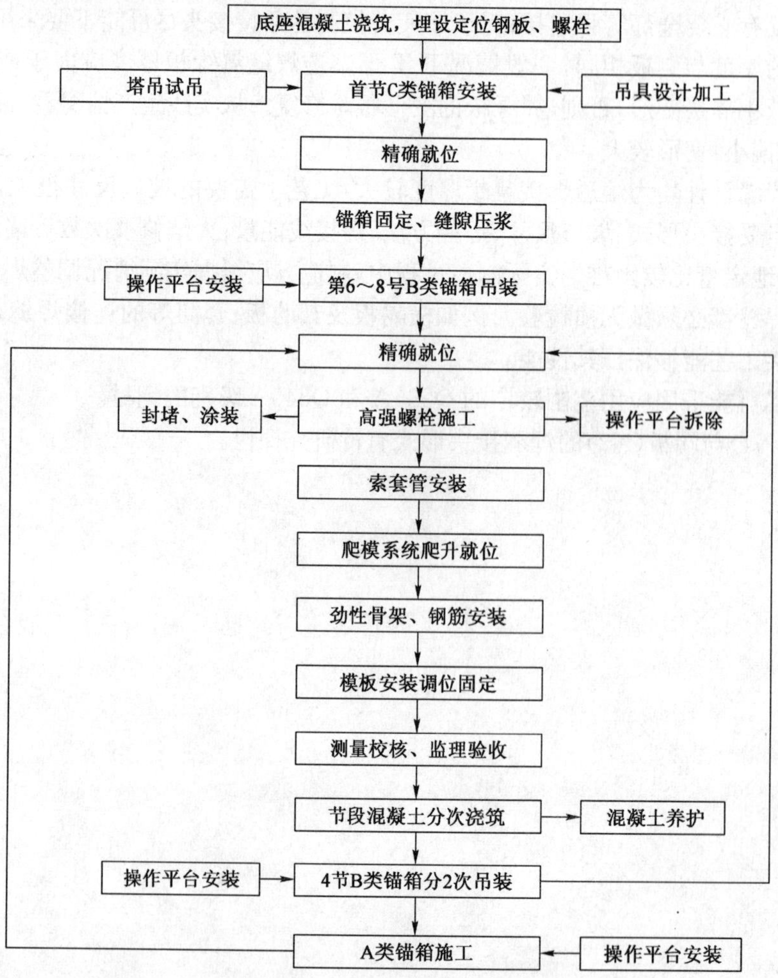

图9-1　组合索塔锚固区总体施工工艺流程图

9.2　首节钢锚箱的施工

9.2.1　首节钢锚箱的施工工艺

首节钢锚箱的施工，主要包括钢锚箱底座混凝土垫块施工和首节钢锚箱的安装定位施工。其施工作业顺序为钢锚箱底座混凝土垫块施工、首节钢锚箱施工准备及进场验收、首节钢锚箱的安装定位施工。其施工工艺流程为：

(1)钢锚箱底座混凝土垫块高 65.92cm，考虑到首节钢锚箱安装调位需要，垫块先浇 60cm 厚，待首节锚箱安装就位后再灌浆；

(2)设计并加工钢锚箱吊索具、钢锚箱接头操作平台，钢锚箱进场后进行验收及例行检查；

(3)首节钢锚箱采用 MD3600 塔吊一次吊装，钢锚箱的横桥向设置移动环向操作平台，以方便与下节段钢锚箱现场连接施工；

(4)首节钢锚箱安装采取临时支垫、千斤顶精确调位的工艺，当底座灌浆完成后，将首节钢锚箱用螺栓锚固在底座上。

9.2.2　首节钢锚箱底座垫块施工

如图 9-2 所示，钢锚箱底座的混凝土垫块设置在连接段上横隔板上面，尺寸为 8.748m×4.4m×0.659 2m。其涉及首节钢锚箱的定位，精度要求非常高。

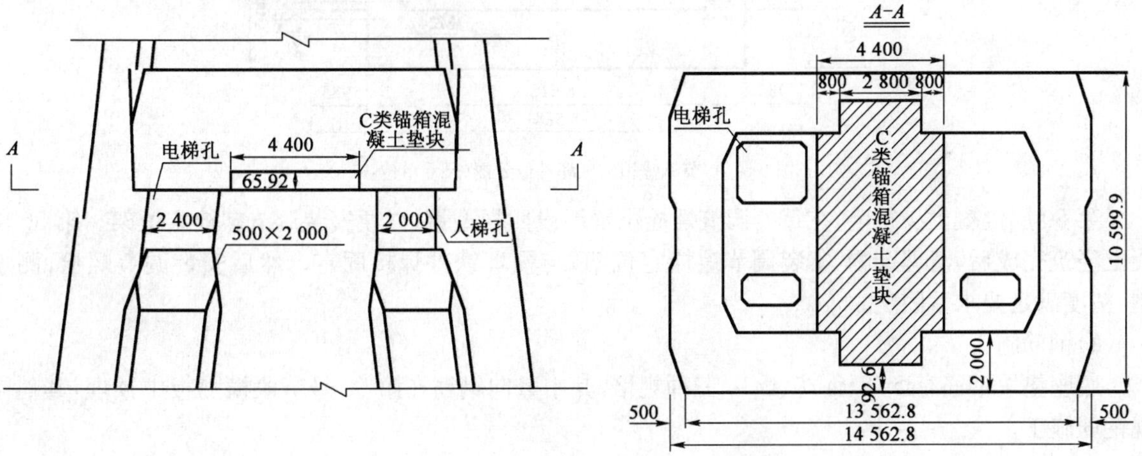

图 9-2　底座垫块混凝土总体结构图(尺寸单位：mm)

底座垫块混凝土在第 50 号节段施工完成之后单独施工。考虑到钢锚箱安装定位、后续压浆及 4 号索套管的安装，底座垫块混凝土尺寸相对设计有所改变。浇筑时除 1～3 号斜拉索锚固部分外，垫块中央浇筑 65.92cm，与首节钢锚箱底座接触部分浇筑高 60 cm，并在角上预留缺口，待钢锚箱安装定位之后再补浇及压浆，如图 9-3 所示。

底座垫块混凝土施工工艺流程如图 9-4 所示，主要包括预埋螺栓埋设、钢筋绑扎、模板安装以及混凝土的浇筑。

1)首节钢锚箱预埋螺栓埋设

首节锚箱通过承重钢板、调节螺栓进行定位，钢锚箱采用锚固螺栓固定。首节钢锚箱共设 4 块承重钢板，其尺寸为 480mm×480mm×16mm，每块钢板下设 4 个 ϕ24mm×400mm 的调节螺栓。为确保浇筑塔柱混凝土以及 6～8 号钢锚箱安装后的稳定，首节钢锚箱采用 24 个 ϕ24mm×400mm 底板锚固螺栓进行锚固。钢锚箱调节螺栓直接预埋，钢锚箱锚固螺栓则预留螺栓孔，螺栓孔采用PVC管进行预留，成孔后清除PVC管，预留锚固螺栓孔为ϕ50mm。底座混凝土垫块钢锚箱施工固定埋件如图9-5所示。

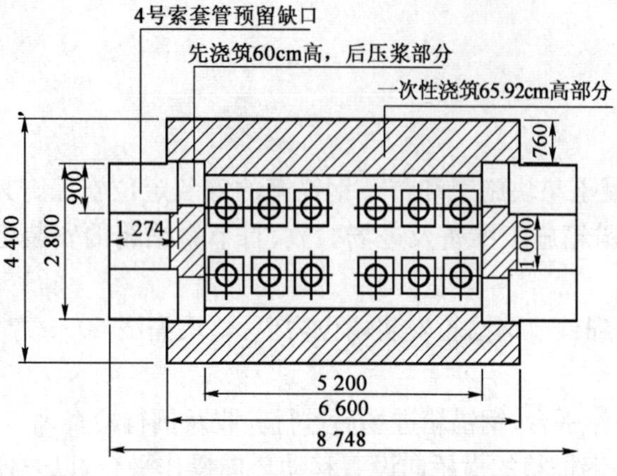

图9-3　底座垫块混凝土分区浇筑图(尺寸单位:mm)

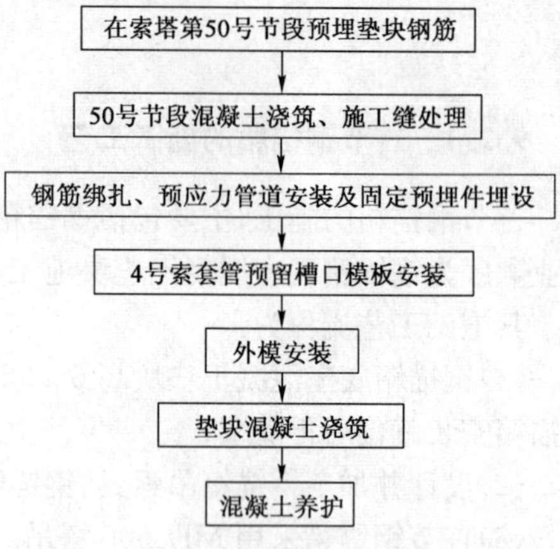

图9-4　底座垫块混凝土施工工艺流程

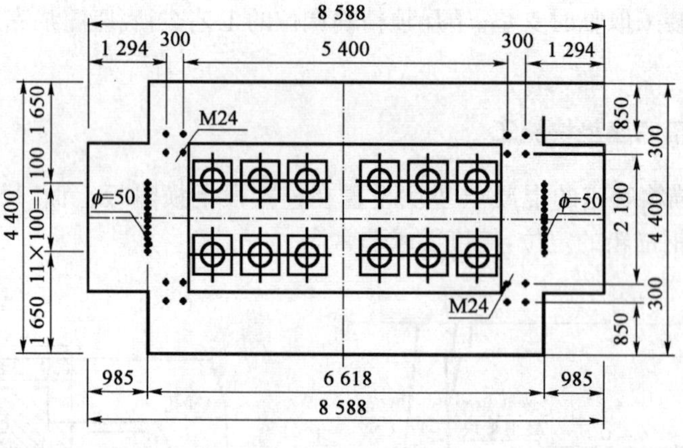

图9-5　首节钢锚箱施工埋件位置图(尺寸单位:mm)

第50层混凝土浇筑前，在每处调节螺栓位置埋设四根型钢，以便安装调节螺栓定位架。第50层混凝土浇筑完成后，清理杂物，安装调节螺栓定位架，与预埋铁件焊接固定。然后安装调节螺栓，测量控制，精度满足要求后固定。

2)钢筋施工

底座垫块钢筋有ⴲ28、ⴲ20、ⴲ16三种规格，其中竖向钢筋在第50号节段横隔板中预埋，其他同常规钢筋施工。

3)模板施工

底座垫块南北侧面由于与塔身混凝土结合，模板采用收口模板，其余侧模采用标准WISA木模板，在后场根据垫块尺寸加工。

第50层混凝土浇筑前，在50层顶口位置埋设预埋件，以方便支撑安装底座垫块模板。现场安装模板，测量精确控制模板尺寸和高程，并用型钢加固。

由于采用先浇筑垫层，再安装4号索套管的施工工艺，且4号索套管整体穿越垫块混凝土，故在浇筑垫块混凝土前，必须安装预留的4号索套管的槽口模板，保证垫块混凝土浇筑后留有足够的空间去安装定位4号索套管。

4)混凝土施工

底座垫块混凝土采用中塔肢混凝土配合比，泵送直接入仓。

底座垫块中央1～3号斜拉索锚固部分浇筑时，在两边设置挡板及压浆板，当混凝土浇筑至1～3号斜拉索锚垫板位置时直接收面。

9.2.3 首节钢锚箱的安装

1)钢锚箱吊索具设计

钢锚箱吊具及吊索连接如图 9-6 所示。钢锚箱采取四点起吊,根据设计图纸,锚箱临时吊点设置在锚箱顺桥向两侧,因所有锚箱均采用同一吊索具,所以按两段 B 类锚箱同时起吊考虑吊点构造。

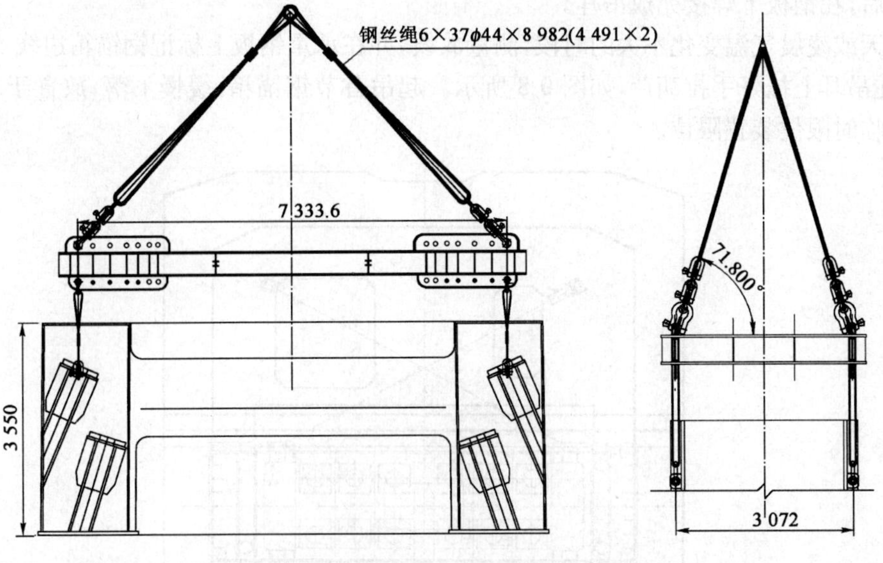

图 9-6 钢锚箱吊具及吊索连接(尺寸单位:mm)

吊具采用钢构架结构,由钢板焊制。根据钢锚箱的外型尺寸变化特点,即短边长度不变,长边逐段缩小,为适应长边吊具间距的变化,在长边吊架耳板上开不同间距的吊孔。

由于钢锚箱长度是不等的,锚箱吊点也随之改变,主吊索与吊具之间设置调整卸扣,通过卸扣的增减以保证横向夹角的变化极小,确保吊装安全。

2)承重钢板的安装

当钢锚箱底座垫块混凝土终凝后,即可进行锚箱承重钢板安装,承重钢板布置如图 9-7 所示。

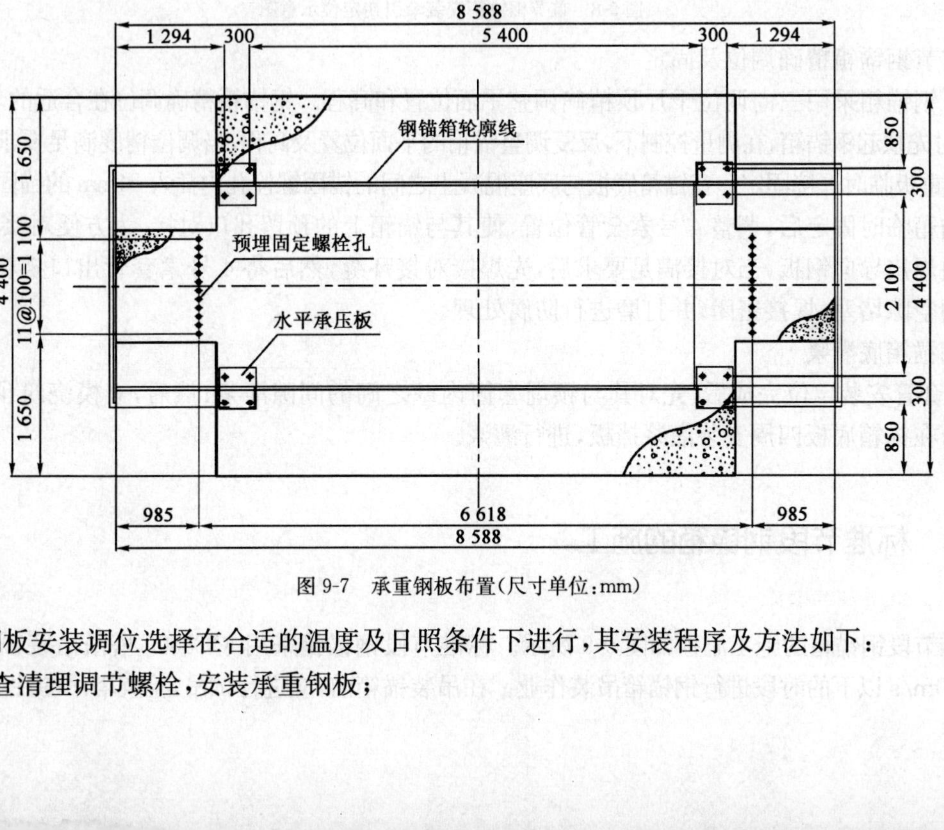

图 9-7 承重钢板布置(尺寸单位:mm)

承重钢板安装调位选择在合适的温度及日照条件下进行,其安装程序及方法如下:

(1)检查清理调节螺栓,安装承重钢板;

(2)在测量控制下,利用螺母调整承重钢板高程,直至满足高程及平整度要求;

(3)测量调校完成后,将调节螺栓与承重钢板焊接,并打磨平整;

(4)承重钢板四周安装压浆挡板,灌注无收缩水泥浆。

3)首节钢锚箱吊装及初定位

在 50 号节段浇筑混凝土前,在 50 号节段横隔板顶口埋设 4 块 400mm×300mm×16mm 钢板;在混凝土浇筑后,在钢板上焊接完成吊耳。

选择阴天或凌晨气温变化不大的时段,测量放线,并在承重钢板上标记钢锚箱边线及中心线。当风速较小时,在吊耳上挂好手拉葫芦,如图 9-8 所示。起吊首节钢锚箱,缓慢下落,放置于承重钢板上,初步定位后用临时限位装置限位。

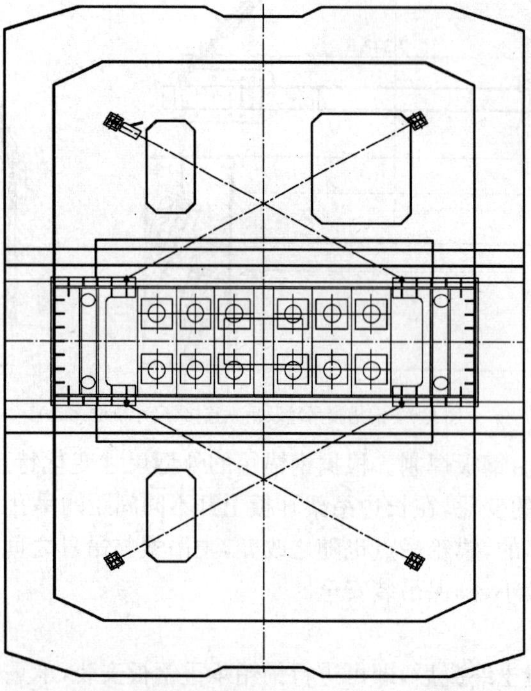

图 9-8　首节钢锚箱安装牵引初定位示意图

4)首节钢锚箱精确调位及固定

首节钢锚箱采用三向调位千斤顶精确调整平面位置和高程。钢锚箱精确调位在合适的环境条件下进行,调整时先顶起钢锚箱,在测量控制下,反复调整锚箱的平面位置及高程,当调位精度满足要求后,将钢锚箱底板与承重板临时焊接固定。在锚箱底板与底座混凝土之间的锚固螺栓孔内插入 24mm 的锚固螺栓。

钢锚箱临时固定后,调整 4 号索套管位置,使其与锚箱上的预留孔口对接,为方便对接,锚箱上 4 号索孔周边焊接导向钢板,当对接满足要求后,先焊接对接环缝,然后将 4 号索套管出口挡板与预埋套筒壁之间的空隙堵塞,焊接密闭,并打磨进行防腐处理。

5)钢锚箱底灌浆

4 号套管安装定位完成后,先对其与预埋套筒内壁之间的间隙灌浆;然后,立模浇筑预留槽口混凝土;最后,在锚箱底板四周安装灌浆挡板,进行灌浆。

9.3　标准节段钢锚箱的施工

标准节段钢锚箱的施工流程如图 9-9 所示。标准节段钢锚箱采用 MD3600 塔吊吊装,吊装时尽量选择风速 10m/s 以下的时段进行钢锚箱吊装作业。在吊装锚箱前,应进行试吊,检查塔吊的性能和安全性。

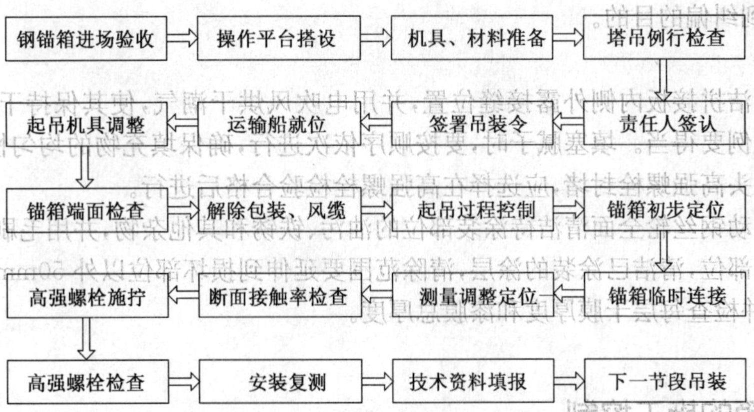

图 9-9 标准节段钢锚箱施工流程

1)安装临时操作平台

钢锚箱节段加工时，在钢锚箱外侧及顶部操作面安装钢锚箱外侧工作平台及爬梯。外侧工作平台为三角挂架结构，单件架体用螺栓与钢锚箱临时锚固，分别设置在钢锚箱接头部位。工作平台采用型钢做支撑，木板做踏板，钢管为栏杆，主要用于工作人员施工通道和堆放机具及少量材料。各层平台之间用带背圈的爬体相连，便于人员通行。

工作平台在为锚箱节段安装时用，待钢锚箱安装完毕，所有的遗留孔洞均应用高强螺栓封堵。在锚箱制作工厂内将工作平台安装到相应节段上端后，完成后移至安装现场。

2)吊具选取

标准节段钢锚箱吊装使用的吊具与首节钢锚箱使用的吊具为同一个，但要根据钢锚箱的长度逐步减小，逐步减少相应的调整卸扣。

3)吊装前准备

首先需要对塔吊例行检查；了解气象情况，由于风、雨、雾等恶劣天气影响吊装，必须随时掌握天气趋势和现状；吊装工作应选择作业点风速 10m/s 以下，无雨雾天气，且温差变化较小的时段内进行；检查扳手、冲钉、连接高强螺栓等准备情况；检查和清洁锚箱接触端面和高强螺栓连接面；在工作面配备照明设备、电源线以及锚箱牵引绳、手拉葫芦。

4)吊装

节段起吊超过已安节段顶面后，旋转塔吊，移至安装位置。将节段下部带扣的牵引绳与已安装在钢锚箱上的手拉葫芦连接，配合塔吊的操作，使节段缓慢下降，待基本到位后，拆除手拉葫芦。

在距最终位置 2～8cm 上方处停止下放节段，确认端面情况。然后继续下降节段，在钢锚箱水平接缝四个角点高强螺栓孔内，插打定位冲钉实现精确定位，安装临时连接螺栓。然后塔吊松钩，确认端面接触率是否满足＞30％的要求。

5)高强螺栓的施工

钢锚箱间的连接用高强螺栓，拧紧分初拧、复拧和终拧，分别用专用扳手进行。拧紧顺序从板束刚度大、缝隙大的地方开始，对大面积节点应从螺栓群中间向外侧进行施拧，并在当天全部终拧完毕。施拧时，不能采用冲击拧紧和间断拧紧。初拧完成后进行复拧，并用油漆做复拧标志。

高强度螺栓终拧用定扭矩扳手施拧，必须当天全部完成。施加力矩必须连续、平稳，螺栓、垫圈不得与螺母一起转动，如果垫圈发生转动，应更换高强螺栓连接副，按操作程序重新进行初拧、复拧和终拧。完成后立即在已终拧螺栓头上涂上油漆做终拧标志。

6)钢锚箱的纠偏

由于每塔有 30 节钢锚箱，安装时会产生累积误差，致使钢锚箱发生倾斜，为了不使倾斜度超标，在每轮 3～4 节钢锚箱间设置调整钢垫板，钢垫板基本厚度 12mm，在工厂内与钢锚箱配套制作，不需纠偏时，直接安装；当需要进行纠偏调整时，根据测量确定的调整量，将钢垫板在磨床上修磨成相应的楔形，再行安装，从而达到纠偏的目的。

7)封堵和涂装

手工除锈并清洁拼接板内侧外露接缝位置，并用电吹风烘干潮气，使其保持干燥。按比例配置腻子，搅拌要均匀，比例要得当。填塞腻子时，要按顺序依次进行，确保填充物的均匀性和填塞的密实度。临时连接孔采用圆头高强螺栓封堵，应选择在高强螺栓检验合格后进行。

用钢丝刷或电动钢丝轮全面清洁待涂装部位的油污、铁锈和其他杂物，并用毛刷清洁表面灰尘。对于需要补涂的损坏部位，清洁已涂装的涂层，清除范围要延伸到损坏部位以外 50mm。按钢锚箱涂装体系逐层进行涂装，并检查每层干膜厚度和漆膜总厚度。

9.4 钢锚箱的施工控制

9.4.1 施工控制的基本要求

1)荷载的考虑方法

恒载采用设计图和施工临时结构设计图中规定的荷载。钢锚箱施工过程中，施加的临时荷载主要为钢锚箱现场连接时的工作平台。在计算理想几何线形时，应考虑施工荷载的位置。当施工荷载的位置与其预定确定的位置不同时，应进行记录，并在理想几何线形的计算中予以考虑。应考虑塔吊作业对主塔的影响，在测量过程中要求塔吊停止工作，处于平衡状态。

风荷载和温度荷载是影响索塔几何线形的主要环境因素。理想的几何控制数据根据不考虑风和温度影响时的参考状态计算。实际测量数据和理想几何线形比较之前，需要采集风和温度数据，使用影响线进行分析，修正风和温度荷载效应。

2)几何线形

钢锚箱的几何线形由钢锚箱的断面中心线来描述。钢锚箱断面的中心线应与上塔柱混凝土各节段中心线一致。几何线形控制点可定义在钢锚箱端面上。

放样测量只用于首节钢锚箱的安装，在预拼装过程中，当竖向几何线形调节完成时，将对螺栓孔进行钻孔。其他节段安装过程只是预拼装几何线形的重现，无需进行放样测量。

施工理想目标线形包括目标几何控制点、累积超长值及中间阶段的位移。累积超长值指首节钢锚箱的安装超长值及钢锚箱的累积制造超长值。假设环境温度为+20℃的状态，不考虑温度梯度及风恒载。

在钢锚箱安装时，除了钢锚箱本身制造误差外，还有额外的误差出现。从理论上讲，由于钢锚箱的安装只是预拼装线形的简单重现，所以应该不会产生额外的施工误差。然而，由于钢锚箱之间采用螺栓连接，螺栓施扭后可能产生误差。因此应该在钢锚箱安装后检测竣工几何线形，检测结果须修正风和温度的影响。

3)允许误差的要求

钢锚箱加工制造几何误差主要表现为，钢锚箱制造完成时的总体倾斜度和钢锚箱制造超长值，它可由预拼装测量进行检测。制造时，需要严格控制的参数是每个钢锚箱的垂直度，在每一次预拼装后对垂直度进行误差修正。

现场安装误差主要包括首节钢锚箱的安装倾斜度及首节钢锚箱的安装位置误差。如果塔顶处累计误差超出了设计要求，必须在钢锚箱中间设置调整段。

9.4.2 几何控制点

测量几何控制点的位置来检查竣工几何线形和理想几何线形的偏差，控制点设置在钢锚箱顶部。预拼装时，采用制造时使用的控制点。钢锚箱的几何控制点为 T1、T2、T3 和 T4，其布置如图 9-10 所示。T1′、T4′为辅助几何控制点。

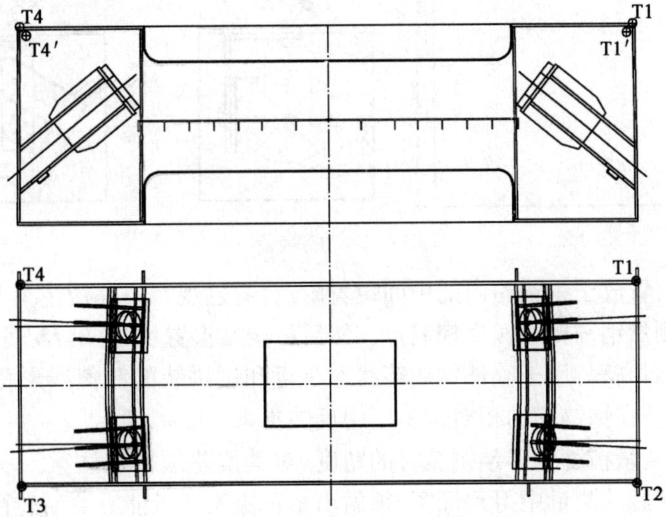

图 9-10 控制点布置

9.4.3 首节钢锚箱放样测量

安装承压钢板及首节钢锚箱时，需要进行放样测量。测量钢锚箱中心线和混凝土台座中心线之间的相对位置，采用最新的地基沉降、混凝土收缩及徐变、恒载产生的弹性压缩估计值对节段的超长值进行更新。钢锚箱安装时，节段的切线可由混凝土台座的切线进行延伸，并考虑预先规定的倾斜度而得到。在此过程中，必须考虑环境对索塔位移的影响。上述的切线可以由混凝土台座上、下控制点连线延伸直线来代替。

1)安装首节钢锚箱前的准备

混凝土底座浇筑后，将全局高程由桥墩承台上传递到 50 节段混凝土表面。需要考虑徐变、收缩、弹性压缩及沉降预测值。由于没有光学折射和地球曲率的影响，从主塔承台上将高程进行竖向传递，比从边跨承台进行传递更精确。

在钢锚箱外围的混凝土底座上设立三个高程基准点。在测点处风速≤15m/s、温度稳定时，测量这些基准点，使其高程与全局高程相协调。在此过程中，同时采集全塔的监测棱镜、热电偶和风速仪的数据。

2)承压钢板的安装

在混凝土底座上安装承压钢板，并调整使其处于水平状态，精密水准仪测量并记录承压钢板高程，其测量点位于每一垫片组的正上方。用全站仪监测这些经过精密水准仪测量的基准点来确定 x、y 轴位置。

使用基于最小二乘法的最佳拟合算法，计算出最佳逼近平面，并同时获取该平面的平均高程、实际测量点处的残差、N-S 和 E-W 方向的倾斜角，以保证承压钢板的安装满足允许误差要求。

在承压钢板上面标记出中心点、x 及 y 轴线及首节钢锚箱四个角点。

3)钢锚箱安装

起吊并安装首节钢锚箱，使其四角对准 4 个预先标记好的角点标记，在钢锚箱底部安装三向调位千斤顶，依据以下测量步骤精确调整钢锚箱平面位置和竖向高程。

(1)采用螺栓将四个追踪棱镜与钢锚箱的端板相连接。上下游各安装一个追踪棱镜，并保证其间距是一致的，如图 9-11 所示。

(2)次日黎明前，从边跨承台上设置一台全站仪，监测追踪棱镜，其间须采集温度及风的数据，并观测监测棱镜，来确定索塔的中性状态。为了确保获得真实而准确的测量数据，须做足够多次的测量。

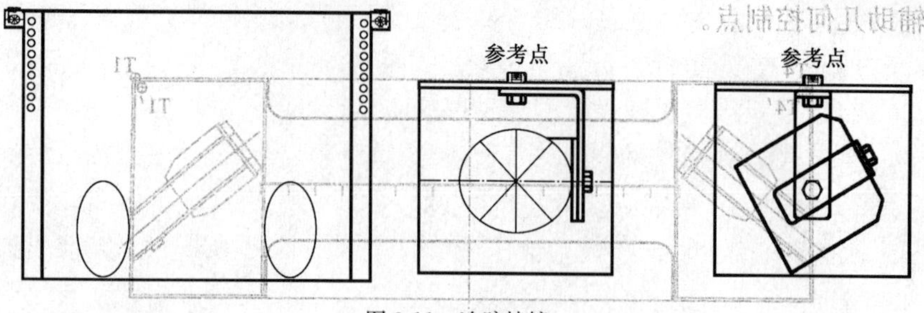

图 9-11 追踪棱镜

(3)将第二台全站仪置放于钢锚箱内的中间位置附近，通过观测追踪棱镜参考点并采用后方交会程序定位全站仪，由此可测量钢锚箱上四个控制点。然后将全站仪置换为一台配备符合水准器的水准仪，精确测量四个角点的相对高程，用于验证钢锚箱线形是否和试拼装的几何线形相一致。通过追踪棱镜观测到的索塔变形亦应该在钢锚箱的相对倾斜度中反映出来。

安装现场钢锚箱的测量精度低于预拼装时的精度，对其偏差须特别注意。一旦发现钢锚箱的线形有系统性的误差，并在随后的测量中得到证实，须做出修正决策。可能需要制造商调整下一组钢锚箱的调整垫片，控制钢锚箱的平面位置和倾斜度，以保证随后的钢锚箱的垂直度满足要求。

一旦承压钢板完全置平后，将进行灌浆工作。此步骤中，须使用无收缩砂浆，以避免砂浆收缩致使首节钢锚箱的高程发生改变。待砂浆达到 80%设计强度后，方能进行其他钢锚箱安装。

9.4.4 标准节段钢锚箱竣工测量

依施工次序，每 4 节段一组的钢锚箱安装完成后进行竣工测量。每次竣工测量时，需要测量最上面的钢锚箱顶部的四个控制点 T1、T2、T3、T4。具体采用方法为全站仪追踪测量为主，GPS 复核，精密水准仪精确测量锚箱顶控制点相对高程。

关于混凝土最后施工节段的竣工测量，直接使用钢卷尺量取其到最近的钢锚箱角点或边缘板的距离。

因为在超高索塔上，静动力风会使索塔产生很大的位移，混凝土节段的竣工测量手段必须具有动态测量功能，采用全站仪跟踪测量和 GPS 接收机测量动态位移，对风和温度效应进行修正。

在 GPS 和全站仪测量的同时，必须保证塔吊处于静止状态。塔吊吊钩需移动到距吊臂支点一定距离并吊上适当重量的物体使其保持平衡，同时保持塔吊立柱处于竖直状态，而且塔吊要置于一个能最小化 GPS 接受器多路径效应误差的方向。GPS 接受器将反馈给塔吊操作人员一些必要的信息，来帮助他合理地安置塔吊吊臂的方向。至少需要保持这个方向 20min，直到 GPS 接收器自身定位得到保证，且 4 个控制点测量结束；然后，采用精密水准仪精确测量 4 个控制点的相对高程。当采用钢卷尺量取钢锚箱边缘或角点到混凝土边缘或角点的距离时，塔吊即可恢复工作。

根据全站仪测量的平面位置和水准仪测量的相对高程，评价当前钢锚箱的倾斜度，提出下一组钢锚箱垫片厚度是否进行调整。

9.4.5 安装线形误差的纠正方法

1)钢锚箱的整体制造误差修正

钢锚箱的整体制造误差没有超过 1/4 000，可以采用如下的修正步骤。

依据 1/4 000 得到的最上面钢锚箱的最大误差可以一分为二，首节钢锚箱安装时要将其倾斜一定的角度，即 1/8 000 的倾斜度。尽管钢锚箱制造时的总体倾斜度为 1/4 000，但是经此调整后最上面钢锚箱的实际偏差就可以达到 1/8 000，如图 9-12 所示。

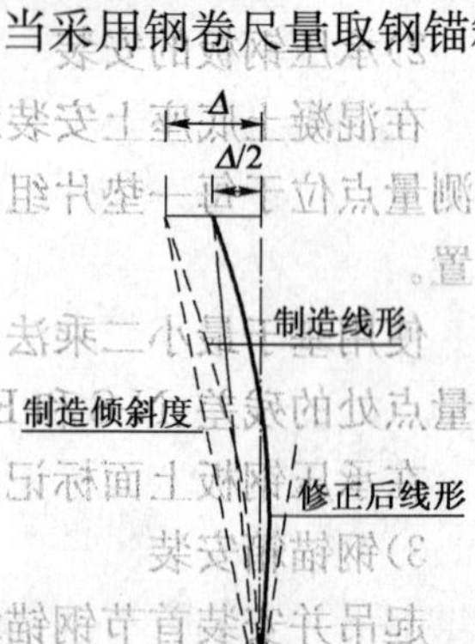

图 9-12 钢锚箱整体制造误差几何修正

在实际施工过程中，将精确控制首节钢锚箱安装位置。首节钢锚箱倾斜度调整的极值为，从混凝土台座顶面算起的投射切线的整体倾斜度不应超过 1/3 000。首节钢锚箱的 x 和 y 位置，相对于混凝土台座截面中心线的最大调整允许值为 ±5mm。

2)钢锚箱安装过程中的误差修正

所有钢锚箱中，有 7 个对接位置处设置了公称厚度为 12mm 的垫板。假定钢锚箱的编号为从最下面的 1 号到最上面的 30 号，则这些垫板位于以下的钢锚箱之间：4/5、7/8、11/12、15/16、19/20、23/24、27/28，具体布置如图 9-13 所示。在制造时，每个垫板上侧的钢锚箱高度将比实际要求减少 12mm，此实际高度还需补偿钢锚箱在受力后产生的弹性压缩量。如果安装现场预计钢锚箱的倾斜度将超出设计要求，则需将垫板加工成锲形来调整钢锚箱倾斜度。

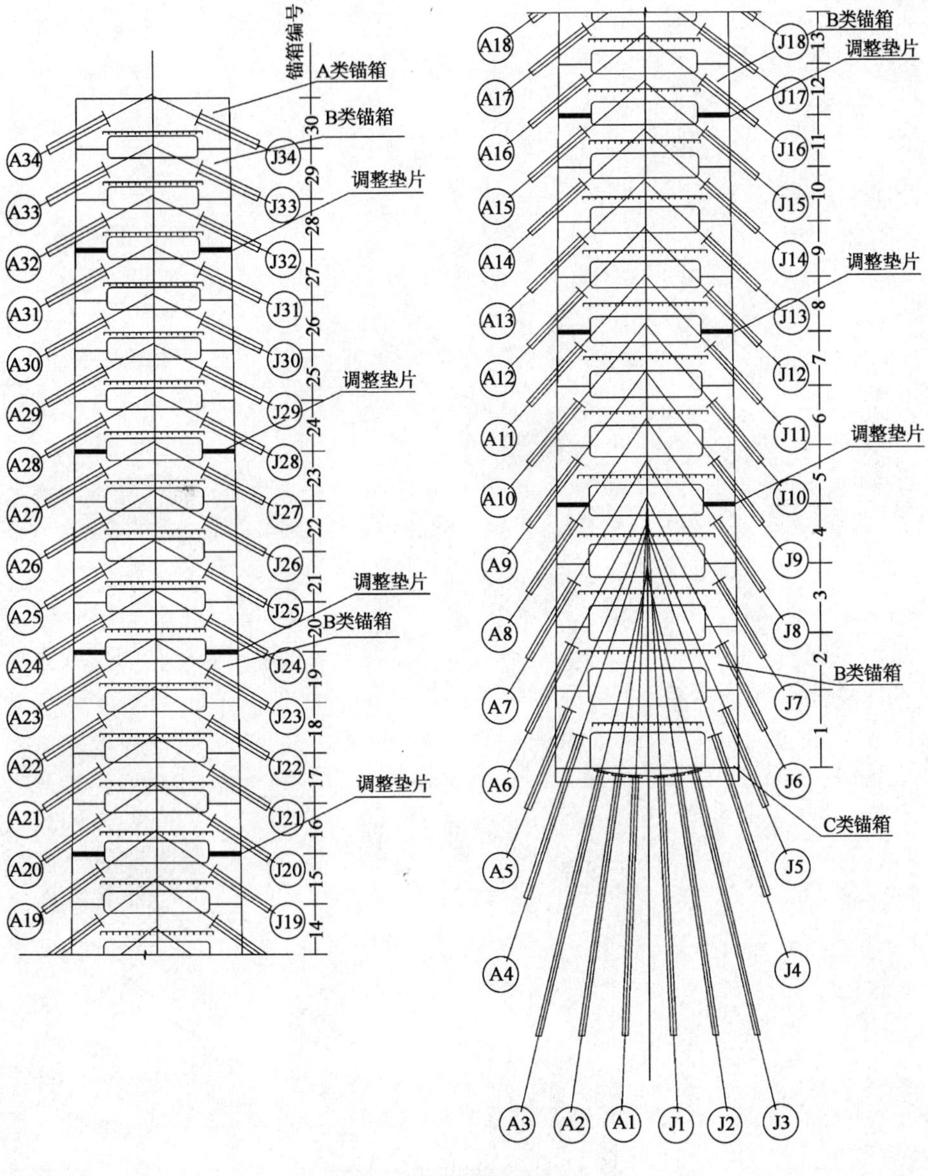

图 9-13 钢锚箱垫片布置示意

需要注意的是，在保证水平板连接的同时，还要保证竖向连接板的连接。建议 5、8、12、16、20、24 和 28 号钢锚箱的下侧竖向连接板上的螺栓孔先不加工，只加工上侧连接板螺栓孔。使用这种方法时，钢锚箱上竖向接头板可以预先加工并钻孔，使其具有通用性。然后以安装锲形垫板后的实际接头板作为样板，配钻连接板上剩余螺栓孔。

3)现场误差修正步骤的组织

在首节钢锚箱安装之前，总承包人需要采集如下的数据并提供给施工控制方：

(1)所有在制造现场已经进行修正的钢锚箱的制造几何线形数据；

(2)50 节段混凝土竣工数据，首 3 对斜拉索所在的混凝土底座的竣工数据，首节钢锚箱底座的竣工数据；

(3)有关监测索塔弹性压缩、收缩徐变而需要的监测棱镜的测量数据；

(4)基础沉降的监测数据；

(5)基础沉降的时间—沉降曲线；

(6)所有必要的环境数据、荷载位置和其他相关数据。

第10章 组合索塔锚固设计示例

10.1 设计概述

10.1.1 桥跨布置

以苏通大桥为设计示例，主桥采用双塔双索面全钢箱梁斜拉桥，边跨设置三个桥墩，其跨径布置为100m+100m+300m+1 088m+300m+100m+100m=2 088m，如图10-1所示。

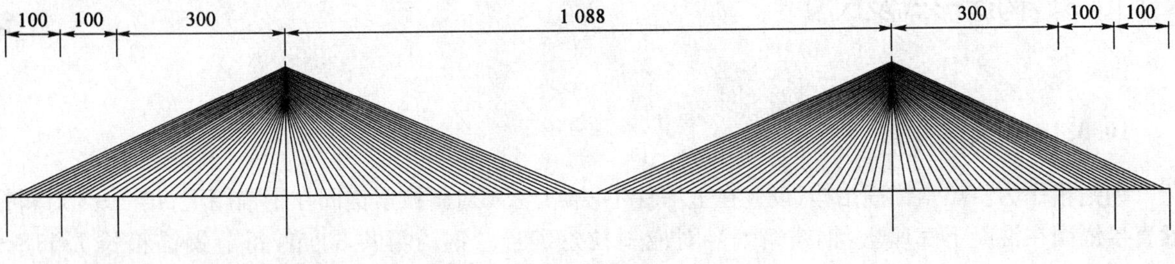

图10-1 苏通大桥桥跨布置(尺寸单位:m)

10.1.2 主要技术标准

(1)公路等级:平原微丘区全封闭双向六车道高速公路。

(2)计算行车速度:100km/h。

(3)桥梁结构设计基准期:100年。

(4)车辆荷载等级:公路—I级。

10.1.3 材料

主桥索塔采用C50混凝土，混凝土技术标准符合《公路钢筋混凝土及预应力混凝土桥涵设计规范》(JTG D62—2004)。

普通钢筋宜选用热轧R235、HRB335、HRB400及KL400钢筋，其技术标准分别符合《钢筋混凝土用钢 第1部分:热轧光圆钢筋》(GB 1499.1—2008)、《钢筋混凝土用钢 第2部分:热轧带肋钢筋》(GB 1499.2—2007)。

索塔钢锚箱主体结构采用Q345qD钢材制作，其技术指标符合《桥梁用结构钢》(GB/T 714—2008)中相关规定。锚箱侧板应为抗层状撕裂钢材，其所用的Q345qD钢材化学成分要求如下:钢材碳含量≤0.17%，磷含量≤0.01%，硫含量≤0.01%，碳当量≤0.43%。

焊钉连接件采用圆柱头焊钉，其材料为ML15，技术标准符合《电弧螺柱焊用圆柱头焊钉》(GB/T 10433—2002)的规定。

高强螺栓性能等级为10.9s，技术标准满足《钢结构用扭剪型高强度螺栓连接副》(GB/T 3632—2008)的规定。

焊接材料采用与母材相匹配的焊丝、焊剂和手工焊条，CO_2气体纯度不小于99.5%，各材料均应符合现行国家标准。

10.2 设计依据

(1)《公路桥涵设计通用规范》(JTG D60—2004);
(2)《公路钢筋混凝土及预应力混凝土桥涵设计规范》(JTG D62—2004);
(3)《公路斜拉桥设计细则》(JTG/T D65-01—2007);
(4)《低合金高强度结构钢》(GB/T 1591—2008);
(5)《桥梁用结构钢》(GB/T 714—2008);
(6)《公路工程质量检验评定标准》(JTG F80/1—2004);
(7)《钢结构设计规范》(GB 50017—2003);
(8)《建筑钢结构焊接技术规程》(JGJ 81—2002)。

10.3 构造形式及尺寸

10.3.1 钢锚箱构造

钢锚箱作为斜拉索锚固结构,设置在上塔柱中,第4~34对斜拉索锚固在钢锚箱上,第1~3对斜拉索直接锚固在混凝土底座上,钢锚箱编号对应斜拉索编号。钢锚箱共30节,每节钢锚箱长7.118~8.517m,宽2.40m,高2.30~3.55m,钢锚箱节段间采用高强螺栓连接。钢锚箱最下端支撑于锚固在混凝土顶面的钢底座上,钢锚箱总高73.6m。

钢锚箱为箱形结构,由侧板、端板、支撑板、承压板、锚垫板、横隔板、连接板、加劲肋等构件组成,如图10-2所示。其中,侧板主要承担斜拉索水平拉力,板厚40mm,侧板两侧焊有加劲肋。两块侧板之间设置横隔板,为厚度16mm带肋钢板,上面开有人孔,在斜拉索张拉时作为施工平台使用。端板与混凝土塔壁相连,板厚30mm,宽2 700mm,外侧表面焊有焊钉连接件。索力通过支撑板传递至侧板上,支撑板厚40~48mm,高度随斜拉索角度不同而变化。承压板厚40mm,锚垫板厚80mm。

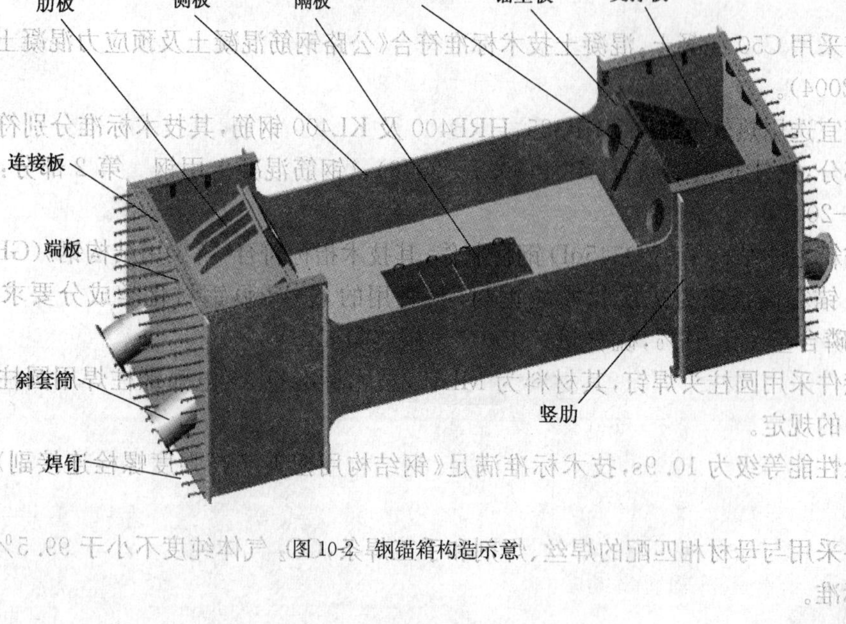

图10-2 钢锚箱构造示意

10.3.2 锚固区塔壁构造

塔柱采用空心箱形断面，上塔柱为对称单箱单室，尺寸由 9.00m×8.00m 变化到 10.82m×17.40m。塔壁厚度在斜拉索前侧为 1.00m，侧面为 1.20m，侧壁外侧中间开有 0.2m 深的装饰槽。

锚固区塔柱水平钢筋采用直径 28mm 的 HRB400 级钢筋，竖向间距 150mm，水平钢筋布置如图 10-3所示。

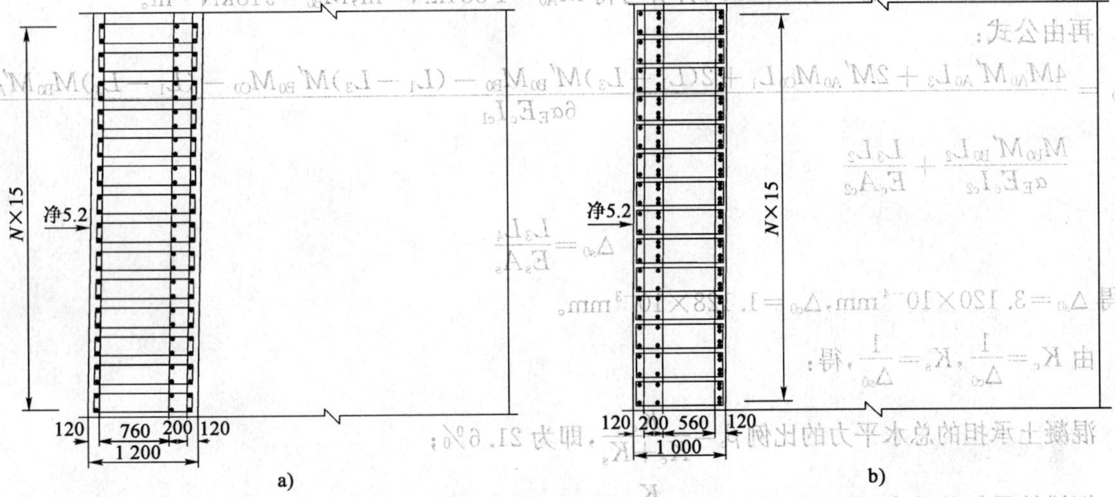

图 10-3 索塔水平钢筋配置示意(尺寸单位:mm)

a)侧壁；b)前壁

10.4 水平向受力计算

10.4.1 水平作用力分担比例计算

选取索塔锚固区第 33 节钢锚箱所在节段作为算例，计算时忽略变截面的影响，计算参数如表 10-1 所示。

计 算 参 数 表 10-1

P(kN)	E_c(MPa)	E_s(MPa)	α	h(m)	h'(m)	t_1(m)	t_2(m)	t_3(m)	$2L_1$(m)	$2L_2$(m)	$2L_3$(m)	$2L_4$(m)
6 583	34 500	206 000	0.8	2.30	1.30	1.0	1.2	0.04	6.965	8.164	2.36	5.663 8

表 10-1 中：P——一根斜拉索的水平分力；

E_c——混凝土弹性模量；

E_s——钢材弹性模量；

α——混凝土开裂引起的弹性模量折减系数；

h——索塔锚固区节段高度；

h'——钢锚箱侧板中间部分的高度；

t_1——塔柱横桥向壁厚；

t_2——塔柱顺桥向壁厚；

t_3——钢锚箱侧板厚度；

$2L_1$——混凝土塔壁横桥向长度；

$2L_2$——混凝土塔壁顺桥向长度；

$2L_3$——钢锚箱侧板间距；

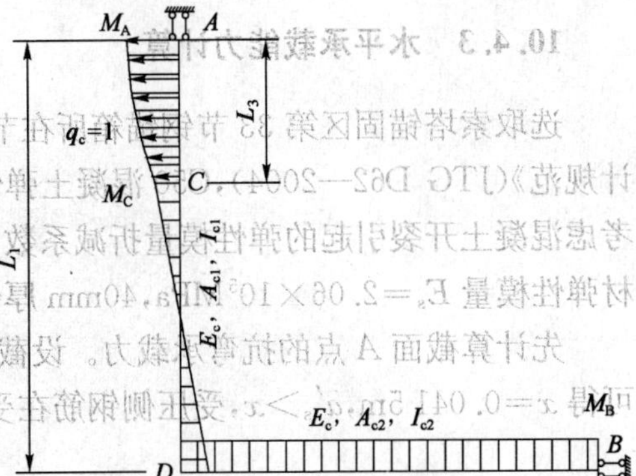

图 10-4 弯矩示意图

$2L_4$——钢锚箱侧板计算长度。

根据简化模型计算方法,框架作用弯矩图如图 10-4 所示。

$$M_{A0}=\frac{(L_3^3+3L_1^2L_3-3L_1L_3^2)I_{c2}+6(L_1L_2L_3-L_2L_3^2/2)I_{c1}}{6(L_1I_{c2}+L_2I_{c1})}$$

$$M_{B0}=\frac{(3L_1^2L_3-L_3^3)I_{c2}}{6(L_1I_{c2}+L_2I_{c1})}$$

式中:$I_{c1}=0.191\,7\text{m}^4$,$I_{c2}=0.331\,2\text{m}^4$,计算可得 $M_{A0}=1\,384\text{kN}\cdot\text{m}$,$M_{B0}=918\text{kN}\cdot\text{m}$。

再由公式:

$$\Delta_{c0}=\frac{4M_{A0}M'_{A0}L_3+2M'_{A0}M_{C0}L_1+2(L_1-L_3)M'_{B0}M_{B0}-(L_1-L_3)M'_{B0}M_{C0}-(L_1-L_3)M_{B0}M'_{A0}}{6\alpha_E E_c I_{c1}}+\frac{M_{B0}M'_{B0}L_2}{\alpha_E E_c I_{c2}}+\frac{L_3L_2}{E_cA_{c2}}$$

$$\Delta_{s0}=\frac{L_3L_4}{E_sA_s}$$

可得 $\Delta_{s0}=3.120\times10^{-4}\text{mm}$,$\Delta_{c0}=1.128\times10^{-3}\text{mm}$。

由 $K_c=\frac{1}{\Delta_{c0}}$,$K_s=\frac{1}{\Delta_{s0}}$,得:

混凝土承担的总水平力的比例 $\beta_c=\frac{K_c}{K_c+K_s}$,即为 21.6%;

钢锚箱承担的总水平力的比例 $\beta_s=\frac{K_s}{K_c+K_s}$,即为 78.4%。

10.4.2 裂缝宽度验算

《公路钢筋混凝土及预应力混凝土桥涵设计规范》(JTG D62—2004)第 4.2.1 条规定:结构的作用效应可按弹性理论进行计算。对超静定结构,在进行作用效应分析时,结构构件的抗弯刚度可采用:允许开裂的构件取 $0.8E_cI$,不允许开裂的构件取 E_cI;其中 I 为混凝土毛截面惯性矩。参照此条规定,考虑混凝土开裂引起的弹性模量折减系数 α 取 0.8。

端塔壁为矩形受弯构件,侧塔壁为矩形偏心受拉构件,按照《公路钢筋混凝土及预应力混凝土桥涵设计规范》(JTG D62—2004)第 6.4.3 条和第 6.4.4 条计算裂缝宽度:

$$W_{fk}=C_1C_2C_3\frac{\sigma_{ss}}{E_s}\left(\frac{30+d}{0.28+10\rho}\right)$$

根据规范公式计算可得前壁最大裂缝宽度为 0.15mm,侧壁最大裂缝宽度为 0.05mm。

10.4.3 水平承载能力计算

选取索塔锚固区第 33 节钢锚箱所在节段作为算例。按照《公路钢筋混凝土及预应力混凝土桥涵设计规范》(JTG D62—2004),C50 混凝土弹性模量 $E_c=3.45\times10^4\text{MPa}$,抗压强度标准值 $f_{ck}=32.4\text{MPa}$,考虑混凝土开裂引起的弹性模量折减系数 a_E 取 0.8;HRB335 钢筋强度标准值 $f_{sk}=335\text{MPa}$。Q345 钢材弹性模量 $E_s=2.06\times10^5\text{MPa}$,40mm 厚钢板屈服强度 $f_y=295\text{MPa}$。

先计算截面 A 点的抗弯承载力。设截面受压区高度为 x,如果考虑受压侧钢筋,则由截面轴力为 0 可得 $x=0.041\,5\text{m}$,$a'_s>x$,受压侧钢筋在受拉区内,所以不考虑受压侧钢筋。截面受压区高度为:

$$x=\frac{f_{sk}A_s}{f_{ck}b}=0.083\,0\text{m}$$

相对界限受压区高度 $\xi_b=0.536$,$x<\xi_bh_0=0.557\text{m}$,截面 A 点为适筋构件,其抗弯承载力为:

$$M_{Au}=f_{ck}bx\left(h_0-\frac{x}{2}\right)=4\,939\text{kN}\cdot\text{m}$$

钢锚箱侧板的承载力为：

$$P_{su}=f_yA_4=f_yh't_3=15\,340\text{kN}$$

可以求出：$k_1=3.62$、$k_2=2.24$、$k_3=1.18$。截面 B 点轴向力对截面中性轴的偏心距为 $e_0=k_3=1.18\text{m}$，属于大偏心受拉构件。计算得：

$$N_{Bu}(1.18)=2\,468\text{kN}$$

令 $(M_{A1})_1=M_{Au}=4\,939\text{kN}\cdot\text{m}$，则

$$(N_{B1})_1=M_{Au}/k_2=2\,205\text{kN},(P_{s1})_1=k_1M_{Au}/k_2=10\,848\text{kN}$$

令 $(N_{B1})_2=N_{Bu}(k_3)=2\,468\text{kN}$，则

$$(M_{A1})_2=k_2N_{Bu}(k_3)=5\,528\text{kN}\cdot\text{m},(P_{s1})_2=k_1N_{Bu}(k_3)=8\,934\text{kN}$$

令 $(P_{s1})_3=P_{su}=15\,340\text{kN}$，则

$$(M_{A1})_3=k_2P_{su}/k_1=6\,984\text{kN}\cdot\text{m},(N_{B1})_3=P_{su}/k_1=3\,118\text{kN}$$

$(M_{A1})_3>(M_{A1})_2>(M_{A1})_1$，端塔壁混凝土中心位置受力最不利，其受力首先达到临界状态，然后混凝土塔壁 B 点弯矩达到偏心受拉承载力，此时钢锚箱侧板还未屈服。

钢锚箱和混凝土塔壁承担的拉力分别为：

$$P_s=P_{su}=10\,848\text{kN},P_c=\frac{1}{k_2}M_{Au}=2\,205\text{kN}$$

索塔锚固区的水平承载能力为：

$$P_u=P_s+P_c=13\,053\text{kN}$$

苏通大桥斜拉索水平分力最大为 $P=6\,583\text{kN}$，索塔锚固区水平承载能力约是最大水平索力设计值的 2 倍。

10.5　竖向计算

本次计算采用空间有限元程序 ANSYS 计算，使用线性弹簧单元模拟焊钉连接件的变形特性，使用带截面的三维杆件模拟索塔塔壁和钢锚箱侧板端板。

在钢锚箱拉索锚固处施加正常使用极限状态下（恒载＋活载＋交通风）拉索的最大竖向分力，混凝土塔柱底部和钢锚箱底部均采用固结约束形式。本次计算考虑混凝土收缩徐变的影响，混凝土徐变终值系数取为 2.0，对混凝土弹性模量进行折减来模拟混凝土的徐变效应，即弹性模量取为 $1.167\times10^4\text{MPa}$；收缩终值系数取为 0.000 15，对混凝土降温 15℃ 进行模拟。

计算所得的各节段塔壁和钢锚箱竖向平均应力如表 10-2 所示。其应力值均在材料正常使用允许范围之内。

简化计算所得各节段平均应力　　表 10-2

节段号	不计收缩		计收缩	
	混凝土塔壁(MPa)	钢锚箱端侧板(MPa)	混凝土塔壁(MPa)	钢锚箱端侧板(MPa)
5	8.50	50.76	8.18	85.98
6	8.34	49.70	8.03	84.90
7	8.18	49.38	7.86	84.52
8	8.02	48.76	7.69	83.85
9	7.86	48.01	7.52	83.05
10	7.69	47.09	7.35	82.09
11	7.52	45.99	7.17	80.94

续上表

节 段 号	不计收缩		计 收 缩	
	混凝土塔壁(MPa)	钢锚箱端侧板(MPa)	混凝土塔壁(MPa)	钢锚箱端侧板(MPa)
12	7.35	44.81	6.99	79.73
13	7.17	43.48	6.81	78.37
14	6.98	41.96	6.61	76.82
15	6.79	40.36	6.42	75.20
16	6.50	38.66	6.12	73.47
17	6.19	36.82	5.80	71.62
18	5.89	35.07	5.51	69.85
19	5.59	33.29	5.20	68.06
20	5.30	31.56	4.91	66.31
21	5.00	29.78	4.61	64.51
22	4.69	27.91	4.29	62.62
23	4.38	26.05	3.97	60.73
24	4.06	24.18	3.66	58.84
25	3.75	22.33	3.34	56.98
26	3.43	20.38	3.01	55.01
27	3.08	18.35	2.67	52.96
28	2.74	16.30	2.32	50.88
29	2.40	14.25	1.97	48.82
30	2.04	12.13	1.61	46.67
31	1.68	9.98	1.25	44.50
32	1.31	7.76	0.87	42.26
33	0.91	5.43	0.47	39.90
34	0.50	2.97	0.06	37.36

焊钉连接件作用剪力验算结果如表 10-3 所示，计算表明焊钉连接件的最大作用剪力约为 0.39 的允许承载力。

焊钉连接件作用剪力验算结果　　表 10-3

节 段 号	节段端板作用剪力(kN)	节段焊钉连接件(个)	单个焊钉连接件作用剪力(kN)	单个焊钉作用剪力/承载力允许值
5	4 657.6	678	6.9	0.10
6	7 032.0	494	14.2	0.20
7	8 590.8	494	17.4	0.24
8	9 566.4	468	20.4	0.28
9	10 182.8	468	21.8	0.30
10	10 854.4	468	23.2	0.32
11	11 292.0	416	27.1	0.38
12	10 642.4	416	25.6	0.35
13	11 203.2	416	26.9	0.37
14	10 849.6	416	26.1	0.36

续上表

节 段 号	节段端板作用剪力(kN)	节段焊钉连接件(个)	单个焊钉连接件作用剪力(kN)	单个焊钉作用剪力/承载力允许值
15	11 016.4	390	28.3	0.39
16	10 895.2	390	27.9	0.39
17	10 842.8	390	27.8	0.38
18	10 904.4	390	28.0	0.39
19	10 881.6	390	27.9	0.39
20	10 826.8	390	27.8	0.38
21	10 896.8	390	27.9	0.39
22	10 826.0	390	27.8	0.38
23	10 791.2	390	27.7	0.38
24	10 680.4	390	27.4	0.38
25	10 854.0	390	27.8	0.38
26	10 686.4	390	27.4	0.38
27	10 574.0	390	27.1	0.37
28	10 414.8	390	26.7	0.37
29	10 188.8	390	26.1	0.36
30	9 859.6	390	25.3	0.35
31	9 513.6	390	24.4	0.34
32	9 162.4	390	23.5	0.32
33	8 076.0	390	20.7	0.29
34	6 534.0	390	16.8	0.23

参考文献

[1] 刘玉擎.组合结构桥梁[M].北京:人民交通出版社,2005.

[2] 刘玉擎,薛东焱,邢昕.组合结构桥梁最新研究[C]//2009年全国桥梁学术会议论文集.北京:人民交通出版社,2009.

[3] 赵晨,刘玉擎,张喜刚.组合结构在斜拉桥中的应用发展[C]//第十八届全国桥梁学术会议论文集.北京:人民交通出版社,2008.

[4] 刘玉擎,周伟翔,张喜刚.斜拉桥索塔锚固区焊钉连接件试验研究[C]//第十七届全国桥梁学术会议论文集.北京:人民交通出版社,2006.

[5] 张喜刚.苏通大桥总体设计[J].公路,2004(7).

[6] 戴捷,张喜刚,吴国民.苏通大桥主桥索塔设计[C]//苏通大桥论文集:第一辑.北京:中国科学技术出版社,2004.

[7] 刘玉擎.混合梁接合部设计技术的发展[J].世界桥梁,2005(4).

[8] 张于烨,刘玉擎,刘荣,胡明义.斜拉桥混合梁结合部格室构造研究[C]//第十八届全国桥梁学术会议论文集.北京:人民交通出版社,2008.

[9] 刘荣,裴炳志,刘玉擎,吴定俊.斜拉桥混合梁结合段构造研究[J].中外公路,2009(5).

[10] 魏奇芬.钢锚箱在斜拉桥索塔锚固区中的应用[J].世界桥梁,2008(2).

[11] 林文体,陈儒发.杭州湾跨海大桥北航道桥钢锚箱施工技术[J].桥梁建设,2007(增刊).

[12] 周岑,许春荣.斜拉桥索塔锚固结构形式的比较研究[C]//2004年全国桥梁学术会议论文集.北京:人民交通出版社,2004.

[13] 许志豪,黄剑波.昂船洲大桥耐久性、维修和安全考虑[C]//第十七届全国桥梁学术会议论文集.北京:人民交通出版社,2006.

[14] 贯兆兵,胡吉利,王志英.青银高速公路济南黄河大桥总体设计[J].桥梁建设,2007(增刊).

[15] 陈向阳,王昌将,史方华.大跨径斜拉桥钢锚梁的创新设计[J].公路,2009(1).

[16] 孔德军,谢尉鸿,杜萍,邓青儿.东海大桥主航道桥斜拉桥上部结构设计[C]//2004年全国桥梁学术会议论文集.北京:人民交通出版社,2004.

[17] 华新,高波,韩大章.灌河大桥索塔设计[J].现代交通技术,2008,5(4).

[18] 韩大章,李正,华新.江苏灌河大桥设计[J].预应力技术,2007(4).

[19] Virlogeux M. Normandie bridge design and construction[C]//Proc. of Inst. of Civil Engs,August 1993.

[20] Mori N,et al. Design and construction of Shin-meisei bridge[J]. Japanese Bridge and Foundation Engineering,2002(2).

[21] 白光亮,王昌将,蒲黔辉,杨永清.舟山金塘大桥主通航孔桥索塔锚固区足尺模型试验研究[C]//第十八届全国桥梁学术会议.北京:人民交通出版社,2008.

[22] 任国雷.嘉陵江上的纤纤玉手——重庆嘉悦大桥的设计特点[J].桥梁,2009(3).

[23] Lam D M. ASCE,EI-Lobody E. Behavior of headed stud shear connectors in composite beam[J]. Structural Engineering,2005,131(1).

[24] 郑舟军,陈开利.混合梁斜拉桥结合段剪力钉受力机理研究[J].武汉理工大学学报:交通科学与工程版,2008(8).

[25] 周凌宇,余志武,蒋丽忠.钢一混凝土连续组合梁非线性有限元分析[J].长沙铁道学院学报,2003(2).

[26] 刘齐茂,李微.基于有限单元法的钢—混凝土组合梁截面优化设计[J].西安建筑科技大学学报:自

然科学版,2005(4).
[27] 余小红,许伟,程纬辉.钢—混凝土组合梁非线性分析在 ANSYS 中的实现[J].四川建筑,2007(4).
[28] 罗应章.钢—混凝土组合梁栓钉剪力连接件的研究[D].长沙:中南大学硕士学位论文,2008.
[29] 刘昌鹏,张喜刚,刘玉擎,周彦锋.组合结构的索塔锚固区受力机理数值分析研究[C]//2007 年全国桥梁学术会议论文集.北京:人民交通出版社,2007.
[30] 刘玉擎.苏通大桥索塔锚固区受力机理分析研究报告[R].上海:同济大学桥梁工程系,2004.
[31] 刘玉擎,周伟翔,蒋劲松.开孔板连接件抗剪性能试验研究[J].桥梁建设,2006(6).
[32] 苏庆田,刘玉擎,曾明根.苏通大桥索塔栓钉剪力连接件的力学性能试验[J].同济大学学报:自然科学版,2008,36(7).
[33] 刘玉擎,裴炳志,赵晨.开孔板连接件在桥梁结构中的应用与发展[J].中外公路,2009(5).
[34] 张奇志.苏通大桥主桥索塔锚固区足尺模型试验研究报告.中铁大桥局集团武汉桥梁科学研究院有限公司,2006.
[35] 孙伟,蒋金洋,陶建飞,等.索塔锚固区泵送钢纤维混凝土的研究[C]//第十一届全国纤维混凝土学术会议论文集.大连:大连理工大学出版社,2006.
[36] 马旭涛.上海长江大桥索塔锚固区模型试验与分析研究[D].上海:同济大学,2007.
[37] 张奇志,李明俊.斜拉桥钢—混组合索塔锚固区节段模型试验研究[J].桥梁建设,2006(3).
[38] 张奇志,叶俊能.杭州湾跨海大桥通航孔桥索塔锚固区节段模型试验研究[C]//2005 年全国桥梁学术会议论文集.北京:人民交通交通出版社,2005.
[39] 陈多.锚箱式索塔锚固结构竖向静力传力机理及模型试验研究[D].上海:同济大学,2008.
[40] 翟慧娜.济南黄河三桥索塔锚固区水平受力性能静力模型试验研究[D].上海:同济大学,2008.
[41] 童智洋.湖北鄂东大桥索塔端锚固区足尺模型试验研究报告[R].武汉:中铁大桥局集团武汉桥梁科学研究院有限公司,2008.
[42] 汪昕,吕志涛.斜向索力下钢—混凝土组合索塔锚固区荷载传递与分配关系分析[J].东南大学学报,2006,36(4).
[43] 华新.斜拉桥索塔钢锚箱与塔壁混凝土拉力分配简化分析[J].现代交通技术,2006(1).
[44] 中交公路规划设计院,江苏省交通规划设计院,同济大学建筑设计研究院.索塔锚固区方案比选和设计[R].2004.4.
[45] 戴捷,张喜刚,周彦锋.苏通大桥主桥索塔锚固方案研究[C]//2005 年全国桥梁学术会议论文集.北京:人民交通交通出版社,2005.
[46] 周青,戴捷.钢锚箱竖向应力分布及焊钉受力分析[J].现代交通技术,2006(2):37-39.
[47] 马军海.小波变换在斜拉桥结构检测分析中的应用研究[D].合肥:合肥工业大学,2004.
[48] 朱云芳,戴朝华,等.小波信号消噪及阈值函数的一种改进方法[J].中国测试技术,2006,32(4):28-30.
[49] 封常生.小波分析在信号处理中的应用[D].上海:上海交通大学,2007.
[50] 刘明才.小波分析及其应用[M].北京:清华大学出版社,2005.
[51] 崔锦泰.小波分析导论[M].程正兴,译.西安:西安交通大学出版社,1995.
[52] 博格斯.小波与傅里叶分析基础[M].芮国胜,等,译.北京:电子工业出版社,2000.
[53] Roil O, Vetterli M. Wavelets and signal processing[J]. IEEE Signal Processing Magazine, 1991, 10(4):14-38.
[54] 柳建新,韩世礼,马捷.小波分析在地震资料去噪中的应用[J].地球物理学进展,2006,21(2):541-545.
[55] Mallat S G. A Theory for multiresolution signal decomposition: the wavelet representation[J].

IEEE Transactions on Pattern Analysis and Machine Intelligence,1989,11(7):674-693.
[56] 文鸿雁.小波多分辨分析在变形分析中的应用[J].地壳形变与地震,2000,20(3):27-32.
[57] 郑治真.小波变换及其MATLAB工具的应用[M].北京:地震出版社,2001:55.
[58] 李建平.小波分析与信号处理[M].重庆:重庆出版社,1997.
[59] 邱刚,闵晓勇,等,基于多尺度阈值技术的小波去噪[J].现代电子技术,2006(17):86-89.
[60] Ching P C,So H C,Wu S Q. On wavelet denoising and its applications to time delay estimation [J]. IEEE Trans. Image Processing,1993,2(3):296-310.
[61] Mallat S,Zhong S. Characterization of signals from multiscale edges[J]. IEEE Trans. on PAMI, 1992,14(7):710-732.
[62] Vidakovic B,Lozoya C B. On time-dependent wavelet denoising[J]. IEEE Trans. Signal Processing,1998,46(9):2549-2551.
[63] Bioucas-Dias Jose M. Bayesian wavelet-based image deconvolution: a GEM algorithm exploiting a class of heavy-tailed priors[J]. IEEE Transaction on Image Processing,2006,15(4):937-951.
[64] Balster E J,Zheng Y F,Ewing R L. Feature-based wavelet shrinkage algorithm for image denoising[J]. IEEE Transaction on Image Processing,2005,14(12):2024-2039.
[65] Coifman R R,Donoho D L. Translation invariant de-noising[J]. Wavelets and statistics, New York Springer Verlag,1995:125-150.
[66] Donoho D L,Johnstone I. Ideal spatial adaptation via wavelet shrinkage[J]. Biometrika,1994,12 (81):425-455.
[67] Donoho D L. De-noising by soft-thresholding[J]. IEEE Transactions on IT, 1995, 41 (3): 613-627.